赴任先は異世界？　王子の恋人役は秘書のお仕事ではありません！

風見くのえ
Kunoe Kazami Presents

fairy kiss

赴任先は異世界？　王子の恋人役は
秘書のお仕事ではありません！

fairy kiss

プロローグ

「――――今日のスケジュールはどうなっている？」

　複雑な文様が刻まれた魔法円から、光とともに現れたスリーピーススーツ姿の男性が、そのままカッカッと歩きだしながら問いかけてくる。

「一時間後に、王国西部に位置するウェジー領に進軍します。目的は、二カ月半前に占拠された領都の奪還。具体的には、都に居座る魔王軍第三師団二万の殲滅《せんめつ》及び師団長の捕縛です」

　魔法円の外で男性を待ち構え、すぐに彼に付き従ったパンツスーツの女性が、ハキハキと答える。

「フム。その後は？」

「北の荒野に軍を展開中の魔王軍第七師団の先鋒《せんぽう》を叩く予定です。今後の戦局を有利に導く一手になると思われます」

　歩いた先にあった部屋に入り、そこで待ち構えていた侍女たちに着替えを任せた男性は、眉間《みけん》にしわを寄せた。

「それは、外務省の高級官僚との会談より優先度が高いか？」

　礼儀正しく衝立《ついたて》の陰で着替えを待っていた女性は、えっ？　となる。

「いいえ、そこまでではありません。……しかし、本日は会談の予定など聞いていませんが？」

「急に入ったんだ。できれば日本時間で午後五時までには帰りたい」

「……わかりました。間に合うよう調整いたします。少し席を外しても？」

「かまわん。十五分で戻れ」

「はい」

一礼した女性は、部屋を出た。

扉がパタンと背後で閉まったとたん、バタバタと走りだす。

「うわぁぁ～ん！　今日は夜まで予定を空けておくって言ってたじゃん！　なんで急に会談の予定なんて入れるのよ。どうせまた田中《たなか》課長の仕業でしょう。こっちの苦労も知らないで！　今度会ったら疲労のデバフをかけてやる！　……ああ、でもその前に、ヴィルに連絡して軍事作戦を調整しなくっちゃ！　――――もうっ！　どうして私がこんな苦労をしなくっちゃならないのよ！」

ヴィルとはヴィルフレッド・ギディオン・ルーグ。この国ルーグ王国の第三王子にして聖騎士である人物だ。

第三とはいえ一国の王子を愛称で呼びながら、女性は走る。

叫びながらの全速力は、かなり目立つのだが、すれ違う人々はあまり驚いていなかった。

既にこれが日常風景となっているからだ。

「ちっくしょう～！」

いささか品のない怒声を、女性――――異世界から召喚された勇者の『秘書』である斎藤桃香《さいとうももか》は、上げた。

第一章　このたび異世界に赴任しました

桃香は、世界でも指折りの企業グループの中核企業、株式会社オーバーワールドの秘書課に勤務する一社員だ。

とはいえ、彼女自身は誰憚《はばか》ることない（？）縁故採用者。会社のメイン製品を支える小さな特殊部品を作る、いわゆる下町工場の社長を父に持ち、その伝手《つて》で就職することができた。その特殊部品を製造できる熟練した技巧を持っているのが桃香の父の会社だけだったので、特別枠で入社試験を受けさせてもらえたのだ。

一応社長令嬢だが、生まれも育ちも東京の下町。派手な学歴も資格も持っておらず、勤務部署も秘書課第二係という、彼女のような縁故採用者等々を集めた部署だ。

入社三年目で年齢は二十五歳。そこで単純な事務作業をやっている。

しかし、給料はそこそこいいし、仕事もやりがいはなくとも量はある。罪悪感を抱かないくらいの程々さ加減は、特に向上心や功名心があるわけでもなく、仕事と趣味なら趣味優先！　本物の贅《ぜい》沢《たく》よりもプチ贅沢が好きな桃香にとって、理想の職場と言ってよかった。

他の第二係の面々も似たり寄ったりで、アイドルの追っかけに全身全霊を捧げる女性や贔屓《ひいき》のサッカーチームの試合をどんなに遠方でも応援に行く男性など、趣味の違いはあれどそこにかける熱意は似た者同士が集まっている。

（おかげで、自分の仕事さえ回せれば遠慮なく有給とれるのよね。コミケに行くためだろうが、ゲームの配信日にスマホの前で待機するためだろうが、ラノベの異世界転生モノを発売日に徹夜で読むためだろうが、まったく平気だわ）

だから、桃香はそこで十分満足して働いていた。

そんな彼女のお気楽人生がガラガラと崩れたのは、ハマっているシリーズの最新刊発売日の翌日のこと。

徹夜で完読した桃香は、欠伸《あくび》を堪《こら》えながら会議の席に着いていた。

（いつもなら発売日とその翌日は二日間有給をとるんだけど、課内会議で休めなかったのよね）

いや、通常の定期会議であれば休んだのかもしれないが、なぜか今日の会議には社長が同席している。いくら趣味優先の桃香であっても、自分の会社のトップが出る会議を徹夜で眠いからという理由で休むのは、気が引けた。

そんなわけでウトウトしていた桃香の眠気を吹っ飛ばしたのは、社長の藤原《ふじわら》からの爆弾発言。

「――――一週間前のことだが、私は異世界に勇者召喚された」

なんの前置きもなくぶちこまれた発言に、会議室内はシーンと静まりかえった。

出席者全員の頭に？マークが浮かんで見えたのは、あながち幻覚とも言い切れないだろう。

もっとも桃香が言葉をなくしたのは、思考が爆発したため。

（異世界召喚！　ナニソレ？　キタコレ！　テンプレじゃない。うっ……あぁ★○◇◇×）

一瞬にして脳内に溢《あふ》れた叫びが大量で、表に出なかっただけだ。

「異世界？　……勇者召喚ですか？」

いち早く立ち直って声を上げたのは、秘書課第一係長の遠藤《えんどう》。K大大学院卒の秀才で、海外の有名企業で実績を上げ、ヘッドハンティングで就職したという傑物の精神力は伊達《だて》じゃない。

「ああ。その異世界では、他の世界の人間でなくては対処できない問題があり、定期的にその問題を解決できる者――――勇者を召喚しているそうだ」

藤原の答えに、さすがの遠藤も「はあ？」と、絶対わかっていないだろうなという返事をする。

他の課員もほとんどが、狐《きつね》につままれたような表情なのだが、中に数人目を輝かせている者がいた。きっと彼らはゲームやアニメ、ラノベなどのサブカル好きだろう。

まあ桃香には及ぶまいが。

彼女の体は他の社員同様固まっているが、頭の中は大フィーバー！　某有名ゲームのミュージックが高らかに鳴り響き、勇者が魔王を倒すシーンが繰り返し再生されている。

（嘘みたい？　そんなこと、本当にあるの？）

興味津々で身を乗りだせば、なぜか藤原と目が合った。

（え？　……私、今、笑われた？）

一瞬そんな気がしたのだが、藤原はそんなことはなかったように話を続ける。

「これまでの勇者は中学生や高校生くらいの若者を選んでいたそうなんだが……なんでも先代の勇

者が、ケツの青い――ああ、いや言い方が悪いな。……そうだな、若者にありがちな理想論を振りかざす青二才だったらしく、よく知りもしないくせに異世界の事情に余計な口を挟んで、世情を混乱させたのだそうだ。若造でも勇者となれば、発言力もあったそうでな。私にそのあたりの事情を説明した者は、勇者が使命を果たして帰ってからの後始末がたいへんだったと、愚痴っていた」

桃香と他の社員たちは、目と目を見交わした。

どうやら藤原は、その愚痴を聞かされてうんざりしたようだ。元凶の先代勇者を面白く思っていないことは、たしかだろう。

遠藤が小さく咳《せき》払いして、視線で会話していた桃香たちは、ピンと背筋を伸ばした。

藤原が話を続ける。

「異世界とはいえ、あちらの世界も地球と大して変わりない。正論だけでは回らぬところがあるのも同じだ。それゆえ、もっと清濁併せ呑《の》める大人を勇者として召喚しようということになったのは、わからないでもない話なんだが……それで、なぜか私に白羽の矢が立った」

藤原は三十代後半。世界最高学府を優秀な成績で修了し、日々発展するこの企業グループでも遺憾なく実力を発揮する切れ者だ。いずれはグループのCEOになること確実と目されており、なおかつ容姿端麗。フランス人の祖母を持ち、明るい茶髪に青い目で高身長。ハリウッドスターも真っ青な美丈夫だ。

天は二物も三物も与えうるのだという生き証人であり、白羽の矢が立ったのも納得の人物だった。

そこから藤原に代わって、田中秘書課長が淡々と異世界の事情を説明する。

藤原が召喚された異世界は、地球で言う石炭、石油の代わりに魔石が無尽蔵に採掘され、その魔石から発生する魔力をエネルギーとする剣と魔法の世界。

魔力は二酸化炭素や大気汚染の原因物質を出さないクリーンエネルギーだが、代わりに魔素という解析不能な元素を発生する。

魔素が増えすぎると魔物が生み出され、最終的に魔王が現れるのだそうだ。

聞きながら桃香は、ウンウンと心の中で頷《うなず》く。いかにもラノベの異世界モノにありそうな内容に、グングンのめりこんでしまう。

魔物は、異世界人でも倒せるのだが、魔王は不可能。倒せるのは他の世界から召喚した勇者が使える聖剣のみのため、定期的に勇者召喚が行われているそうだ。

召喚の中心となっている国は、人間とエルフやドワーフが協力して暮らすルーグ王国。

王族や貴族がいて身分制はあるものの、専制君主制ではなく、国法に基づく統治組織が確立されているという。

そのルーグ王国は、藤原を勇者として召喚はしても、その責務を一方的に負わせることはなく、十分なプレゼンテーションを行い、勇者となってくれるかどうかの選択肢を藤原に委ねてきたそうだ。

それを行ったのは、王子の一人。

「なかなかの説得力だったな。あの第三王子は、ぜひうちの営業にほしい人物だ」

課長の説明の途中で藤原が呟いた一言に、秘書課第一係の面々がざわついた。

二係と違って一係は将来有望な人間ばかり。今は秘書課にいても、企業の華と呼ばれる営業を視野に入れていない者はおらず、すわライバル登場かとでも思ったのかもしれない。

まあ、異世界の王子さまが、地球の企業グループにヘッドハンティングされる可能性は、限りなく低いと思われるので、その心配は不要だと思うが。

それはともかく、プレゼンを受けた藤原は、その場では回答を保留し、社内にこの件を持ち帰り緊急役員会議を開いたという。

結果、正式に勇者の役目を引き受けることを決めた。

「異世界とも協議して、今後社長は週一日の在籍出向となります。行き来やその他この件にかかる経費は、すべて向こう持ちです。社長への報酬については、互いの世界の価値観がはっきりするまでは保留としました。もちろん、この件は秘密厳守です。異世界とはいえ、魔王の侵攻を受けているような紛争地帯とのやりとりは、慎重の上にも慎重を重ねなければなりませんから。……ただ、向こうの情勢が落ち着いたあかつきには、我が社との取引を最優先に行うという契約書を交わしました」

田中課長の言葉に、会議の面々は「おお！」と声を上げる。

異世界という未知の市場でのマーケティングの可能性に思い至ったのだろう。

（ていうか、普通に行き来できるの？）

桃香的には、そちらにまず驚くのだが、周りは平然としていた。

まあ、異世界召喚されたという藤原が、普通に社内の会議に出ている段階で、そんな疑問は持たないものなのかもしれないが。

「先ほども言ったが、この件については箝口令《かんこう》を出させてもらう。うちの課では社長のスケジュール管理を行わなければならないため全員に伝えたが、万が一にでも秘密が漏洩《ろうえい》した場合、君たちの処遇について保証できないから、そのつもりで注意するように」

田中課長の言葉に、少し浮ついていた課員の態度がスッと引き締まる。

――いったいどんな目に遭うのか、想像するのも怖かったからだ。

下を向いた桃香だが、続いた言葉に顔を上げた。

「さて、そのスケジュール管理だが、社内はもちろん現地でも行う者が必要なのはわかるだろう？」

現地とは異世界のことだ。

たしかに藤原が出向するとなれば、現地での行動やらなにやらをサポートし管理するスタッフが必要になるのは当然だ。

「……それは、この中の誰かが異世界に赴任するということですか？」

質問したのは、桃香の直接の上司である第二係長の青柳《あおやぎ》だった。大学時代はラガーマンだったというがたいのいい男だが、酔ったとき限定でオネエ系になるというギャップがある。なんでも帰国子女で、日本で最初に通った高校が共学になったばかりの元女子校だったらしい。

田中課長は頷いた。

「そうだ。派遣するのは一名。既に人選も済んでいる」

全員の視線が、驚いたように課長に向けられる。

未知なる異世界での藤原のサポート。それは危険が大きいが、うまく立ち回れば立身出世につながる役目といえる。

第一係の面々は瞳を輝かせ、第二係の面々は顔を伏せた。

前者は選ばれたいし、後者は選ばれたくないのは一目瞭然だろう。

意外に思われるかもしれないが、桃香は伏せる方だった。

異世界に興味がないわけではないし、むしろものすごく興味津々なのだが、リスクが大きすぎると思うのだ。

（下手をすれば死の危険すらあるはずだもの。そんな役目、絶対にごめんだわ）

オタクというのは基本内向的な人間だ。アニメやゲーム、小説の中で派手な冒険や胸の空《す》くような大活躍をどれほど好んでいても、現実に自らそこに飛びこむような真似なんてできない。

露骨に視線を逸《そ》らしていたのだが、なんだか悪い予感がする。

桃香は、勘がいい方だ。特に悪いモノはよく当たる。

（お願い！　外れて）

願いもむなしく、その後、田中から名を呼ばれたのは……。

「斎藤桃香！」

別に、フルネームでなくともいいのに。

「はっ？　はいっ！」

慌てて立ち上がった。

「君に、異世界に赴任してもらう。現地で秘書業務を行うように」

クラリとめまいがする。

倒れないように足を踏ん張るのだが、なかなかうまくいかなかった。

それでも必死に顔を上げる。

「な、なぜ、私なのですか？」

ここは素直に「はい」と答える場面なのだろうが、どうしても聞かずにはおられない。

（だって、私はお世辞にも優秀な社員じゃないもの！　挨拶だけは一人前だって言われるけど、それだって純粋な褒め言葉じゃないわよね。……いったい、どうして私なの？）

田中課長は眉をひそめた。

頷かない桃香を怒ろうとしたのかもしれないが……その彼を制して藤原が前に出る。

「斎藤さん、君の趣味はサブカルチャーだったな？」

どうしてそれを藤原が知っているのだろう？

別に隠しているわけではなかったが、取り立てて言ったこともないはずなのに。

桃香は驚きの視線を向ける。

藤原の口角が楽しそうに上がった。

「中でもラノベやゲームの異世界モノに造詣が深いとか？　全社員を調査したが、君ほど熱心に沼っている者はいなかった」

「そ、それは――――」

全社員を調べたのか？

自覚のある桃香は、口を噤《つぐ》む。

それに「沼っている」とか……藤原の発言が、ちょっと怖い。

「君が趣味に充てている金――購入費やゲームの課金の額なども、かなり多いな。特に先月などは――」

藤原が言いかけた先を察した桃香は、慌てて口を開いた。

自分がラノベやゲームにかけるお金の額なんて、言いふらしてほしくない。自分でも引くくらいの金額なのだから。

「しゃ、社長！」

「なにかな？　斎藤さん。……ああ、身の危険についてはそこまで心配しなくていいぞ。なんといっても、君は私の秘書として赴任するのだから。必要があれば『勇者』の威を借りて好きにしろ。なんなら代表取締役印を押した証文を発行してもいいぞ」

声がとても楽しそう。既に退路は塞《ふさ》がれているようだ。

まるでネズミをいたぶるネコのようだと思うのは、考えすぎだろうか？

「…………出向命令を謹《つつし》んで拝命します」

結果、桃香はそう言った。他にどう言えばよかっただろう。

「ありがとう。君の出発は一週間後だ。よろしく頼む」

やっぱり藤原は楽しそうだ。

実は、サドだったとか……いや、違うと思いたい。

こうして桃香は、異世界に勇者召喚された社長の現地秘書となったのだった。

◇◇◇

その後の一週間は、あっという間に過ぎた。

表向きは、長期の海外赴任。それもいつ戻れるのかわからないという転勤命令だ。

当然、桃香の家族——両親と一歳年下の弟は心配し、なんとか断れないのかと言いだした。

その気持ちは、よくわかる。桃香だって思いは同じだが、あの藤原の様子では無理そうだ。

それに桃香の実家は、会社の下請け工場。特殊部品の製造という特別な仕事を請け負っているために、彼女を縁故採用してくれるほどに優遇されてはいるのだが、それでも下請けは下請け。ここで桃香が断って、藤原の不興を買うわけにはいかない。

(……それに、やっぱり『異世界』に行けるチャンスを逃したくないし!)

オタク気質でゲームやラノベ好きな人間が、『異世界』と聞いて、うずうずしないはずがない。

最初はリスクを考え、絶対お断りだと思った桃香だが、既に行くことは決まってしまったのだ。

だとすれば、少しは楽しまなければ損だろう。

(そうよ! なんといっても『勇者召喚』なんだもの! 異世界モノの王道中の王道よね! それに、私の状況ってちょっと『巻きこまれ召喚』みたいじゃない? ……ああ、社長の現地秘書なん

ていう面倒くさい仕事じゃなくて、単なる調査やカバン持ちくらいなら、喜んで赴任したのにな)

きっと、一も二もなく異世界行きに立候補していたかもしれないくらいだ。

憧れの異世界なのに、仕事漬けになる未来しか見えないなんて、残念すぎる。

(せめて、もうひとりかふたり、一緒に行く人がいたらよかったのに。ただでさえ慣れない異世界なんだもの。忙しくなるのは間違いないわよね)

物見遊山の旅など、夢のまた夢。

あのあと、田中課長から詳しい話を聞いたところ、現地秘書が桃香ひとりなのは、異世界側からの希望だった。おそらく『費用がかかりすぎるのだろう』と、藤原や課長は見ている。

今までの勇者と違い、藤原は頻繁に異世界と地球を行き来する。一回の往復にどれほどの費用がかかるのかはわからないが、日本から一番遠いと言われる南米との往復航空賃より安いということはなさそうだ。……月旅行まではかからないと思うのだが。

その経費がひとりごとなのだとすれば、たとえ、現地秘書が一往復しかしないにしても、人数は必要最低限で抑えたいに決まっている。

人数に関係なく一回いくらなのだとしても、異世界での滞在費は頭数が多ければ多いほど増えるのは常識だ。

異世界側が、向こうでもできる限りのサポートはするから、人員はひとりにしてほしいと願うのも納得だった。

(異世界だからって、好き放題に経費を使えないってことよね)

ため息を堪えながら、桃香は赴任の準備をする。

とはいえ、衣食住はすべて向こう持ち。パスポートもビザもいらず、お金だって持っていってもなんにもならないという現状では、準備もそれほど多くなかった。

頭痛薬や胃薬などの常備薬。あとは、衣服くらいか。

（いくら準備してくれるって言われても、異世界の服装事情がどんなものかわからないものね。王さまや貴族のいる世界なら、ラノベでよく見るような中世ヨーロッパ風の派手なドレスを着る生活の可能性もあるもの。ギュウギュウに腰を締めつけられるコルセットとか、スカートを膨らませるためのクリノリンとか、絶対無理よ！）

そんなものを着られる自信は、まったくない。気軽に着られる普段着と下着、それにスーツの一着くらいは持っていく必要があるだろう。

そんな感じであれやこれやと荷物を作り、その後は、当分帰ってこられないのだからと、お気に入りのラーメン店の食い納めをしたり、気になっていたラノベを買い漁ったりしていれば、本当に時間は飛ぶように過ぎた。

そして、いよいよ今日は、桃香が異世界に赴任する日。

出発地点は、なんと社長室だった。

高級そうな絨毯《じゅうたん》をはぐった下に現れた複雑な文様の魔法円に、桃香は目を丸くする。

「……きたな」

大きなキャリーバッグとリュックを背負った桃香に、魔法円の中心で待っていた藤原が、呆《あき》れた目を向けてきた。

「衣食住に必要な物は、向こうで用意すると言わなかったか？」

「言われましたが、なんといっても異世界ですから用心はしておいた方がいいかと思いまして」

桃香も、まさかここまで大荷物になるとは思わなかったのだが——。

「用心ね。……バッグの中身の半分がラノベじゃなけりゃいいんだが」

半眼になった藤原に見透かされた桃香は、ビックリ仰天した。実は、先日買い漁ったラノベを読み切れず、持ってきてしまったのだ。

(どうしてバレているの？)

そんな彼女を見ながら「……当たりか」と呟いた藤原は眉間に手を当てた。

「まあいい。……それより、これを渡しておく」

そう言いながら藤原が差しだしてきたのは、高級そうな腕時計だ。大きな文字盤の中に小さなデジタル表示のある世界時計に見える。

「アナログ針は異世界時間を、デジタル表示は日本時間を示している。身に着けていれば、あちらの言葉を自動翻訳もしてくれるという便利品だからなくすなよ」

予想以上に高性能な時計だった。

「異世界からの支給品ですか？」

「いや、私が作ったものだ」

サラッと言われた言葉に絶句する。そんなことが、可能なのだろうか？

（勇者だから？　え、でも、そこまで万能な勇者なんて、ラノベでもそうそういないわよね？）

これは、元々藤原がハイスペックだからなのか？

目を丸くしていれば、ちょいちょいと手招きされた。

「さっさと行くぞ。転移先は異世界のルーグ王国、王城だ」

「……はい」

ここまできて否やを言えるはずもなく、桃香は素直に藤原の隣に立つ。

「少しズンとくるから、腹に力を入れろ。——田中、十分で戻る」

藤原は、社長室の隅で控えていた田中人事課長にそう声をかけると、右手を下に向けた。

「——え？」

彼の手の先から青白い光が放たれ、魔法円に吸いこまれていく。

（いやいや、ちょっと待って！　十分で戻るってなに？）

詳しく聞きたいのだが、直後に体が重くなり口すら開けなくなった。

ズンとくるというのはこのことなのか。

（こんな風に移動するなんて、想定外だわ！　これって、明らかに社長の魔法よね？　さっきの時計といい、いったいいつの間に魔法を使えるようになったのよ）

桃香の頭の中は、疑問符でいっぱいだ。

お腹どころか体中に力を入れて踏ん張っていたのは、おそらく一分にも満たない時間。

突如、フッと空気が軽くなり力が抜けた。

「着いたぞ」

「――――え？」

先ほどから「え？」しか言えてない。

慌てて顔を上げれば、バチンと音が出そうな勢いで、目が合った人間がいた。

（うわぁ～、イケメンだわ！）

こんなときだが、そう思わざるをえないような男性が、そこにいる。

柔らかそうな金の髪に、左右シンメトリーの整った容貌。スラリと細身の長身を包むのは、襟の高い軍服のようなスーツで、肩にはクロークを羽織っている。

美しくきらめく金色の瞳が見開かれて、ジッと桃香を見ていた。

バサリと、クロークの裾が翻《ひるがえ》り、その人物は頭を下げる。

「――――ご来臨に感謝申し上げます、勇者さま」

続けて、その場にいた全員が次々と頭を下げた。

「お久しぶりです。ヴィルフレッド第三王子殿下。堅苦しい挨拶は結構ですよ。私はすぐにお暇《いとま》しますから。皆さまもお顔を上げてください」

この状況の中、平然とした態度で藤原は応対する。

（さすが社長！　……ていうか、あの人本物の王子さまなのね）

第三王子といったなら、完璧なプレゼンを披露して、あの藤原にして『営業にほしい』と言わしめた人物ではなかろうか？

目を離せないでいれば、ヴィルフレッド第三王子と呼ばれたその人が、顔を上げた。

見れば見るほど、桃香の好みど真ん中のイケメンである。

（社長もイケメンなんだけど、年が離れているせいか近寄りがたいっていうか、完璧すぎて怖いっていうか……私の好みだとか好みじゃないとか考えるのも烏滸《おこ》がましいような、そんな感じがするのよね）

藤原は、現在三十六歳。二十五歳の桃香より一回り近く年上だ。独身ではあるものの、華族出身のお嬢さまの婚約者がいるのだとか、海外セレブの美人な恋人がいるのだとか、華々しい噂には事欠かない。

正直、桃香にとっては、舞台上の二・五次元俳優よりも遠い存在だった。

人間、かけ離れすぎている相手には、食指が動かないものらしい。出会ったときから今日まで、桃香が藤原にときめいたことは、一度もない。

（おまけに、暫定《ざんてい》サド認定しちゃったし）

いや、まあこちらは、桃香の偏見かもしれないが。

しかし、そういう意味で言うのなら、目の前の異世界の王子さまだって、藤原以上にかけ離れた存在のはずだった。

しかし、なぜか桃香の胸は、先ほどからバクバクと高鳴っている。

（年齢が近そうなのもあるのかしら？　たぶん同い年くらい。……ていうか、やっぱり純粋に好みの顔すぎるんだわ！　ときめかずにはいられないって感じ！）

目も鼻も口も、桃香の好みを集めてきたような顔をヴィルフレッドはしていた。

「――――こちらは、斎藤です。この世界に常駐させ、私のスケジュール管理等を任せる予定です」

ボーッとヴィルフレッドを見ていれば、いつの間にか藤原が桃香を紹介していた。

「……あ、はじめまして。斎藤桃香と申します」

慌てて桃香は頭を下げる。

ヴィルフレッドをはじめとした異世界の面々は、少し驚いたような顔をした。

「……そうですか。この方が」

口調にも戸惑いが感じられる。

「こちらに常駐されるのは彼女だけなのですか？」

なぜか、そんなことを聞いてきた。

「常駐できるスタッフは一名だけだとおっしゃったのは、そちらだと思うのですが？」

ジロリと、藤原はヴィルフレッドたちを睨《にら》む。

「あ、いや、もちろんそうなのですが――――」

「彼女は、あまりにお若いので」

慌てて言い訳する異世界人たちに、藤原は冷たい目を向けた。

「斎藤は、二十六歳――――」

「二十五歳です！」

思わず桃香は訂正する。うら若き女性にとっては、一歳の違いも大きいのだ。

「今月で、二十六歳になると聞いているが？」

「まだ、誕生日がきていませんから！」

フンスと鼻息を荒くして言い切れば、藤原はちょっと口ごもる。

「……それは、悪かった。――――ともかく、我が国では、きちんと成人した立派な大人ですので
ご心配なく」

桃香に謝ったあとで、ヴィルフレッドたちに向かってそう言った。

「……二十六……あ、いや、二十五歳？」

ヴィルフレッドは、心の底から驚いているようだった。日本人は若く見られるというのはセオリ
ーだが、それはこの異世界でも変わらないらしい。

「ヴィルフレッド第三王子殿下は、二十四歳と聞いております。日本とこの世界は、一日の時間も
一年の長さもほとんど変わりありません。だとすれば、斎藤は殿下より年上ということになります。

年齢的な不安は払拭していただけると思いますが？」

藤原の言葉に、ヴィルフレッドも他の異世界人たちも、慌てて頷いた。

「もちろんです。別に不安とかいうことではなく――――」

「そうそう。あまりにお若く見えるので」

あたふたと言い訳する様子は、なんとも歯切れが悪い。

藤原は、大きなため息をついた。

「まあ、納得してもらえたのならそれでかまいません。――――では、私はこれで失礼します」

「え？」

まさか、もう帰ってしまうのか？

そういえば、ここにきてから、あと少しで十分だ。

「ここでやることについては、わかっているな？」

不安になって見つめれば、藤原はそんなことを聞いてきた。

「あ、はい。この一週間で田中課長から詳しい仕事内容を聞いて、表で一覧にしてあります」

「それならいい。……ここは異世界だからな。仕事がスムーズに運ぶとは、私も田中も思っていない。わからないこと、できそうにないことがあれば、こちらの世界の人間——ヴィルフレッド殿下に協力を仰ぎ、お前のできる範囲でやるといい。……もちろん、いつまでも同じ気分でいてもらっては困るぞ。いずれは完璧に仕事を回してもらう。だが、最初から気負いすぎて潰れることだけはないようにしろ」

優しいのか厳しいのか判断に困る注意を、藤原はした。

まあ、最終的には「やれ」と言っているのだから、厳しいのかもしれないが。

「はい」

桃香の返事は、我ながら弱々しいものとなった。

きて早々にひとりで放りだされる不安が、前面に出てしまったのだ。

藤原は小さく苦笑する。

「……暇ができたら、魔法でも教えてもらうといい」

「えっ！　魔法ですか？」

桃香は、目をパチパチと瞬いた。

そんなことが可能なのか？

「ああ。お前に魔法が使えるかどうかはわからないが……私は、比較的簡単に使えたぞ」

それは、ひょっとしたら、勇者補正というものではなかろうか？

勇者として召喚されたからこそ、藤原は魔法が使えるのかもしれない。

（だって、私はごくごく普通の人間だもの。いくら異世界にきたからって、そうそう簡単に魔法なんて使えないわよね？）

そうは思うものの、では魔法が使える可能性がまったくないのかと言われれば、そうではないとも思う。勇者以外で異世界にきたのは、きっと桃香がはじめてだろうから。

単純かもしれないが、自分でも魔法が使える可能性があるかもと思えば、桃香の心は浮き立った。

あっという間に元気になる。

「わかりました。やってみます！」

「……あくまで、仕事優先だぞ。魔法は暇を見てだ」

「はい！」

先ほどとは裏腹に元気よく返事をする桃香に、藤原は呆れたように肩を竦《すく》める。

そのままクルリと踵《きびす》を返し、桃香には背中を向けたままで片手を振った。

どうやら、別れの挨拶らしい。

「勇者さま！　本当にもうお帰りになるのですか？」

呼び止めたヴィルフレッドに、藤原は軽く会釈した。

「ええ、今日の目的は斎藤をこちらの世界に連れてくることだけでしたから。あとはよろしくお願いします。……それでは、次の予定がありますので、失礼いたします」

淡々と告げた藤原は、スタスタと魔法円の中に入り、移動魔法を起動した。

「あ！　勇者さま――――」

ヴィルフレッドの隣にいた異世界人が慌てたように声をかけるが、動きを止めることはない。

ブワッと湧き上がった光に包まれた次の瞬間には、もうその場に藤原の姿はなかった。

きっと、地球に帰ったのだろう。

時計を確認すれば、きっちり十分経っている。

(相変わらず時間には厳しいのね)

そうでなければ分刻みのスケジュールをこなせはしないのだろうが、もう少し余裕があってもいいのではないかと、桃香は思う。

少なくとも、ひとりで異世界にとり残される桃香に対して、もうちょっと、労《いたわ》りとか思いやりとか気遣いをしてくれても罰《ばち》は当たらないはずだ。

なんとなく藤原にもらった腕時計に触れていれば、周囲の声が聞こえてきた。

「相変わらず一方的な勇者さまですね」

「まったく、少しは交流を図ろうという気はないものか」

「いつもいつも、ご自分の方の都合ばかり。こちらがどれほど苦労して、それに合わせているのか知ろうともされない」

不平不満もわからないではないのだが、まだここに桃香がいることを忘れてはいないか？

「やめないか、お前たち。藤原さまが今までの勇者たちとは違いお忙しい身分であることは、十分承知の上のことだ」

桃香に慮《おもんぱか》ったのかどうかはわからないが、ヴィルフレッドがそんな彼らを叱った。

「はっ、それはそうなのですが」

「ヴィルフレッド殿下に対し、あまりに不敬な態度で」

「不敬もなにもない。藤原さまは勇者で、我らは彼の助力を請い願う立場の者。どちらが膝をつかねばならぬかなど、考える余地もないだろう」

へぇ～？　と、桃香は思った。

どうやらこの王子さまは、少しはものの道理がわかっているらしい。

（さすが、私の好みの顔をしているだけあるわね。……まあ、もっともその道理が、私にも有効かどうかはわからないけれど）

桃香が興味深く見ていれば、ヴィルフレッドがこちらを向いた。

ニコッと微笑《ほほえ》まれる。

「あらためてご挨拶いたします。斎藤桃香さん。私の名はヴィルフレッド・ギディオン・ルーグ。この国の第三王子で聖騎士をやっております」

（ふぉぉぉぉっ！　聖騎士！）

ラノベ好きの心を震わすワードに、桃香は心の中で歓声を上げた。

「ご丁寧にありがとうございます。ヴィルフレッド・ギディオン・ルーグ殿下。私は、藤原の秘書でしかありませんので、敬語を使う必要はございません。これからいろいろお世話になりますので、どうぞお気軽にお話しください」

内心の興奮を隠して、桃香はヴィルフレッドと視線を合わせた。きちんと相手の目を見て話すのは、社会人としては基本中の基本である。

「……ありがとう。では、桃香さんと呼んでもいいかな？」

笑顔をとびきりにして、ヴィルフレッドはそう言った。

（うわぁぁぁ〜、これ絶対確信犯だわ！　自分の顔がいいことを利用している！）

わかっていても抗《あらが》える術《すべ》などない。

顔がにやけないよう必死に表情筋に力を入れ、桃香は困惑を装った。

「……できれば、斎藤とお呼びいただきたいのですが」

「ダメかな？　そちらの国では、名前の先の部分は家名で、ファーストネームは後ろだと聞いているよ」

「おっしゃる通りです。ただ、申し訳ございませんが、ファーストネームは親しい間柄でしか呼び合いませんので」

ほぼ初対面で名前呼びをされることなどありえない。

「ああ、だから私も桃香さんと呼びたかったんだ。先ほど気軽に接してほしいと言ったのではなかったかな？　もちろん、私の方もヴィルフレッドと呼んでほしい」

気軽に接することと名前呼びは同義ではないと思う。

どうやらヴィルフレッドは、かなり軟派な性格らしい。女性と名前で呼び合うことに羞恥《しゅうち》心などないのだろう。

（……ちょっと、引いちゃうわ。顔はホントに好みなんだけど）

ただ、これ以上この件で言い合っても益はないと、桃香は判断する。

勇者である藤原に対しては、理解と譲歩を見せるヴィルフレッドだが、なんといっても彼は王子さま。藤原の部下でしかない桃香に対して、簡単に意見を曲げるとは思えなかった。

（仕方ないわ。名前呼びのひとつやふたつ、好きに呼んでもらってかまわないもの）

呼び方に大きなこだわりのなかった桃香は「わかりました」と言って了承した。

「ありがとう、桃香さん。君と親しくなれたようで嬉しいよ。お礼になにかしたいな。希望はないかい？」

とびっきりの笑顔なのに、胡散《うさん》臭く見えるのが残念だ。

心の中でため息をつきながら、桃香は「それでは」と口を開いた。

「私が仕事をする場所を確認したいので、見せていただけますか？」

職場環境の確認は大切だ。特にここは異世界なのだから、早めにきっちり確認したい。

ヴィルフレッドは、少し驚いたようだった。

「仕事をする場所？　滞在する私室ではなくて？」

「はい。――――あ、もしかして仕事専用の場所は、ご用意いただけないのですか？」

どうやら私室は与えられるようだが、それ以外の場所はないらしい。

考えてみれば、彼らにとって桃香は勇者の付属品。一室を与えるだけでも、かなりの便宜を図っているつもりなのかもしれない。

(他にも仕事部屋がほしいだなんて図々しかったかな？　できれば、仕事と私生活は別の場所にしたかったけど、贅沢は言えないわよね。……でも)

「丸々一室用意してほしいわけではありません。皆さまがお仕事をしている場所の机のひとつでもお貸しいただけたらと思うのですが……」

ダメ元で、お願いしてみた。

ヴィルフレッドは、慌てた様子で首を横に振る。

「ああ。いや、そうではないよ。ただ、荷物が多そうだったから、先に私室へ行きたいのではないかと思って」

言われて桃香は、自分のキャリーバッグと背中のリュックを意識する。たしかに、そう思われても不思議はない荷物量だ。

「お気遣いに感謝申し上げます。ですが、荷物の中には仕事関係の物もありますので、先に仕事場に案内してほしいのですが」

桃香の言葉に、ヴィルフレッドは「わかった」と頷いた。

「――――薔薇《ばら》の間に行く。先触れを」

隣にいた男性に命令する。

(薔薇の間?)

なんだかスゴそうな名前の部屋だった。まるで結婚式の披露宴会場みたいな部屋の名称に、桃香は首を傾《かし》げる。

(仕事部屋にそんな名前をつけるのかしら? 異世界ではそれが普通なのかな)

疑問に思っていれば、いつの間にかヴィルフレッドが隣に立っていた。

「重いだろう? 運ぶよ」

彼の視線ひとつで、周囲にいた使用人と思われる人々が、動きだす。

桃香の背からリュックを下ろさせ、キャリーバッグを受けとろうとしてきた。

「あ! 大丈夫です。私が自分で運びますから」

断れば、困った様子で動きを止める。

「そんな重そうな物をレディに運ばせられないよ。大切に扱うから彼らに任せてくれないかな?」

ヴィルフレッドは、心配そうに頼んできた。

桃香は……仕方ないかと思う。

先ほどの名前呼びもそうだったが、ここで王子に逆らってもいいことはなさそうだ。

「では、お願いいたします」

言い終わるか終わらないかのうちに、リュックとバッグをとられた。

「ああ。こっちだよ」

そう言いながら、ヴィルフレッドが差しだしてきた手をガン見する。

ひょっとしてひょっとしなくとも、この手に自分の手を乗せなければいけないのだろうか？

――――名前呼びに、荷物に、エスコート。

どれもひとつひとつは、大して目くじらを立てるようなことではない。むしろ親切でフレンドリーだと、評価してもいい行いだ。

（でも軟派人間確定よね。……それが悪いわけじゃないけれど）

ただ、今受けた行為のどれひとつとして、桃香の意思に添ったものはなかった。

第一印象が最高で好感度が高かっただけに、ガッカリしてしまう。

とはいえ、ヴィルフレッドが好みのど真ん中だったのは桃香の事情だ。勝手に舞い上がっておいて、理想と違ったからという理由では、彼を責められない。

ギュッと拳を握る。

（郷に入っては郷に従え、郷に入っては郷に従え、郷に入っては郷に従え……）

桃香は、呪文のように心で繰り返し、手を開くとヴィルフレッドにその手を預けた。

そして、案内された『薔薇の間』に、桃香はあんぐり口を開けてしまう。

「ここって――――」

「気に入ってもらえるといいんだけど」

まず目に飛びこんでくるのは、天井高くぶら下がる巨大なシャンデリアだ。キラキラキラと光を弾く複雑にカットされたクリスタルの腕木は、ザッと数えただけでも二十本以上。そのすべてに透明な球がのせられていて、日中ではあるがカーテンの閉められた部屋の中に眩《まばゆ》いばかりの光を発している。

シャンデリアの真下には深紅のベルベット張りの大きな応接セットがあって、存在感を主張していた。背もたれ上部と、椅子やテーブルの足部分に黄金で装飾された透かし彫刻がきらめいているあたり、どう見ても高級アンティーク。ソファーの高さはとても低く、テーブルの天板にまで微細な彫刻が施されているのには、恐れ入る。

また、右側の壁沿いにはどう見ても一流職人が手作りしたとしか思えない家具が品よく配置されていた。すべて白木を黄金で装飾した様式で統一された家具も、絶対近づきたくない一品ばかりである。

おまけに、左側の壁には、誰が見ても素直に美しいと感嘆するのどかな巨大風景画が一面にかかっていた。

部屋の奥には大きな窓があり、桃香が目を向けたタイミングで、室内で待機していた使用人が音を立てずにカーテンを開ける。

「うわぁ〜」

思わず声が出た。

窓の外に広がっていたのは色取り取りに咲き乱れる美しい薔薇の数々。この部屋が『薔薇の間』

と呼ばれる所以は、この庭園のせいに違いない。

「部屋にあるものは、なんでも自由に使っていいよ。足りないものがあれば用意するから遠慮なく言ってほしいな」

ポカンと口を開けたままの桃香に、ヴィルフレッドが親切そうに言ってきた。

どこからどう見ても、王侯貴族の豪華なサロンにしか見えない部屋に、桃香は呆れる。

これでは、まったく最高級ホテルに遊びにきたかのようだ。

桃香がこんな部屋をほしがっているかのように、ヴィルフレッドには見えたのだろうか？

だとしたら、馬鹿にするのにもほどがある！

（郷に入っては郷に従えというけれど、それにも限度があるわよね？）

桃香は、自分史上最高の作り笑いを浮かべてヴィルフレッドに向き合った。

「……ここが、仕事場でしょうか？」

「ああ。お気に召したかな？」

ヴィルフレッドの金の目は、笑っているようで笑っていない。自信満々に桃香を見下ろす目は、女性であればこの華美な部屋を気に入るのは当然だと思っているのが丸わかりだ。

「申し訳ございませんが……気に入りません」

「え？」

「気に入らないと申しました。この部屋は、仕事のできる環境とは思えませんから」

きっぱり告げれば、ヴィルフレッドの表情がスッと消える。

桃香は怯《ひる》まず言葉を続けた。

「他のもっと簡素な部屋をご用意いただくか、そうでなければ、応接セットと家具一式をすべて部屋の外に出すか隅に動かすかして、シンプルな机と椅子を運びこんでください。あんなフカフカで、座ったり立ったりするのが難しいソファーで効率的な仕事ができるはずありませんから。なによりあのテーブルでは、書類の一枚も書けませんよね？　……まさか、ヴィルフレッド殿下は、あんな応接セットで執務をなさっているのですか？」

ヴィルフレッドが、自分を秘書として扱っていないことが悔しいと思う。

桃香に対する彼の態度は、よく言えば深窓のご令嬢、悪く言えばものの道理のわからない幼い少女に対するものと同じだ。

どう見たって働く社会人に対するものとは思えなかった。

（きっとこの国の身分の高いご令嬢は、働いたりしないんでしょうね。邸《やしき》の管理をして夫を補佐したり、せいぜい領地経営の手伝いをしたりするくらいが、関の山なんだわ）

ラノベでよくある貴族女性の設定としては、そんなものが多い。

周囲にいるのが仕事をしない女性ばかりであったなら、ヴィルフレッドの桃香に対する態度も理解できないわけでもなかった。

（もっとも、理解できたからって、それを受け入れられるかどうかは、また別問題だけど。わかってもらえないのなら、わかってもらえるまで訴えるまでよ）

決意をこめて見つめれば、ヴィルフレッドがニコリと笑った。

先ほどとは違う、きちんと目も笑っている自然な笑顔だ。

「スゴい。君の世界では本当に女性も働いているんだね」

そんなことを言いだす。

「はい？」

「以前、勇者からその話を聞いたときは半信半疑だったんだけど、今の君の様子を見て本当なんだと実感したよ。……えっと、男女雇用機会均等法だったっけ？　興味深い法律だ」

ヴィルフレッドは、本当に嬉しそうで、桃香は毒気を抜かれた。

「まさか、それをたしかめようとして、こんな部屋に案内したんですか？」

「そうとも言えるし、そうでないとも言える。要は、勇者からの情報不足なんだよ。彼は『現地を任せるヒショを置きたい』としか言っていなくてね。そのヒショになにをさせるとは説明しなかった。彼にしてみたら『ヒショ』と言った時点で職務内容が伝わるものだと思っていたのかもしれないけれど……こちらの世界に『ヒショ』なんて職業はないんだ」

桃香は、「あちゃぁ〜」と呻《うめ》いて額を押さえたい衝動を、かろうじて堪えた。

この世界に召喚された勇者には、膨大な魔力と同時にチートスキルが与えられる。その中のひとつが自動翻訳スキルだ。

このため藤原は最初からスムーズにヴィルフレッドたちと意思疎通ができたのだが、万能と思われたこのスキルでも、そもそも存在しなかった職業を翻訳することはできなかったらしい。

「わからなかったのに、そのままにしたんですか？」

「いや、そうではないよ。この世界にも翻訳魔法を使える者がいるからね。勇者との話し合いの場にも翻訳魔法の使い手が何人か立ち合っていたんだ。勇者が『ヒショ』と言ったとき私にはそのまま『ヒショ』としか聞こえなかったのだけれど、彼らはしっかり頷いていた。てっきり通じていたのだと思ったんだが、あとで確認したら、人によってそれぞれ違う言葉に翻訳されていてね。『侍従』と聞こえた者や『文官』と聞こえた者。他にも『メイド』と聞こえた者もいたし、『代筆屋』や『道化』と聞きとれた者もいた。あとは、そうそう『隠密《おんみつ》』と聞こえた者もいたよ」

――――いや、いろいろ待ってほしい。

たしかに秘書の業務は多岐にわたる。上司の補佐役として、身の回りの世話からはじまりスケジュール管理や会社内外とのやりとり、その他諸々。情報収集や情報管理もあるから『隠密』はまだわからないでもないものの……『道化』って、なんだ？

（そりゃ、社長の機嫌が悪かったら仕事に支障が出るから、気をよくしてもらうためには、飲食の好みに気をつかったり、好きな物とか話題とかを把握したりのご機嫌とりはするけれど……道化はないでしょ！　道化は！）

鼻の頭を赤く塗ったり、ジャグリングをしたりなど、桃香には絶対無理だ。

「ともかく、そういう理由で『ヒショ』は、そのまま『ヒショ』という新しい職業として私たちは考えることにしたのさ。実際の『ヒショ』を見て判断しようと思っていたんだけど……そこに現れたのが、桃香だろう？」

「――――桃香？」

その瞬間、秘書としては失態なのかもしれないが、桃香は思わずヴィルフレッドの言葉を遮ってしまった。

(急に呼び捨てなんて、どういうつもり?)

桃香とヴィルフレッドは、出会ったばかりの間柄だ。その状況で名前呼びをされていることだけでも不本意なのに、呼び捨てされてしまってはたまらない。

抗議の意志をこめてヴィルフレッドをジロリと睨んだ。

見目麗《うるわ》しい王子さまは、悪びれることなく微笑む。

「ああ、ゴメン。つい、ね。悪気はないよ。むしろ君への好感が高まったからだと思ってくれると嬉しいな。代わりと言ってはなんだけど、君も私を呼び捨てでかまわないから」

どうやらヴィルフレッドは、呼び捨てをやめる気はないらしい。

(自分も呼び捨てでなんて言われたって、王子さまを呼び捨てなんてできるはずないのに)

憤懣《ふんまん》やるかたない桃香だが、ヴィルフレッドの身分を考えれば怒鳴りつけるわけにもいかない。

桃香のイライラをよそに、ヴィルフレッドは楽しそうに話を続けた。

「それでさっきの話の続きだけど……私たちの世界では、ある程度身分の高い女性は働かないからね。いくら勇者の言でも、桃香が本当に働けるのかどうか疑問だったんだよ」

仕事内容がわからないうら若き女性。その仕事場と言われて、どんな部屋を用意したらいいのかも、当然予想がつかなかった。

結果、ヴィルフレッドは、とりあえず『薔薇の間』を差しだすことにしたのだ。

「この部屋なら、たいがいの女性は喜んでくれるからね。……まあ、桃香は違ったけれど。こうなった原因のすべてが私たちではないことは、納得してくれたかな?」

ここまできちんと説明されれば、桃香も怒ってばかりではいられない。

「お互いの理解が足りていなかったことは、わかりました。ご説明いただきありがとうございます。……では、部屋については先ほど私が言った通りにしてくださいますか?」

「もちろん。すべて君の希望通りにするよ。……ああ、でも応接セットは、このまま部屋に残しておく方向でかまわないかな? これだけ重いと移動も結構たいへんでね」

それくらいはかまわないかと、桃香は思った。

(っていうか、部屋のチェンジはないのね)

『薔薇の間』使用は確定事項らしい。

ふぅ〜と息を吐きながら、桃香は部屋を見回した。あまりに高級すぎて落ち着かないが、慣れればなんとかいけるかもしれない。

諦め気分で見ていれば、ヴィルフレッドが応接セットのソファーに優雅に腰かけた。

「執務机と椅子を今運ばせるから、待っている間にお茶でもどうかな? そうそう、書棚はいるかい? もちろん実用性重視のシンプルなものを選ばせるよ」

言っている間に、どこからともなく現れたメイドがお茶の準備をする。

桃香のリュックとキャリーバッグが、ヴィルフレッドの向かいのソファーの脇に置かれた。

「どうぞ、座って」

長い指で促され、仕方なく桃香は腰かける。浅く座ったつもりだが、予想を超えるクッションの柔らかさで、お尻が深く沈んだ。

(ひぇっ！　……パンツスーツで、よかった)

これがスカートだったら、膝から太ももまで丸見えになるところだ。

焦って座り直していれば、なぜかヴィルフレッドが顔を赤くしている。

「……なにか？」

「あ、ああ。こちらでは女性がそれほど足の形のわかる衣装を着ていることがないから。……なかなかいいなと思って」

前言撤回！　パンツスーツも危険だった。

「見ないでください！」

「無理だよ。目の前にあるのにどうしろと？」

それはそうかもしれないが、言ってほしくはなかった。

「セクハラよ！」

「……すまない。翻訳機がうまく働かないみたいだが、それはどういう意味だ？」

どうやら異世界にセクハラの概念はないようだ。

(そこからなの？　いいわよ、やってやろうじゃない！)

ここはきっちり説明した方が、後々の自分の仕事環境のためになる。そう思った桃香は居住まいを正し、セクハラとはなんなのかをヴィルフレッドに語りはじめた。

自分たちの文化にはないセクハラの概念は、彼の気を損ねてしまうかもしれないが、そんなことは知ったこっちゃない。

（いくら好みのイケメンでも、セクハラのなんたるかも知らないような相手はお断りよ！）

いかにセクハラが罪なのかを、遠慮なく語る桃香は気がつかなかった。

――――その姿を、ヴィルフレッドがひどく楽しそうに見ていたことに。


三日後、桃香は薔薇の間のレイアウト変更を断行し、なんとか仕事場らしい雰囲気を作りだすことに成功した。

存在感の大きい応接セットを絵画のかかった壁際に避けて、窓際に簡素な机と椅子を配置し、その近くに機能性重視の書棚を置いたのだ。また、装飾の少ないテーブルワゴンを移動式のカウンターとして利用して、ホワイトボードに似せたキャスター付きのボードも作ってもらった。

（ホワイトボードが大理石みたいに見えるのは――――きっと、気のせいよね？）

いくらなんでも、そんな高価格なホワイトボードを作るはずがないと信じたい。

見た瞬間に、真面目に仕事をするのが嫌になる退廃的な薔薇園も、きっちりカーテンを閉めてしまえば視界からシャットアウト完了だ。

（毛足の長いフカフカの絨毯とか、シャンデリアとか、どうにもならないものもあるけれど……大丈夫、今どきはお洒落なオフィスが流行だったから、そういう会社で仕事していると思えば気力は保てるわ！）

なにはともあれ、備品は揃ってきたので、桃香は次の段階に進むことにした。

（ズバリ！　情報収集よ）

先日の秘書に対する認識違いからもわかるように、正しい情報を得ることは、なにより重要だ。

秘書としても、情報の収集と管理は、基本の職務である。

まずそこからはじめようと思った桃香は、この世界のことについて教えてくれる人の斡旋《あっせん》をヴィルフレッドに依頼した。

そして、いざ学ばんと意気ごんでいたのだが――――。

「……どうしてあなたがここにおられるのですか？」

桃香は、目の前のとんでもなく好みなイケメンを半眼で睨んだ。

ヴィルフレッドは、愛想のよい笑顔を浮かべる。

「いやだなぁ。こちらの世界についていろいろ教えてほしいと頼んできたのは、君だろう？」

「そうですが、私が依頼したのは、教えてくださる講師の派遣です。殿下自ら教えてほしいとお願いしたつもりはありません」

ヴィルフレッドは、傷ついたように目を伏せた。

「私では、不足だと？」

「不足ではなく、過分です！　勇者の部下とはいえ貴族でもない人間に対し、王子さまが直々に講師につくなどありえないでしょう！」

桃香の主張は、この世界では常識のはず。ルーグ王国が、王を頂点に王侯貴族が支配する身分制度のある国だということくらい、とうに知っている。

「部下とはいえ、君自身は『社長令嬢』という身分なのだと聞いているよ」

誰だ？　そんなことを言ったのは！

「社長は社長でも、私の父は、藤原社長とは比べものにならないくらい小さな会社の社長です！あと、社長でも平民ですから！」

藤原は、フランス人だった母方の祖母が元貴族の家系だったと聞いている。当然桃香には、そんなやんごとなき血は入っていない。

「君の国では、ものを教えるのも習うのも、身分は関係ないのだろう？」

「私の国ではそうでも、この国は違いますよね」

キッと睨みつければ、ヴィルフレッドは口角をニヤリと上げた。

「そうだ。我が国には身分制度がある。……そして、その制度に則《のっと》れば、王子である私の言うことに、平民の君は従わなければならないんだよ。つまり、私が教えてあげると言っているのを、君が断ることはできないんだ」

桃香は、グッと言葉に詰まった。

自分はこの国の住民ではないと言いたいが、そうすれば先ほど身分が高すぎるからとヴィルフレッドの講師を断った理由が立たない。

そもそも、身分の高い王子直々に教えるのがおかしいと主張していたはずなのに、それを逆手にとられて、断ることこそ不敬なのだと指摘されてしまえば、なにも言えなくなった。

悔しいが、ここは桃香の負けのようだ。

「……わかりました。何卒《なにとぞ》ご教授願います」

「ああ、存分に頼ってくれてかまわないよ。――――では、まずこの世界の地理から教えようか」

そう言ってヴィルフレッドが、侍従に持ってこさせたのは、意外なことに地球儀だった。

（ううん。ここは地球じゃないから、厳密には地球儀じゃないかもしれないけれど）

「世界が球体であることは知っている？」

「私の世界では、子どもでも知っている事実です」

桃香が答えれば、ヴィルフレッドは少し驚いたようだった。

「へぇ～？　それはスゴいね。こちらでは成人男性か、女性ならよほど身分の高い貴族女性しか知らないことだよ」

どうやら、教育面でも男女の違いはあるらしい。

「この世界に大陸は五つ。そのうち北と南の大陸は寒すぎて生命が生存できない環境だ。残り三つの大陸のうち、北寄りの大陸にはエルフという種族が、南寄りの大陸にはドワーフという種族が棲んでいる」

この世界の北極と南極は、地球より寒さが厳しいらしい。

説明しながらヴィルフレッドは、地球儀の、少し上の方にある大陸と、反対に少し下の方にある大陸を順番に指し示した。

「エルフとドワーフですか？」

「ああ。エルフもドワーフも、元々は我々と同じ人間だったと伝えられている。それが違う種族に変化したのは、二つの大陸に存在する特殊な魔石の影響なのだそうだ。――エルフの住む北大陸には風と光の属性を強く持つ魔石が巨大な山脈になっていて、風の魔石は、空を飛ぶための軽く華奢《きゃしゃ》な体格にエルフを変化させ、光の魔石は、体の細胞を常に活性化することでエルフに長命をもたらしたと言われている。一方、南の大陸の魔石は強力な土と闇の属性を持っていて、ドワーフは二つの魔石の影響で、土を掘り岩を砕く頑健で力強い肉体と、そうして作った地下都市でなに不自由なく暮らせる闇を見透かす目を手に入れたのだと信じられている」

なんともびっくりな話だった。

「魔石ですか?」

「そうだ。でも、魔石については、またあとでじっくり教えることにするよ。今は地理の授業だからね。――最後の五つ目の大陸が、私たちのルーグ王国のあるこの場所だ」

そうしてヴィルフレッドが指し示したのは、地球儀の真ん中ほどにある大きな大陸――地球でいうならユーラシア大陸くらいの大きさの大陸だった。地球で言うところの赤道を中心に横に長い楕円《だえん》形に近い形をしていて、地球儀の半分くらいを占めている。

地球儀は、海の部分は青く、陸の部分は緑に塗られているのだが、この大陸の中心部分は白くなっていて、周辺部は五つに区切られ線を引かれていた。

そのうちの、一番大きな北側の区域をヴィルフレッドは指でなぞる。

「ここが、ルーグ王国だ」

長い指が、この上なく大切なものに触れているかのように、優しく動く。

「東がドアール、西がラビン、南側に二つに分かれた国は、東がボレド、西がサンツだ。人間が住む国はこの五国で、中央部は魔物が跋扈《ばっこ》する魔の領域になっている」

魔物とは、魔王の支配下にある魔法を使える生物の総称。虫のような小さな生き物から、ファンタジー小説に出てくる竜のような生き物まで種々様々いるようだ。中には人型で知能の高い生物もいるのだと、藤原から聞いている。

「では、魔王はこの中央部にいるのですね」

桃香の質問にヴィルフレッドは、静かに頷いた。

魔物や魔王について詳しく聞きたいが、今日は地理だと言われている。

「――――中央部や各国の地形がわかる地図はありますか？　あとは、気候と……それに、中央部は無理かもしれませんが、各国の総人口と人口比率、主要産業や政治経済体制も教えてもらえると助かります」

ヴィルフレッドからの返事は、少し間があいてから。

「……地形や気候はともかく、人口や産業、政治経済体制も知りたいのかい？」

「もちろんです。最終目的地が大陸の中央であれば、進撃ルートはいろいろ考えられますよね？　どこを通るか選ぶために、参考になりそうな情報は、あればあるほどいいですから」

進撃ルートなどの戦略を最終的に決定するのは桃香ではないが、決定するための資料を藤原に用意するのは秘書の役目だ。

（そのくらいできなきゃ、遠藤係長からなにを言われるかわからないわ）

秘書課第二係だった桃香だが、異世界の現地秘書に決まると同時に第一係へと異動になった。直属の上司となった遠藤は、仕事のできる傑物で、自分にも他人にも厳しい人物だ。本当は彼女こそが現地秘書になりたかっただろうに、藤原が選んだのは桃香だったという経緯もある。

このため、遠藤の桃香に向ける目は……とてつもなく冷たいのだ。

桃香の仕事に抜かりがあれば、ここぞとばかりに責められるのは火を見るより明らか。

悔しげに睨んでいた遠藤の目を思い出した桃香は、他にも必要な情報がないか、懸命に考えはじめた。

（今まで無難にのらりくらりと仕事をしてきたのに、とんだ方向転換だわ）

昔から桃香は、やればできる子だと周囲から言われてきた。ただ、これまでは、いかに周囲を利用して楽して生きるかに、そのやる気を注いできたのだ。仕事を進める上でいい提案を思いつけば、それを何気なく先輩社員にほのめかし相手の功績にしたり、反対にこのままではうまくいかないと思えば、それを修正できる方法を、ついでのように同僚に告げ、運良く回避できたと思わせたり。

ともかく、自分は目立たずに仕事をうまく回していたのだ。

しかし、ここには利用できる周囲がいない。

だとすれば、自分で頑張る以外ないではないか。

うんうんと考えていたのだが、そんな桃香の努力を無にするような発言をヴィルフレッドはしてきた。

「――――大丈夫。進撃ルートなら、我が国の方で、もう検討済みだからね」

「え？」

「勇者には、対魔王の戦いのみに集中してほしいんだ。それ以外のことについては、すべて我々に任せてほしい」

親切そうに言われた内容に、桃香は困ってしまった。

「そのことは、藤原も承知しているのですか？」

「いや、格別に告げてはいないけれど……今までの勇者も戦い以外のことは、みんなノータッチだったからね。確認するまでもないだろう？」

――――そんな他人任せ、あの藤原がするわけない！

「……やはり、先ほどお願いした情報はください。たとえ、進撃ルートをそちらで決めてもらうにしても、その決定が正しいか正しくないかの判断ができない状態に、藤原が満足するわけありませんから」

若くして、世界屈指の企業グループの中核企業でトップに立つ男。革新的な経営戦略を展開し、それでも現状に満足せず常に前へ前へと進む姿勢から、藤原を大胆不敵で豪放な性格だと思う者は多い。だが、その実、彼は緻密な調査や計画を得意とし、どんな戦略にもたしかな裏付けを求める慎重派でもあった。

藤原が、他人の立てた戦略を鵜呑《うの》みにして戦うなどあるわけない。

「進撃ルートを検討済みということは、その際に参考にした資料がありますよね。それも見せてください」

桃香の頼みに、ヴィルフレッドは、傷ついたような顔をした。

「それは、勇者が――そして君も、私たちを信じられないということかな」

金の瞳が切なそうに伏せられる。

桃香は、ポカンとして彼を見つめ返した。

「……えっと、でもそれって当然のことですよね？」

「――は？」

今度は、ヴィルフレッドがポカンとする。

首を傾げながら、桃香は聞き返した。

「だって、藤原がこの世界に召喚されたのって二十日くらい前のことでしょう？」

召喚された一週間後に課内会議があって、それから一週間で桃香は異世界に赴任してきた。そして、今日は赴任後三日目だ。合わせて十七日――二十日も経っていなかった。

「出会って半月ちょっとの相手を完全に信頼して、自分の命に関わる作戦を丸投げするなんて、そんな無謀なことを、この世界の人はできるんですか？」

少なくとも桃香には無理だ。

当然、藤原にだって無理だろう。

（ひょっとしたら、この世界の人って、みんなとんでもなく善良な人ばかりで、他人を疑うこととかしないの？）

そう思った桃香だが、ヴィルフレッドの顔を見て……やはりそんなことはないのだと確信する。

桃香の好みど真ん中の顔をしたイケメン王子さまは、すごく悪い顔をしていたのだ。

「ふふ……そうか。……君は、そうくるんだね」

「……はい？」

「やっぱり君は一筋縄ではいかないな。……普通こういうときは、本音はどうあれ『そんなことはありません』と否定するところじゃないのかな？」

たしかに、これが普通の商取引の現地調査かなにかであれば、間違いなく桃香はそう言っただろう。しかし――――。

「ここは、私にとっては普通ではない異世界ですから」

そして、異世界だからという理由で、桃香は選ばれ派遣されたのだ。であれば、ここで適当に相手に調子を合わせ普通にやり過ごすわけにはいかない。

多少無礼だったかもしれないが、ここはきちんと自分の意見を述べて、相手からしっかり情報を引き出すべきだ。

桃香は、そう判断する。

ヴィルフレッドは、悪い顔のまま口角を引き上げた。

「そうだね。君にとっては異世界だ。だから、君の懸念はもっともだけど……でも、それなら私たちの提供する情報すべてが信頼できないということになるのではないのかな？　目の前のこの地球儀だって、まるっきりの偽物かもしれないよ。信用できない者からの情報を君はほしいのかい？」

桃香は「はい」と、躊躇《ためら》いなく頷いた。

「いただいた情報が偽物かもしれないということは、常に忘れないように注意していますから。……それに、そのすべてが嘘だとは思っていませんよ」

ヴィルフレッドは、意外そうな顔になる。

「へぇ～？　少しは信じてくれているってことかな？」

桃香は、どう言ったらいいかと考えながら、口を開いた。

「う～ん。……私が嘘だと思わない理由ですが……そうですね、まず前提として、まるっきり嘘の情報を一から作り上げるということは、案外難しいという事実があります。この地球儀だって、ここまで手のこんだ物を作り上げるのは、お金も時間もかかりますでしょう？」

地球儀の値段は、種々様々だ。数千円台から高い物は百万円以上。なんでも量産する日本でもその程度の値段はしたのに、地球が丸いということが一般的ではないこの世界の地球儀が高いのは間違いないと思われる。

「しかも、この地球儀の情報を私に信じさせるには、同じ地図を作って、私の周囲の人々に周知させなくてはいけませんよね？　私が何気なく見たり聞いたりしたときに違和感があったらいけませんから。他の情報だって同じです。偽情報を作って、それを完全に信じさせるには膨大な手間暇と経費がかかりますよね？」

しかも、そこまでしたとしても、偽情報がまったくバレないかと言われればそうではない。たとえば先ほどの地球儀だって、自分の国をまるっきり違う場所だと言ったとしても、暑いはずの国がまうのだ。

寒かったり、大陸中央部だと言われた場所で海風を感じたりすれば、あっという間に嘘はバレてし

「かかる経費と労力を考えれば、わざわざ偽情報を伝えるよりは、真実を伝えた方がいいものはたくさんあるはずです。そういったものを除けば、嘘かもしれない情報はそんなに多くありません。

――――それに、私がより多くの情報を集めれば、そこに嘘を混ぜるのは段々難しくなりますから」

嘘をひとつついてしまったがために、次から次へと嘘を重ねなければいけなくなった話は、そう珍しいものではない。

この世界の人間が桃香に嘘の情報を渡したとして、その情報に関連する情報をまた彼女が集めるたびに、彼らは嘘情報をつき続けなければならなくなるだろう。

そうすれば、その嘘を見破ることはそんなに難しいことではないはずだ。

桃香の言葉を聞いたヴィルフレッドは、楽しそうな顔をした。

「たしかに君の言う通りだ。だったら、私がすることは、君に正しい情報を渡し、少しでも信頼してもらえるように誠心誠意頑張ることなんだろうな」

別に頼んだ資料さえもらえれば、そこまで頑張ってもらう必要はない。

初対面での名前呼びやらなんやらで、密かに軟派認定しているヴィルフレッドからの好意を素直に受けとれない桃香は、丁重にお断りしようと思う。

しかし、彼女が口を開く前にヴィルフレッドが身を乗りだしてきた。

「君から依頼された物は、すぐに用意するよ。戦略ルートを決めた経緯も、しっかりじっくり説明

してあげる」

それはありがたいのだが、あまり顔を近づけるのは、やめてほしい。性格はともあれ、彼の顔は桃香の好みど真ん中なのだ。胸は勝手に動悸《どうき》を速めるし、顔には熱が集まってくる。

「あ、ありがとうございます」

あと、ここで手を握る必要性あるの？

「他に必要なことはないかな？　私にできることならなんでもしてあげるよ」

ヴィルフレッドは、妖艶に笑った。

桃香の背中に、ゾクゾクッと震えが走る。

「と、とりあえず！　この手を放して離れてください！」

真っ赤になって叫べば、ヴィルフレッドは、今度はクスクスと笑った。乗りだしていた体を元の位置に戻して座り直す。

「まったく君は面白い人だね。男顔負けにバリバリ働くかと思えば、そんな純情可憐な顔もする。興味が尽きないよ」

そんなことを言ってきた。

「興味は尽きてもらって結構ですから、情報だけお願いします」

からかわれるのはゴメンである。そう思った桃香はムッとして言い返す。

ヴィルフレッドは、ますます楽しそうになるばかり。

「ああ、目が離せなくなりそうだ」

——勘弁してほしい。

ため息を堪える桃香だった。

その後、ヴィルフレッドは宣言通り桃香に多くの情報を渡してくれた。異世界知識の講師も変わらず務めてくれて、おかげで異世界に赴任してからこの方、会わなかった日が一日もない。

（第三王子って暇なの？）

聖騎士でもあると言っていたはずだが、彼の勤務態勢はどうなっているのか？

——聖騎士については、一昨日の軍事の講義で教えてもらった。

中央に魔物が跋扈する魔の領域を抱える人間の五つの王国には、それぞれ鍛えられた軍があるそうだ。

東側に位置するドアールとボレドの軍隊は、足の速い聖狼《せいろう》を擁し機動性に優れている部隊。反面、聖狼の数に限りがあり、あまり多く揃えられないのが欠点となっている。

一方、西側のラビンとサンツは、重騎士メイン。攻撃力、防衛力ともに高いのだが、小回りがきかず地形によっては不利となる。

そしてルーグ王国の軍は、バランス重視のオールマイティ型。なにかに特化しているということのない代わりに弱点もない軍だという。

聖騎士とは、この五カ国とエルフ、ドワーフの精鋭を集めた多国籍軍を率いる騎士の呼称。魔王と魔物を倒すことを目的として編制された軍で、最高指揮官は勇者だという。

「……軍の指揮官ですか？　いったいいつの間に任命されたんですか？」

藤原から、その説明はなかったと思う。

「勇者として召喚されたその瞬間には決まっていたことだよ。魔王討伐軍を勇者が率いるのは当然のことだろう？」

それは異世界側の常識ではないのか？

不信感もあらわにヴィルフレッドを睨めば、彼はヘラリと笑う。

「大丈夫。最高指揮官とはいっても、彼が直接軍隊の指揮を執ることはないと思うよ。勇者は自由に戦えばいい。彼が戦う環境を整えることも、その戦いへの支援も、私たちが全力で行うから」

そんなわけにはいかないだろう。

桃香は、頭を抱えてしまう。

「――それぞれの軍隊の規模と特徴などの軍事力の情報を教えてください。特に聖騎士については詳細にお願いします」

実態はどうあれ、仮にも自分の軍隊があるのだ。それを藤原が利用しないはずがないし、勝手に動かれることを是とするわけもない。

（使えるモノは使えというのが社長のモットーだもの。自分が最高指揮官だって知っているかどうかはわからないけれど、軍隊のことだって利用する気満々よね。ここは早急に現状の把握をしなくっちゃ）

ヴィルフレッドは、嬉しそうに笑う。

「そう言うと思ってね。実はここに資料を用意してあるんだ。……ね、私はかなり役立つ人間だろう？」

いそいそと差しだされた分厚い資料。それを引きつった顔で受けとりながら、桃香が彼の綺麗な顔を叩いてやりたいと思ったことは無理のないことだろう。

その後、彼女は寝る間も惜しんで資料を読みこんだ。

目の下の隈を濃くした桃香が、翌日ツヤツヤの肌で訪れたヴィルフレッドの姿に、ますます『叩きたい』という思いを募らせるのは、必然だ。

「――それにしても、ずいぶん書類が増えたね。書棚をもう一台増やした方がいいんじゃないかな？」

日々膨れ上がる桃香の不穏な思いには少しも気づかぬ様子で、今日のヴィルフレッドは机上に積み上げた書類に触れた。

たしかに書棚も必要だが、それ以上に必要としているのは書類を整理してくれる人員だ。

「先日私がお願いした事務員の雇用はどうなっていますか？」

桃香は、数日前からヴィルフレッドに、自分の仕事を手伝ってくれる事務員をつけてくれるようにお願いしていた。

この件については、異世界にくる前に藤原からも了解を得ている。仕事の量を考えれば、絶対必要な人員なのだ。

「ああ、カールには頼んであるんだが」

カール・ファイモンは、ルーグ王国の宰相補佐。現宰相の息子で歳は二十五歳。桃香は異世界に赴任した翌日に顔を会わせている。

（なんというか、ものすごく無愛想で素っ気ない人だったわよね。……まあ、私が彼の容姿に驚きすぎたせいもあるんだけど）

桃香は、この世界の人間から見れば紛《まご》うことなき異世界人だ。このため、会う人会う人全員が興味津々に見つめてくるのだが、カールだけは彼女に無関心だった。

原因は、会ってすぐに桃香が嬌声《きょうせい》を発したから。

（だって、仕方ないわ。エルフの合法ショタ美少年なんて、萌えないでいられないじゃない！）

そう。御年二十五歳の宰相補佐さまは、なんとハーフエルフ！　見かけは十五歳くらいの紅顔の美少年だった。しかもお耳はエルフのとんがり耳。この容姿に興奮しないラノベファンはいない！

「え？　嘘っ！　なんて可愛いいの！」

――――あとからヴィルフレッドに聞いたのだが、『可愛い』発言はカールの鬼門だった。他にも外見からはとても信じられない捻《ひね》くれた性格をしているらしい。

そういった情報は事前に教えてほしかったと思ったのだが、後の祭り。

その瞬間から顔を強《こわ》ばらせたカールは、最後まで桃香に笑みを見せなかったのだ。

「……まさか、わざと手続きを遅らせたりしていませんよね？」

「いや。あいつは公私混同はしないはずだが――――」

言葉尻が小さくなり消えていく。

やっぱり心配だ。本当に人員を配置してくれるのだろうか？

――――幸いなことに、その心配は一時間後に解消した。

「……ロバート・ホーディーです」

ボソボソと名前を告げた青年が、おざなりに頭を下げる。

「はじめまして。斎藤桃香といいます。これからよろしくお願いします」

「……はあ」

――――解消したかに思われたのだが、その判断は早すぎたようだ。

目の前のロバートは、くすんだ茶髪をぼさぼさのショートボブにした十代後半と見える男性。身長は桃香より少し高く、たぶん百七十センチに届くか届かないくらい。きらきらしいイケメン王子なヴィルフレッドを毎日見ている桃香には、親しみと安心感の持てる平凡顔だ。

そこまではまったく問題ないのだが、こちらを見返す茶色の目に光のない――――つまり、まったくやる気の見えない男だった。

「今日はきていただいたばかりなので、簡単な書類の整理をしてほしいのですけれど――――」

「あ～、俺ってそういうの苦手なんですよねぇ～」

仕事の説明をはじめた桃香の言葉を遮って、ロバートはヘラリと笑う。最初に頼んだ仕事で、その自己申告はないだろう。

「……それでは、どういう仕事が得意ですか？」

「う〜ん、えっと……そうだなぁ〜、書類の書き写しとか？」

腕を組み、首を傾げながらロバートは答える。

「わかりました。では、そちらのコーナーにある書類のタイトルだけを書きだしてくれますか？」

桃香が指し示したコーナーを見たロバートは、露骨に顔を顰《しか》めた。

「え〜？　こんなにいっぱいですか？」

たしかにそこには、束にした書類が山と積まれている。しかし、他の場所に比べれば少ない方だし、なにより頼んだのはタイトルの書き写しだけ。

「できる範囲でかまいませんよ。あとでファイリングするときの参考にするだけですから」

桃香の言葉にロバートは露骨に安堵《あんど》の表情を浮かべた。

「よかった。俺って急《せ》かされると実力を発揮できないタイプなんですよねぇ」

へへへと笑う茶色の目には、やっぱり光は見えない。

（……ダメだ、こりゃ。こういう人って、なんだかんだ理由をつけて結局仕事をしないタイプよね？）

桃香は、心のうちでため息をついた。


そして、桃香の予想は見事に当たった。

急かされると実力を発揮できないタイプだと自己申告したロバートだが、彼は急かされなくても仕事ができないタイプでもあったようだ。

いつまで経っても最初に頼んだ仕事が終わらない彼に、桃香はため息が止まらない。

（絶対、ファイモン宰相補佐の嫌がらせよね。いくら『可愛い』と言われたのが嫌だったからって、使えない人間を送ってくるなんて……子どもなのは外見だけかと思ったけど、中身もホントに子どもだわ）

文句はあるのだが、くどいてばかりいても仕事は捗《はかど》らない。

桃香にできるのは、なんとかロバートを使えるようにするだけだ。

「この書類のタイトル間違っていましたよ」

「え～？　……あ、本当だ。へへ、すいませ～ん」

桃香の注意に、ロバートは頭をポリポリ書きながら謝った。

到底悪いと思っている態度ではない。

ついつい怒りたくなった桃香だが、ここで感情的になってもいいことはなにもなかった。

大きく深呼吸をして、心を落ち着かせる。

思い出すのは、新採用時代の自分だ。

ろくな資格もなく一流企業に縁故採用で入社した桃香は、当たり前だが仕事のできる新人ではなかった。毎日毎日叱られ続ける日々にへこむばかり。

（それでも幸いだったのは、叱ってくれる先輩がいい人だったことよね）

桃香の相談役についたのは、アラサーで厳しいと評判のお局《つぼね》さま。しかし彼女は、叱るときは他人の目のない場所で一対一。大勢の前で恥をかかせるようなことはせず、なにが悪かったかきちんと説明してくれて、直すための具体的なアドバイスもしてくれた。

（叱ったあとも普段と態度を変えずに接してくれたし、あの先輩のおかげで私は一人前になれたようなものだわ）

あまりに有能すぎたのだろう。その先輩は間もなく企業グループ本社から引き抜かれ栄転していった。おかげで恩返しできなかったのだが……今こそ、そのチャンスなのかもしれない。

（先輩の恩は後輩に。世の中、そういうものよね）

そう思った桃香は怒りを収めた。

「ロバートさんは字が綺麗だから、間違ったらもったいないわ」

褒めながら注意するのも、先輩直伝だ。

「え？　えへへ、そう思いますか？」

「はい。丁寧に書いてくれているのがよくわかりますもの。それが終わったら、ファイリングの見出しもお願いしますね。ロバートさんの綺麗な見出しなら、きっと最高のファイリングができるわ！」

力一杯おだてれば、ロバートは嬉しそうに頬を緩める。

「そっか。……そう言われるとなんだか嬉しいな。今まで俺の仕事を認めてくれた人っていないから。……みんな、『遅い』とか『愚図』とか『のろま』とか、文句ばかりで。そんなこと言われたら、ますます仕事なんてやる気になれないのにね」

それは人それぞれというものだ。

ともかく、ロバートが叱られて奮起するような性格でないことはよくわかった。

「それだったら、私たちで完璧なファイリングを作って、ロバートさんを馬鹿にした人たちを見返してやりましょうよ！」

勢いこんで言えば、ロバートは茶色い目を見開く。

やがて、ヘラリと笑った。

「アハハ、う～ん、俺、そういう熱血みたいなのは、なくていいかなぁ。……でも、完璧なファイリングってのは興味あるから、ちょっとは頑張るよ」

なんともマイペースな男である。たしかに、ここで奮起できるような人間なら、宰相補佐に左遷させられるようなこともなかったのかもしれない。

それでも、桃香を見返す茶色の目には、小さな光があった。

まあ、今のところはそれでもいいかと思う桃香だった。


ヴィルフレッドに異世界の常識を教えてもらいながら情報を集め、それをロバートと整理整頓。藤原に見せる資料にする作業を重ねていけば、あっという間に日々は過ぎる。

桃香が異世界に赴任してから一週間。今日は藤原がくる日だった。

ルーグ王国王城の中にある神殿の地下。直径一メートルほどの円柱がところどころで天井を支える広い空間の中央に、見覚えのある魔法円が光る。

その光が一瞬目も眩むように輝いたかと思えば、そこからスリーピーススーツ姿の男が現れた。

言わずと知れた勇者――――桃香の上司の藤原である。

相変わらず隙の見えない男は、彼の出現と同時に頭を下げる周囲を、当然とばかりに受け入れた。

たった一週間ではあるが、久方ぶりに見る藤原のスーツ姿に、桃香の胸に郷愁の念が沸き上がる。

ヴィルフレッドと一言二言挨拶を交わした藤原は、桃香の前に立った。

「社長――――」

「仕事の進捗状況を報告しろ」

桃香の郷愁は、藤原の一言で一気に吹き飛んだ。そんな甘い感傷が通じるような相手ではなかったのだ。

「は、はい！　こちらが一覧表です」

昨日一日がかりでまとめたレポートを藤原に手渡す。

無言で受けとった書類に目を通しながら藤原が歩きだした。

桃香は、慌ててあとを追う。

「ルーグ王国の人口は、約一億人。ただし、この数字は各地域を治める領主の申告を元にした人数の総計で、日本のような国勢調査をした結果ではありません。東の隣国ドアールは――――」

書類の要点を告げながら、桃香は必死で足を動かした。なにせ桃香と藤原では足の長さが違う。

普通に歩いている藤原についていくだけでもたいへんだ。

「エルフとドワーフの人口に推定とついているのはなぜだ？」

「二つの種族とも、そもそも人口を調べるといったことをしないそうです」

「それでは仕方ないな。……ん？　この、勇者軍というのは？」

書類をパラパラとめくっていた藤原の手が、そこで止まった。

「文字通り社長の軍です。ヴィルフレッドさまをはじめとした聖騎士を中心に編制されていて、規模は――――」

桃香は、調べた情報を藤原に伝える。

片手を上げ、それを途中で遮った藤原は、桃香の後ろにいたヴィルフレッドに視線を移した。

「ご説明いただいても？」

「桃香にすべて話してありますので」

藤原の眉が、ピクリと上がる。

「……名前で呼んでもらっているのか？」

「へ？」

――――勇者軍ではなく、そこに引っかかったの？

「お断りできませんでしたので」

赴任地の有力者に頼まれて断れる平社員がいるのなら見てみたい。

藤原の眉がムッとひそめられた。それでも立ち止まらずに進んでいく。

「勇者さま、こちらでお着替えをお願いします」

ヴィルフレッドの従者のひとりが、扉の前で待ち構えていた。

藤原は、これから勇者として騎士団の模擬戦に参加することになっている。

勇者になると同時に規格外の魔力と絶大な威力を持つ聖剣を授かった藤原だが、だからといって、じゃあすぐに魔王とガチンコ勝負――――なんてことができるはずもない。

強い力を持つことと、それを使いこなせるかどうかは、別だからだ。

それに、敵は魔王のみにあらず。魔王の率いる魔族もまた倒さなければならない敵なのだ。

だからこそ、勇者軍や聖騎士がいるわけで、藤原には彼らをはじめとした味方の騎士団と連携をとるための訓練が必要なのだった。

「勇者軍か。自分の名を冠した軍があるとは思わなかったが……まあ軍の掌握をする手間が少しは省けたと思えば悪くはない」

どうやら藤原は、今回の訓練で異世界の軍隊を自分の支配下に置く算段をつけるつもりでいたようだ。

情報を集めていてよかったと桃香は胸を撫《な》で下ろす。

その訓練にこれから挑むのだが、さすがにスリーピーススーツで参加はできないため、勇者の衣装に着替える必要があった。

ヴィルフレッドの従者に導かれた藤原は、着替えに用意された部屋のドアノブに手をかける。

そのままクルリと振り返った。

「斎藤、お前も入れ」

「は?」

「お前も一緒にこいと言った。二度も言わせるな」

不機嫌そうに呼ばれた桃香は焦ってしまう。

「は、はい!」

これから着替えるのに、入ってしまっていいものか？

とはいえ、社長命令に秘書が逆らえるはずもなく、桃香は恐る恐る部屋へと入った。

広めの控え室といった感じの部屋は、幸いなことに一角に衝立が立てられ遮られている。

迷わずそちらに向かった藤原は、中で着替えはじめたようだ。

「報告の続きを頼む」

衝立の向こうから聞こえてきた声に、桃香は慌てて答える。

「この後、社長と摸擬戦を行う相手ですが――仮想敵となるのはヴィルフレッド第三王子殿下率いる聖騎士団です。対して味方はルーグ王国騎士団で、団長はメヌ・グリード小公爵。剣技では、ヴィルフレッド殿下に勝るとも劣らぬ腕前だと言われています」

本来、勇者が率いるのは聖騎士団だ。であれば、模擬戦でも藤原と聖騎士団で組んだ方がいいのは当然だ。ただ、藤原は勇者の力を得てから間もない。味方相手に力の加減ができるかどうか不安なため、今回はより精鋭が揃っている聖騎士団が彼の攻撃を受けることになった。

「両軍の規模と特徴は？」

「はい――」

桃香は必死に頭に叩き入れた今日の模擬戦の情報を藤原に伝える。既に詳細は手渡したレポートに書いてあるので、要点とそれ以外の役に立つか立たないかもわからない噂話程度ものが中心ではあるが。

「――寡黙？」

そんな噂話のひとつに藤原が目をつけた。

「はい。メヌ・グリード団長は、非常に無口な男性だそうです」

「……それで騎士団長が務まるのか？」

「必要最低限の命令は出すそうです。あとは彼自身の実力で押し切っていると」

そう教えてくれたのは、ヴィルフレッドだ。この他にも、メヌ・グリードが赤髪赤目の美丈夫であることや、グリード公爵家の家族構成などなど、本当にいるのかいらないのかわからない些末な情報含めてたくさん教えてくれた。

（私がそう頼んだんだから別にそれはいいんだけど、会っている時間がものすごく長くなるのが困りものよね）

おかげであのイケメン顔にもだいぶ慣れた。

「コミュニケーションがとれない団長か……厄介だな」

衝立が動き、中から藤原が現れる。

桃香は――――絶句した。

（うわぁ～！　うわぁ～！　なに、この完璧超人！）

スリーピーススーツ姿も、どこのファッションモデルかというくらい似合っていた藤原だが、この勇者姿はまたレベルが違う。

ハリウッドの長編ファンタジー映画の主役を優に超えそうな迫力に、正直言葉が出ない。

着替えたあとの彼は、紺のチュニックの上に白銀のライトアーマーという出で立ちだ。

その上に肩から背中に流れる長い青のクロークを羽織っている。クロークの縁を飾るのは、フカフカのファーで、腰には立派な長剣を佩《は》いている。

(どこからどこまで見ても、ヒロイックサーガの主人公だわ！)

そんな中、頭部に着けた最新式のヘッドセットが、異彩を放っていた。

思わずジッと見てしまう。

「連絡手段が必要だからな。こちらでも使えるように改良した」

桃香の視線を辿《たど》ったのだろう。ヘッドセットの説明をした藤原は、手の中にあったもうひとつを無造作に桃香に投げる。

「あ――――」

――――バサリ。

「お前の分だ。さっさと着けろ」

言うなり桃香の脇をすり抜けて歩いていった。

クロークが後ろに跳ね上がる。

(うっ……キャァァ！)

桃香は感激のあまり倒れそうになるのを、必死で堪えた。

ヘッドセットより、スマホのカメラ機能が切実にほしい。

(絶対バズるのに！)

この件が無事に片付き日本に帰るあかつきには、なにがなんでも勇者の衣装セット一式を譲ってもらおう！

そして、会社の忘年会か設立記念パーティーなどで、余興として藤原に着てもらうのだ！

（みんな、絶対狂喜乱舞するわ！）

密かに決意を固める桃香だった。


――この後、桃香はもう一度倒れそうになった。

ヴィルフレッドの聖騎士姿を見たせいだ。

（……いい！　すっごく、いい！）

いろいろあって、もはやヴィルフレッドにときめかなくなっていた桃香だが、この聖騎士姿はレベルが違う！　基本は勇者と同じスタイルで、ライトアーマーが銀灰色、クロークの色が光沢のある黒一色くらいの違いなのに、受ける印象がまったく異なるのだ。

藤原から感じるのは、たとえるならば王者の貫禄。余裕のある大人の魅力で、一歩下がった位置から拝んで奉《たてまつ》ってひれ伏したいとさえ思う。

（自分の会社の社長だっていうこともあるのかもしれないけれど）

ともかく、圧倒的なカリスマ性があるのだ。

対して、ヴィルフレッドに感じるのは、もう少し近しい感じのものだった。

（それもおかしいような気もするけれど）

ヴィルフレッドは異世界の人間だ。近しさからすれば、いくら社長とはいえ同じ日本人の藤原の方が、桃香により近いはず。

なのに、出会って一週間。かなり強引に近づかれ、畏怖や尊敬など感じることができないほどの我儘《わがまま》ぶりを間近で見てきた桃香は、彼を貴き身分の王子さまだなんて、とても思えぬようになっていた。

（ものすごく好みのイケメンから、残念なイケメンになったみたいな？）

少なくともヴィルフレッドにひれ伏したいとは、間違っても思えない！

そんな彼女が見るヴィルフレッドの聖騎士姿は、『カッコイイ』の一言に尽きた。藤原に対する畏怖にも似た想いとは違う、アイドルに向けるようなミーハー気分の『カッコイイ』だ。

（すっごい！　すっごい！　すっごいわ！　ペタって触ってみたらダメかしら？）

声には出さなかったが、視線に出ていたのだろう。訓練場に着いた藤原と話をしていたヴィルフレッドが、桃香の方を見てクスリと笑う。

「――――どうぞ」

腕を差しだしてきた。

「え？」

「触ってみたいのだろう？　顔に書いてある」

そんな馬鹿なと思ったけれど、触らせてもらえるならば黙っていよう。

ヴィルフレッドに近づいた桃香は、そっと前腕を覆うバンブレースに手を寄せた。

「……金属なのに思ったより冷たくない」

「人が着るものだからな、冷たすぎては冷え性になってしまう。炎天下でも熱くなりすぎないように、温度調節の魔法がかかっているんだ」

それは、たいへん便利そうだった。

興味を引かれた桃香は、今度は上腕部を覆うリヤーブレースに手を伸ばす。

「斎藤！　なにをしている！」

しかし、触れる直前で藤原に声をかけられた。

「あ、はい！」

「まだ報告は終わっていない。勝手に離れるな」

「すみません！」

慌ててバタバタと藤原の元へ戻る。仕事中だったのに大失態だ。

顔が、ポッポッと熱くなった。

「えっと、聖騎士団についての情報ですが――――」

煩悩を捨て、得た情報を一生懸命藤原に伝える。

そんな彼女が話している近くで、聖騎士のひとりがヴィルフレッドに声をかけていた。

「――――殿下、ずいぶん嬉しそうですが、なにかいいことがありましたか？」

どうやらヴィルフレッドが上機嫌でいるらしい。

藤原に注意された桃香は最低の気分だというのに、いいご身分だ。

「ああ。……嫌われていると思っていた猫が、案外そうでもないらしいとわかってね」

この世界の猫は、『猫』と翻訳されるにはあまりに獰猛《どうもう》そうな、虎を小型化したような生き物だ。犬派な桃香には到底近づけないペットなので、好かれて嬉しいという気持ちは、理解できない。

（猫なんていたかしら？）

首を傾げる桃香は、よもやその猫が自分のことだなんて思いもしないのだった。

その後、予定通り模擬訓練が行われた。

藤原に情報さえ伝えれば今日の仕事は終わりだと思っていた桃香だが、それはとんでもなく甘い考えだったことがわかる。

「右前方、聖騎士団の別働隊十名がいます！」

桃香は、ヘッドセットのマイクに向かって声を張り上げる。

「距離は？」

「あ、あっと……およそ一キロです」

「遅い！　どうしてもっと早く発見できなかった？」

「あ、えっと……その」

藤原に、仮想敵である聖騎士団が出現したことを報告し、その報告が遅かったことを叱られた桃香は、返答に窮する。

（だって、仕方ないじゃない！　私に戦況報告してくれるはずの騎士団長が、全然喋《しゃべ》らない人なんだから！）

模擬訓練がはじまってすぐに、藤原は騎士団の最前線に立った。相手の聖騎士団は、本来勇者の直属軍。実際に剣を交えることで実力を測りたいと言いだしたのだ。

「後方の本陣に、メヌ騎士団長と斎藤を置く。戦況の情報はメヌ騎士団長に集めてくれ。斎藤はそれを逐次私に報告。私の指示は斎藤を通じメヌ騎士団長に伝える」

こういった戦術をとることも予想した上でヘッドセットを準備していたという。

なんとも用意周到だし、戦術自体悪いものではないと思うのだが、ただひとつ誤算があった。

非常に寡黙と噂の騎士団長メヌは——本当に冗談じゃなく寡黙な男だったのだ。

（突然、右を指さして「くる」とか言われただけで、わかるはずがないでしょう！）

さすがにメヌの側《そば》にいる副官は、彼の言わんとすることがわかるので、桃香に詳しく説明し直してくれるのだが、ワンクッション入るおかげで、どうしても遅くなってしまう。

できればメヌから直接藤原に報告してほしいけど、藤原が好む戦略は、多くの情報を集めそこから最適解を導きだすこと。もちろん、即断即決が必要な際には、どんなに少ない情報からでも躊躇いなく決断し実行する人物だが、それは最終手段としているのだ。

つまり、メヌと藤原の相性は最悪なのだった。

そんなふたりの間に挟まれた桃香の心は既に折れている。

「もういい！　これから右方向に攻撃魔法を放つ」

「え？　ま、待ってください。騎士団十五名がそちらに向かっています」

「チッ！　誰が許可した？　すぐに下げろ！」

許可をしたのは、メヌである。というか、メヌはなにも言わなかったのに、彼の表情と目を見た騎士団が、勝手に出撃していったのだ。

――――以心伝心が過ぎると思う。

(今は勇者との連係プレーの訓練中なのに。最優先すべきは、勇者の命令でしょう? ……いくら、本番では聖騎士団と代わるにしても、騎士団だってまるっきり出陣しないわけじゃないはずなのに……これは戦う以前の問題よ！)

歯がみしながらも桃香は、なんとかメヌに話をつけて騎士団を下がらせる。

「薙《な》ぎ払え！」

両手で持った剣を振り上げた藤原が、そのまま空を切り裂くと同時に、剣から光の奔流が溢れでた！

瞬く間に敵陣に襲いかかった光に触れるやいなや、攻撃を仕掛けてきていた聖騎士たちがバタバタと倒れていく。

その中には、当然ヴィルフレッドの姿もあった。

「あ――――」

「安心しろ、軽く気絶させただけだ」

なんでもないことのように、藤原はそう話す。

桃香は、ホッと息を吐いた。

しかし藤原は、いったいいつの間にこれほどの魔法を習得し、しかもコントロールできるようになったのだろう？

（やっぱり、社長は規格外だわ）

藤原が勇者となったのは三週間前だ。しかも彼が異世界にくるのは週一日。純粋に異世界にいる時間だけを比べれば、藤原の滞在日数は桃香より圧倒的に少ない。

それなのに、彼は既に魔法を使いこなし、聖剣を振ることもできていた。

（勇者補正なのかもしれないけど……それにしてもスゴいわ）

純粋に感嘆していれば、戻ってきた藤原に視線で呼ばれる。

「はい！」

「今日のお前の評価は、マイナスだ。集めた情報の量はよかったが、せっかくの情報を使わないでどうする？　騎士団長が寡黙だとわかっていたのなら、対処法を考えて相談するとか、もっとやりようはあったはずだ。味方との連携の大切さは、言わないでもわかるだろう？　模擬戦の段取りも悪すぎる。もっと効率よく動ければ、この半分の時間で勝てたぞ」

「はい！　申し訳ありませんでした」

桃香は素直に頭を下げる。言われたことはもっともで、言い訳のしようがないと思ったからだ。

「――――厳しいですね」

そこに声がかかった。

気づけばヴィルフレッドが桃香の横に立っていて、苦笑している。

（もう復活したの？）

いくら軽いとはいえ、気絶は気絶。この短時間で、気がつきここまでこられるなんて、ヴィルフレッドの能力も相当だ。

「……厳しいわけではありません。斎藤ならばこの程度のことできると思うから言っているのです」

藤原の言葉に、桃香はジ～ンとした。

そんな風に思ってもらっているとは、思わなかったからだ。

感動して見上げれば、藤原がフッと笑った。

「レポートの出来は悪くなかった。あとは、もう少し広い視点を持て。……努力はお前を裏切らないぞ。頑張れ」

「はい！」

(悪くなかったってことは、よかったってことよね？　……つまり、私は社長に褒められたってこと？　うっわぁぁ！　嬉しい)

部下の仕事に対して、厳しいながらも正当に評価してくれる藤原だが、以前の桃香の部署は秘書課第二係。雑用メインの仕事が藤原の目に留まるはずもなく、直接褒められることはなかった。

(年二回もらう社長からのフィードバックは、やたら細かくて目立たないように他に回した仕事まで評価されていて……あれはあれで怖かったんだけど)

とはいえ、それで桃香の仕事が変わることなどなかったし、藤原に声をかけられることもなかったので、考えないようにしていた。

とにもかくにも、桃香が直接藤原に褒められたのは、これがはじめて。

桃香は、嬉しくて笑み崩れた。

——隣から、息を呑む音がする。

（……なに？）

隣にいるのは、ヴィルフレッドだ。

彼の方を見ようとした桃香だが、藤原に呼ばれる。

「行くぞ、斎藤。この後、取引先との会合がある」

「え？　何時からですか？」

以前藤原からもらった腕時計のデジタル表示を確認する。

日本時間の表示は、十七時を指していた。

「十九時だ」

「場所は？」

「いつもの銀座の料亭だ」

会社から会合場所の料亭までは、車で十分もあれば着く。ただし、それは渋滞していない場合。

夕方のこの時間帯では、どのくらいかかるかわからない。

（今から着替えてすぐに戻っても間に合うかどうか……これ以上社長の帰りが遅れたら、私が田中課長に怒られちゃう！）

「急ぎます！」

「——ああ」

走りだした桃香の後ろ、一拍遅れた藤原の返事に微《かす》かな嘲笑《ちょうしょう》が含まれたような気がする。

「……若造が。うちの秘蔵っ子をかすめとれると思うなよ」

小さな声で呟かれた言葉は――――意味不明だ。

(若造とか秘蔵っ子とか、なんのこと?)

聞き返してみたいが、今はそれより田中課長の叱責の方が気にかかる。

「社長！　早く」

「わかっている」

桃香は必死に走った。

間奏一　異世界からやってきた『秘書?』は、変わっている（ヴィルフレッド視点）

此度《こたび》の勇者は規格外だった。

まあ、そういう人間を選んで召喚したんだ。そのこと自体に不思議はないし、文句を言うつもりもない。

「……秘書？」

「ええ。こちらの世界に滞在し私を補佐する人間です。頻繁に行き来をしなければならない場所に現地秘書を置くのは、当社――――こちら風に言うのなら、当ギルドの方針ですから」

七日前に異世界から召喚し、こちらの世界の事情を詳細に説明し協力を仰いだ勇者は、どうやら大きな商業ギルドの責任者だったらしく、いったん話を持ち帰りギルド内で相談してから返事をすると言いだした。

そして七日後の今日、魔王討伐後の商業取引の優先権を対価として了承の旨を伝えてきたのだが、同時に条件として現地秘書の受け入れを要求された。

「既にご承諾いただけたように、私は七日に一度しかこちらにくることができません。それでは、どうしても魔王討伐の進行は遅れるでしょう。それをカバーするためにも、私の代理となる秘書の設置は、こちらの世界にとってもメリットとなるはずです」

言われればその通りの話に、父王や重臣たちも納得する。

どのみち、我々は魔王討伐をお願いする立場なのだ。勇者の依頼を断れるはずもなく、現地秘書の件は、彼の申し出通りに受け入れられた。

——そう。たしかに受け入れはしたのだが、その結果やってきた秘書が、まさかうら若き女性だなどと、誰が予想しただろう。

(まさか、秘書という名目の愛人じゃないだろうな?)

そんな疑いを抱くのも、仕方ない。なぜなら秘書だと紹介された女性は、貴婦人であれば隠すのが当然であるはずの足の形が丸わかりのパンツをはいていたのだから。

思わず凝視《ぎょうし》すれば、勇者からの非難の視線を感じる。

誤魔化《ごまか》すように派手にクロークを跳ね上げて、頭を下げた。

「ご来臨に感謝申し上げます、勇者さま」

「お久しぶりです。ヴィルフレッド第三王子殿下。堅苦しい挨拶は結構ですよ。私はすぐにお暇しますから。皆さまもお顔を上げてください」

相変わらず勇者は泰然としている。普通、異世界から召喚されたばかりの勇者は挙動不審になったり情緒不安定になったりするのだが、彼にはそんなところなどないようだ。

「こちらは、斎藤です。この世界に常駐させ、私のスケジュール管理等を任せる予定です」

秘書を紹介する姿もごく自然で、彼女に対する特別な感情は見えなかった。

愛人ではないのか？

「……あ、はじめまして。斎藤桃香と申します」

紹介された少女は、ぴょこんと頭を下げる。

あどけない仕草に、あらためてよく見れば顔つきが幼い。

「……そうですか。この方が」

これほど若いのだ。秘書付きの小間使いなのかもしれない。

現地秘書は一名と決められたが、身分のある者に小間使いがつくのは当然だ。きっと本物の秘書の方は、仕事の都合かなにかで遅れてくるのだろう。

まずは、それをたしかめなければならない。

「こちらに常駐されるのは彼女だけなのですか？」

そう思って聞いたのに、勇者にジロリと睨まれた。

「常駐できるスタッフは一名だけだとおっしゃったのは、そちらだと思うのですが？」

「あ、いや、もちろんそうなのですが――」

「彼女は、あまりにお若いので」

周囲も同じように思っていたようで、慌てて言い訳する。

勇者は冷たい目でこちらを見ながら口を開いた。

「斎藤は、二十六歳――」

「二十五歳です！」

ところが、その勇者の言葉を、少女が途中で遮る。彼は彼女の雇い主のはずなのに、そんな無礼をしてもいいのか？

いや、それよりも、

「……二十六……あ、いや、二十五歳？」

この少女が、私よりも年上？

あまりの驚きに放心する。異世界人は、エルフと同じように成長が遅い種族なのだろうか？

いや、勇者は三十六歳。彼の年齢と外見は、それほど離れていない。

では、これは女性だけの特徴なのか？　それとも、勇者と彼女は人種が違うのだろうか？

こちらの世界でもドアール人は、年齢より若く見える人種だが。

戸惑い考えこんでいるうちに、いつの間にか勇者は帰ろうとしていた。

「勇者さま！　本当にもうお帰りになるのですか？」

慌てて声をかければ、如才《じょさい》のない会釈が返ってくる。

「ええ、今日の目的は斎藤をこちらの世界に連れてくることだけでしたから。あとはよろしくお願いします。……それでは、次の予定がありますので、失礼いたします」

覚えたばかりのはずの移動魔法を、勇者は苦もなく使い帰っていく。

本当に規格外だとしか言いようがない。

「相変わらず一方的な勇者さまですね」

「まったく、少しは交流を図ろうという気はないものか」

「いつもいつも、ご自分の方の都合ばかり。こちらがどれほど苦労して、それに合わせているのか知ろうともされない」

あっという間にいなくなった勇者に対し、周囲の者が不平不満をこぼした。

「やめないか、お前たち。藤原さまが今までの勇者たちとは違いお忙しい身分であることは、十分承知の上のことだ」

この場にはまだ秘書がいるのに、軽口で困る。

「はっ、それはそうなのですが」

「ヴィルフレッド殿下に対し、あまりに不敬な態度で」

「不敬もなにもない。藤原さまは勇者で、我らは彼の助力を請い願う立場の者。どちらが膝をつかねばならぬかなど、考える余地もないだろう」

叱りながら秘書を見れば、彼女は興味深そうにこちらを見ていた。

愛想よく微笑みかける。

「あらためてご挨拶いたします。斎藤桃香さん。私の名はヴィルフレッド・ギディオン・ルーグ。この国の第三王子で聖騎士をやっております」

なにが彼女の琴線《きんせん》に触れたのだろうか。秘書の目がキラリと光った。

「ご丁寧にありがとうございます。ヴィルフレッド・ギディオン・ルーグ殿下。私は、藤原の秘書でしかありませんので、敬語を使う必要はございません。これからいろいろお世話になりますので、どうぞお気軽にお話しください」

きちんと目を見て話してくれる。内容も礼儀正しく、大人びている。

（……いや。大人なのだったな）

「……ありがとう。では、桃香さんと呼んでもいいかな？」

とびきりの笑顔で、そうたずねた。

自分の顔が、女性に対して受けがいいことはわかっている。正直、顔で判断されるのは面白くないのだが、利用できるときに利用するのに躊躇いはない。

秘書――――桃香は、困ったような顔をした。

「……できれば、斎藤とお呼びいただきたいのですが」

「ダメかな？　そちらの国では、名前の先の部分は家名で、ファーストネームは後ろだと聞いている」

「おっしゃる通りです。ただ、申し訳ございませんが、ファーストネームは親しい間柄でしか呼び合いませんので」

それはこちらも同じこと。

「ああ、だから私も桃香さんと呼びたかったんだ。先ほど気軽に接してほしいと言ったのではなかったかな？　もちろん、私の方もヴィルフレッドと呼んでほしい」

迷ったようだったが、最終的に桃香は「わかりました」と言った。

「ありがとう、桃香さん。君と親しくなれたようで嬉しいよ。お礼になにかしたいな。希望はないかい？」

再び最高の笑顔を向けたのに、なぜか彼女は呆れたようだ。

「それでは、私が仕事をする場所を確認したいので、見せていただけますか？」

少し驚いた。

私が礼をすると言っているのに、それが場所の確認？　しかも、仕事をする場所の？

「仕事をする場所？　滞在する私室ではなくて？」

「はい。――あ、もしかして仕事専用の場所は、ご用意いただけないのですか？　丸々一室用意してほしいわけではありません。皆さまがお仕事をしている場所の机のひとつでもお貸しいただけたらと思うのですが……」

もちろん、仕事場所は用意してある。とんでもない勘違いに、慌てて首を横に振る。

「ああ。いや、そうではないよ。ただ、荷物が多そうだったから、先に私室へ行きたいのではないかと思って」

「お気遣いに感謝申し上げます。ですが、荷物の中には仕事関係の物もありますので、先に仕事場に案内してほしいのですが」

どうやら彼女は本当に仕事をしたいらしい。

了承の意を伝えながら、私は少し考えた。

「――薔薇の間に行く。先触れを」

薔薇の間は、女性に人気の部屋だ。正直、私はあんな部屋で仕事をするのはゴメンだが、女性ならば喜ぶだろう。

そう思いながら彼女の隣に立つ。

「重いだろう？　運ぶよ」

使用人に運ばせようとしたのだが、彼女は断ってきた。

「あ！　大丈夫です。私が自分で運びますから」

まだこちらが信用できないのだろう、断ってきた彼女を説き伏せる。

「そんな重そうな物をレディに運ばせられないよ。大切に扱うから彼らに任せてくれないかな？」

なんとか了解してもらって手を差しだす。

彼女は、目を見開きフリーズした。

ただのエスコートなのだが、異世界にはない習慣なのだろうか？

その後の彼女の表情は、見ていて面白かった。

私に向けられる目を見れば、内心の葛藤が丸わかりだ。

最終的に手を預けてもらえたときには、吹きださないようにするのが精一杯。

本当はここで文官と交替する予定だったのだが、近づいてきた彼を目線で下がらせる。

もう少し彼女を観察したいと思った。


その判断は、まったくもって正しかったと思う。

薔薇の間に入ったとたん、桃香はポカンと大口を開けたのだ。

女性がこんなに見事に口を開けた姿を見たことはない。チラリと見える赤い舌が、なんだが艶《つや》めかしい。

「部屋にあるものは、なんでも自由に使っていいよ。足りないものがあれば用意するから遠慮なく言ってほしいな」

豪華絢爛《けんらん》なこの部屋を見た彼女は、いったいどんな高級品を要望するのだろう？

そう思って見ていれば、彼女は突如満面の笑みを浮かべた。

「……ここが、仕事場でしょうか？」

「ああ。お気に召したかな？」

「申し訳ございませんが……気に入りません」

「え？」

そう言われるとは思わなかった。

再度気に入らないと言った桃香は、もっと簡素な部屋へのチェンジか、豪華な家具を実用的なものへと入れ替えるようにと希望してくる。

「……まさか、ヴィルフレッド殿下は、あんな応接セットで執務をなさっているのですか？」

どうやら本気で怒っているようだ。

彼女は、華美な部屋より仕事のできる環境を望んでいる。

私は、なんだか楽しくなった。

「スゴい。君の世界では本当に女性も働いているんだね」

「はい？」

「以前、勇者からその話を聞いたときは半信半疑だったんだけど、今の君の様子を見て本当なんだと実感したよ。……えっと、男女雇用機会均等法だったっけ？　興味深い法律だ」

本気で言えば、桃香は毒気を抜かれたようだ。

「まさか、それをたしかめようとして、こんな部屋に案内したんですか？」

「そうとも言えるし、そうでないとも言える。要は、勇者からの情報不足なんだよ」

その後、ヴィルフレッドは、自分だけが悪いのではないと一生懸命説明した。

聞きながらの彼女の表情の変化は、やっぱり面白い！

「――私たちの世界では、ある程度身分の高い女性は働かないからね。いくら勇者の言でも、桃香が本当に働けるのかどうか疑問だったんだよ。この部屋なら、たいがいの女性は喜んでくれるからね。……まあ、桃香は違ったけれど。こうなった原因のすべてが私たちではないことは、納得してくれたかな？」

不承不承ではあったが、桃香は納得してくれた。

ヴィルフレッドは、応接セットのソファーに腰かけ話を続ける。

「執務机と椅子を今運ばせるから、待っている間にお茶でもどうかな？」

模様替えの話をしながら促せば、桃香は仕方なさそうに座った。

すると、予想外に深く腰かけてしまったのか、一瞬足がピンと浮く。

スラリと伸びた足と形の良い尻が、目に飛びこんできた。

ロングドレスに身を包んだ貴族令嬢であれば、絶対見られないその姿に、柄《がら》にもなく頬に熱が集まる。

「……なにか？」

「あ、ああ。こちらでは女性がそれほど足の形のわかる衣装を着ていることがないから。……なかなかいいなと思って」

思わず正直に答えてしまった。

「見ないでください！」

「無理だよ。目の前にあるのにどうしろと？」

「セクハラよ！」

セクハラとはなんだ？

聞けば桃香はきっちり説明してくれた。

王子である私に対し、ここまで遠慮なく語る女性は珍しい。

なぜか躍る自分の心を、私は気分よく感じていた。


自分で言うのもなんだが、私は女性にモテる。

第三王子だが聖騎士でもあるので身分や収入に不足はないし、領地はないが領地収入に頼る必要もないので、かえって面倒な統治や経営をしなくて済む。

王妃や国母という女性にとっての最高身分に憧れる令嬢なら別だが、身分の高さに比例して増える義務や責務を厭《いと》う女性にすれば、私はこの上ない優良物件だ。

その上、この容姿。

おかげで私は昔から、女性の浅ましくも醜い部分を見せつけられてきた。

美しく着飾っていても、裏では壮絶な足の引っ張り合いをして弱い者をいじめ抜く。

己が力で得たわけでもない身分や権力を笠に着て、下位の貴族や平民を虐《しいた》げ搾取する。

私に近づくためならば手段を選ばず謀計《ぼうけい》をめぐらし、それが暴かれれば他人に罪を着せる。

もちろんそんな女性ばかりではないことも知っている。

貴族として恥ずかしくないよう教養を磨く令嬢や、自分の受けている恩恵を自覚し、貧しい者や恵まれない者に施そうとする慈愛に満ちた令嬢も、世の中には、たしかにいるのだ。

しかし、その中の誰ひとりとして職業を持ち、自ら率先して働く女性はいなかった。

平民であれば女性でも働くということは知っているし、なにより王城には侍女や女騎士など職業を持つ女性もいる。彼女たちは貴族でこそなかったが、それなりに裕福な家庭で育った者たちだ。

だから、異世界からきた彼女が働くことにここまで感動する必要はないと思うのだが……そんな自分の冷静な思いを、ワクワクと躍る胸が裏切ってしまう。

なにより桃香のいいところは、私の容姿を好ましく思っていながら、まったく媚《こ》びる様子のないことだった。

うっとりと――――それこそ、私に秋波を送る貴族令嬢たちの誰よりも熱を帯びた目で見つめてくるくせに、私の容姿への憧れと仕事に関することは、彼女にとって別問題。部屋の環境を整えることも、セクハラとやらに対する厳重な注意も、私の意向を必要以上に気にすることなく、堂々と自分の考えを伝えてきた。

――――しかも今日は、私自らこの世界の知識を教えるという提案を断ってきたのだ。

「私では、不足だと?」

「不足ではなく、過分です! 勇者の部下とはいえ貴族でもない人間に対し、王子さまが直々に講師につくなどありえないでしょう!」

たしかに彼女の言う通り。

しかし、これほど心惹かれる相手を、今さら逃せるはずもなかった。多少強引だったが説得して、無理やり私の授業を受けさせる。

いったい彼女は、どんな反応を見せてくれるのか?

私の期待はすぐに叶えられた。

この世界の地理について教えていた私に、彼女は予想以上の質問を向けてくる。

「――――中央部や各国の地形がわかる地図はありますか? あとは、気候と……それに、中央部は無理かもしれませんが、各国の総人口と人口比率、主要産業や政治経済体制も教えてもらえると助かります」

高鳴る心臓を一拍の間で鎮めた。

「……地形や気候はともかく、人口や産業、政治経済体制も知りたいのかい?」

「もちろんです。最終目的地が大陸の中央であれば、進撃ルートはいろいろ考えられますよね? どこを通るか選ぶために、参考になりそうな情報は、あればあるほどいいですから」

この答えを聞いて、ゾクゾクしないなんて無理だろう。

「――――大丈夫。進撃ルートなら、我が国の方で、もう検討済みだからね」

「え？」

「勇者には、対魔王の戦いのみに集中してほしいんだ。それ以外のことについては、すべて我々に任せてほしい」

少し揺さぶってみたのだが、彼女は主張を変えなかった。

「……やはり、先ほどお願いした情報はください。たとえ、進撃ルートをそちらで決めてもらうにしても、その決定が正しいか正しくないかの判断ができない状態を、藤原が満足するわけありませんから」

桃香の判断の基準は、勇者が満足するかしないからしい。

それがなんだか気にいらなかった。

「それは、勇者が――――そして君も、私たちを信じられないということかな」

伏し目がちに桃香を見つめる。

自慢ではないが、この角度から見つめて落とせなかった女性はいない。

なのに、桃香は不思議そうな顔をしただけだった。

「……えっと、でもそれって当然のことですよね？」

「――――は？」

「だって、藤原がこの世界に召喚されたのって二十日くらい前のことでしょう？　出会って半月ちょっとの相手を完全に信頼して、自分の命に関わる作戦を丸投げするなんて、そんな無謀なことを、この世界の人はできるんですか?」

……やはり、彼女は面白い。

「ふふ……そうか。……君は、そうくるんだね」

「……はい?」

「やっぱり君は一筋縄ではいかないな。……普通こういうときは、本音はどうあれ『そんなことはありません』と否定するところじゃないのかな?」

少し意地悪くたずねても、彼女の態度は崩れない。

「ここは、私にとっては普通ではない異世界ですから」

普通でないのは、世界ではなく『桃香』だった。

その後の会話でも彼女は、私の期待を裏切らない返しを見せる。

「たしかに君の言う通りだ。だったら、私がすることは、君に正しい情報を渡し、少しでも信頼してもらえるように誠心誠意頑張ることなんだろうな」

最終的に提案したことさえ、彼女なら断るかもしれない。

そんなことさせてなるものか。

「君から依頼された物は、すぐに用意するよ。戦略ルートを決めた経緯も、しっかりじっくり説明してあげる」

ぐっと近づけば、桃香の頬は赤くなりどぎまぎと視線を泳がせる。

「あ、ありがとうございます」

「他に必要なことはないかな？　私にできることならなんでもしてあげるよ」

「と、とりあえず！　この手を放して離れてください！」

うん、可愛い！

「まったく君は面白い人だね。男顔負けにバリバリ働くかと思えば、そんな純情可憐な顔もする。興味が尽きないよ」

「興味は尽きてもらって結構ですから、情報だけお願いします」

そんなことを言われても、聞いてあげられる気はしない。

「ああ、目が離せなくなりそうだ」

かなり本気でそう言った。


その後、私は宣言通り桃香に多くの情報を渡した。

おかげで毎日彼女に会えて、とても楽しい。

王族としての公務や聖騎士の任務などもあり、かなり多忙な日々になってしまっているが、どれほど忙しくとも一日一回は桃香の顔を見ずにはいられない。

……いったいこの感情は、なんだろう？

恋だの愛だのいうには、甘さが足りないような気もするが……。

自分でもわからない感情を抱えながら、日々は過ぎていく。

そんな私の最近の気がかりは、桃香の配下としてカール・ファイモン宰相補佐から派遣された男のことだった。

そいつの名前は、ロバート・ホーディー。くすんだ茶髪と覇気のない茶色の目をした、いかにも冴えない男だ。

外見そのままに仕事の能力もなく、おそらく彼が桃香の元に派遣されたのは、宰相補佐であるカールの策略だろう。

桃香は、自分がカールを『可愛い』と言ってしまったための嫌がらせだと思っているようだが、彼はそんな私的なことを仕事に持ちこむような単純な奴ではない。あいつの頭の中は複雑怪奇で、いつも謀《はかりごと》ばかりしては楽しんでいるような奴なんだ。

少なくとも、桃香の――――異世界からきた『秘書』の実力を測ってやろうという企みくらいはあるはずだ。

「カール、魔王討伐は世界の最優先事項。それを担う勇者さまへ最大限の協力をするのは、我らの責務だ。勇者さまの派遣した秘書に対することもまた同じ。それくらいわかっているはずだろう？」

エルフとのハーフであるカールは、見かけは子どもだが年齢は私とほぼ同じ。彼の母は私の乳母で、私たちはいわゆる乳兄弟《ちきょうだい》という間柄だ。このため、互いに遠慮なく言い合うことができた。

「ほー、それで第三王子殿下は、本来のご自分の責務もそこそこに異世界からきた女人に入れあげておられると？」

「入れあげてなどいない！」

「むきになるなよ。図星だと認めたも同然だぞ」

「カール！」

こいつは本当に遠慮がない。

「怒るなって。本気で入れあげていないことなどわかっている。……今は、まだな」

それでは、いずれは私が桃香に夢中になるようではないか。

ジロリと睨めば、カールは「おお、怖い」とわざとらしく身を竦めてみせた。見かけは少年なので、まるで私が子どもをいじめているように見えるところが、業腹《ごうはら》だ。

「……あの男は入れ替えろ」

「もちろん、仰せの通りにするよ。……ただし、秘書殿から要望があったらね」

「カール！」

「我らの責務は、勇者さまに協力すること。その秘書に対しても同じだというならば、なにより重んじるべきは、彼女の意向だ。要望もないのに動いては、失礼になる」

いけしゃあしゃあと抜かす言葉に、腹が立った。

「なにも言われずとも思いを察し、手を回すのが配慮というものだろう」

「その配慮で、君は自ら彼女の教師役を買って出たのかな？　その割には、ずいぶん嫌がられているようだけど？」

私は、ギュッと拳を握った。殴るためじゃない。殴るのを堪えるためだ。

カールはニヤニヤとして、私を見ている。

本気で殴ろうと決意しかけたところで、カールは表情を変えた。

「まあ、落ち着け。……ロバートを彼女の元に派遣したのは、真実彼女への配慮だ。君だって、城の文官たちが異世界からきた『秘書』に対して反発をくすぶらせていることくらい知っているだろう？　ロバートは、彼らの不平不満を爆発させないための、いわば防波堤だよ」

真剣な表情で言われて、舌打ちを堪えた。

わからぬ話ではないからだ。

勇者を召喚するにあたり、我々の世界は、かなり前から彼に対して万全の援助を行うべく準備を整えていた。

無理やり世界を越えさせて、こちらの勝手な願いを聞いてもらうのだ。どんな非難も受け止めるつもりでいたし、どのような要求にも応えられるよう態勢を整えるのは当然だろう。

しかし、召喚した勇者は、我々が覚悟した罵詈雑言《ばりぞうごん》を一切浴びせなかったばかりか、用意した援助に対しても必要最低限しか受けとらなかった。代わりに求められたのは、魔王討伐が成されたあとの商取引と、勇者側が送りこむ『秘書』の受け入れ。

特に、この『秘書』について、文官サイドから大きな反発があった。

懇切丁寧に準備した支援を不要と言われ、他の人間に任せると言われたのだ。彼らのプライドが傷つくのもまた仕方ないこと。

それでも勇者が自分と同じ世界の人間をより信頼するのもまた当然。きっと異世界からは勇者の眼鏡にかなった優秀な人間が派遣されてくるのだと信じて、文官たちは不満を収めたのだ。

ところが、蓋《ふた》を開けてみれば派遣されてきたのは、うら若き女性。いくら勇者の世界では女性も男性と同じく一線で働くのだと聞かされてはいても、それで文官たちの感情が鎮まるはずもない。

「ただでさえ、文官たちは腹立たしい思いを我慢しているのに、君ときたらまるで彼らを煽《あお》るように『秘書』殿の元に通い詰め、便宜を図りまくっている。文官の中には、自分の娘や姉妹をあわよくば第三王子の妃《きさき》にと考える野心家だっているんだよ。この上、僕が優秀な人材を彼女の元に派遣でもしたら、彼らの不満は一気に爆発しただろう」

私は唇をギュッと噛みしめた。

悔しいがカールの言う通りだからだ。

「その点、ロバートは適任さ。あいつは自分が仕事をしないことを棚に上げ、いつも不平不満ばかり。彼の無能さは、文官連中に知れ渡っている。あいつを厄介払いできた部署は、僕に感謝の手紙を送ってきたくらいだ。ロバートが『秘書』付きになったことで、多くの文官が溜飲《りゅういん》を下げたんだよ」

私は深いため息をついた。

これは、仕方ない。申し訳ないが、桃香には少し我慢をしてもらおう。代わりに私が今まで以上に便宜を図ればなんとかなるか。

致し方ない思いを苦く感じていれば、クスクスとカールが笑いだした。

「おい――――」

「ああ、いや。これは、もしもなんだけどね。………万が一、あの秘書殿がロバートを使いこなせたら愉快だろうなと思ってね」

「……は?」

「自分たちが使えないと断じて、落ちこぼれのレッテルを貼ったロバートを、彼女が使いこなしてみせたら面白いって思わないかい?」

クスクスクスクス、美少年が悪魔のような顔で笑う。

「……相変わらず性格が悪いな」

「君ほどではないよ。でも文官たちときたら、秘書殿がきてから寄って集《たか》って僕が『可哀想《かわいそう》』だの『お労《いたわ》しい』だの勝手に同情してくるんだ。おまけに『お気持ちはよくわかります』だなんて言ってさ。この僕の気持ちを勝手にわかっているなんて、いったい何様だよって感じ。同情しているように装っているけれど、絶対陰では僕を馬鹿にしているに決まっている」

……私は、しまったと思った。

どうやら開けてはいけない箱を開けてしまったらしい。

「それに、あの秘書殿。僕を一目見るなり『可愛い』とか抜かして。純粋に本気で可愛いと思っているのが、腹立つ! ああいうのが一番質《たち》が悪いんだ。――今回のロバートの派遣は、文官たちの不平不満をとりあえず黙らせて、異世界の秘書殿に嫌がらせもできて、そして彼女の頑張りしだいでは、文官たちに目にもの見せてやれるんだ――アハハ、さすが僕だよね。我ながら完璧な作戦さ」

――やっぱり。

そんなことだと思った。

カールが、通り一遍な作戦なんて立てるはずがないんだ。こいつのやることなすことすべてに、裏の裏の裏がある。

本当に厄介な乳兄弟だ。

桃香には、諦めてもらうほかないだろう。

私は、彼女に対し心の中で謝罪とともに手を合わせた。


その後、桃香はロバート・ホーディーとなんとかうまくやっているようだ。少なくとも彼を入れ替えてほしいと要望してくるようなことにはなっていない。

そのことにホッとしつつも、自分と過ごすよりも彼と過ごす時間が長くなっていくことに、なんとなくもやもやとしたものを感じてしまう。

そんな中、勇者がやってくる日となった。

「ご来臨に感謝申し上げます。勇者さま」

既に定型文となりつつある挨拶をして、頭を下げる。

「こちらこそ。いろいろと斎藤に便宜を図っていただいているようで、ありがたく思っています」

勇者は、にこやかに微笑みながらそう言った。

……なぜそれを知っている？　いや、それともただの社交辞令なのか？

背中にひやりとしたものを感じている間に、勇者は桃香の前に立った。

「社長――――」

「仕事の進捗状況を報告しろ」

なんとも素っ気ない命令だ。

懐かしそうに勇者を見ていた桃香の顔があっという間に引き締まり、硬い声で彼に手渡したレポートの説明をはじめる。

それを勇者は、歩きだしながら聞きはじめた。当然桃香もあとを追っていく。

――勇者は忙しい人物なのだと聞いていた。

彼のギルドは、あちらの世界でも有数の大きさで、世界各地を股にかけ、手広く商売をしているのだと。また、嘘か本当か知らないが、勇者の世界は王侯貴族はいるものの彼らの力は強くなく、多くの者が利潤を追求する社会システムを構築しているのだとも。

……たしか、資本主義とかいうのだったか。

そんな世界の権力者は、当然利益を多く得るものだ。

それらを考えれば、勇者の世界で彼がかなりの権力者であるのは察せられた。

忙しい彼が、配下からの報告を歩きながら聞くのも当然だろう。

事実、第三王子である私にも、こういった場面は多々ある。

それでも……なぜか私は、桃香を早足で歩かせながら視線を向けるわけでもなく、淡々と報告を受ける勇者の姿に不快感を抱いた。

あれほど桃香が懸命に話しているのだ。労《ねぎら》いの一言くらいあってもいいものを。

そんな風に思っていたせいだろう。桃香の報告にあった勇者軍に関して、彼から説明を求められた私は、素直に答えることができなかった。

「桃香にすべて話してありますので」

私の返答を聞いた勇者の眉が、ピクリと上がる。

さすがに不快に感じたのか。

「……名前で呼んでもらっているのか？」

しかし、なぜか勇者は、私が『桃香』と名前で呼んだ方を気にした。

その上、彼が着替えるために用意した部屋に、なんと桃香も一緒に連れ去ったのだ。

もちろん、室内には着替えを手伝うための召使いがいる。警護の騎士も詰めているので、室内でも桃香と勇者はふたりきりではない。

それでも、私はムッとした。

着替えの間くらい待たせておけばいいものを、いったいどうして桃香を連れていく必要がある？

先ほどから、今日の私はイラついてばかりだ。

「ヴィルフレッド殿下、殿下もお着替えなさいませんと」

「わかっている」

従者に促され、私はようやくその場から離れた。

この後、私の気分は少し高揚した。

聖騎士の正装に着替えた私を見た桃香の目が、うっとりととろけるように潤んだからだ。

「――――どうぞ」

上機嫌のままに、私は自分の腕を桃香に差しだす。

「え？」

「触ってみたいのだろう？　顔に書いてある」

一瞬躊躇ったが、欲望を抑えられなかったのだろう、桃香はそっと前腕に手を寄せた。

「……金属なのに思ったより冷たくない」

「人が着るものだからな、冷たすぎては冷え性になってしまう。炎天下でも熱くなりすぎないように、温度調節の魔法がかかっているんだ」

説明してやれば、桃香は今度は上腕部に手を伸ばしてくる。

「斎藤！　なにをしている！」

しかし、触れる直前で勇者に声をかけられ、慌てて離れていった。

走り去る彼女の横顔は、とても赤くなっている。

思わず笑めば、聖騎士のひとりに声をかけられた。

「殿下、ずいぶん嬉しそうですが、なにかいいことがありましたか？」

「ああ。……嫌われていると思っていた猫が、案外そうでもないらしいとわかってね」

本当に私を嫌っていれば、どんなに好みの姿だとしてもあんなにうっとり触らないだろう。

たったそれだけのことで気分が晴れるなんて、我ながら単純だとは思うが、晴れないよりはいいはずだ。

そう思いながら、私は模擬戦に挑んだ。


――――その模擬戦の結果は、悔しいが勇者の圧勝だった。

まったく、あの力はどこからくるものなのか？

どんな不利な状況でも力押しで逆転できるのだから、恐れ入る。

まあ、それだからこその勇者なのだろうが。

しかし勝ったはずの勇者は、険しい表情で桃香を叱責した。情報の使い方が悪く段取り不足だと指摘する。

彼の言い分もわかるが、桃香も戦いははじめてのはず。そこまで言わなくてもいいのでは？

「――――厳しいですね」

気づけば、口を挟んでいた。

勇者は、五月蠅《うるさ》そうな視線を向けてくる。

「厳しいわけではありません。斎藤ならばこの程度のことできると思うから言っているのです」

そんな風に言い返してくる。

その場しのぎの言い逃れではないかと思ったのだが、彼の言葉を聞いた桃香は、嬉しくてたまらないといった表情を浮かべた。

それを見た勇者もフッと笑う。

「レポートの出来は悪くなかった。あとは、もう少し広い視点を持て。……努力はお前を裏切らないぞ。頑張れ」

桃香は、見たこともないくらい華やかに笑った。

「はい！」

まるで辺り一面に花が咲いたような気がして、私は思わず息を呑む。

「行くぞ、斎藤。この後、取引先との会合がある」

勇者は、まるで私から引き離すように桃香を連れ去った。

「……若造が。うちの秘蔵っ子をかすめとれると思うなよ」

微かな嘲笑混じりの言葉は、間違いなく私に向けられたもの。

別に、桃香をかすめとろうなどと思ったわけではなかったが……彼女が勇者に見せたとびきりの笑顔が、私の心の奥を掻《か》き乱す。

同時に、悔しさがこみ上げてきた。

たしかに私は若造で、勇者には敵《かな》わない。

……今までは、それで当然だと思っていたのだが。

足早に駆け去る勇者と桃香の後ろ姿に、心が揺れている。

その理由もわからずに、私はただ立ち尽くしていた。

第二章　異世界もだいぶ慣れてきました

――ようやく少し仕事が回りはじめてきたかもしれない。

椅子に座ったまま両手を上げて大きくのびをしながら、桃香はそう思う。

「ロバートさん、そろそろ休憩にしましょう」

隣で熱心に書き物をしている男に向かって呼びかければ、彼は驚いて顔を上げた。

「え？　あ、もうそんな時間？」

「ええ。時間も忘れるくらい熱心に仕事をしてくれたんですね。……ああ、今日もとても綺麗にまとめてくださって嬉しいです」

桃香が褒めれば、ロバートは「えへへ」と照れくさそうに笑う。

「うん。俺もこんなことはじめてだ。……今までは、仕事が嫌で嫌で仕方なくて、早く時間が過ぎないかなって時計ばかり見ていたのに。やっぱり、俺ってやればできる子だったんだなぁ～」

相変わらず自分には甘いロバートだが、下手にネガティブになられるよりずっといい。

「さすがロバートさんですね。頼りにしています。――あ、この書類、ここと ここをちょっと直した方が、ロバートさんの成果が見やすいと思います。休憩したあとでいいですから見てくれますか？」

そう言いながら桃香は、ロバートの書類のミスを指摘する。

「え？　あ、ああ、そうなの？　うん、お茶を飲んだら見てみるよ」

ロバートは嫌がる様子もなく、素直に頷いた。席を立つと自分の荷物の中から、小さな包みをとりだしてくる。

「これ、お母さま――――っと、母上が、斎藤さんと一緒に食べなさいって持たせてくれたんだ」

お皿をとりだし開けてみれば、包みの中身は焼き菓子だ。ぷくっと小さな円形で、日本でいうところのマドレーヌに似ている。

「お母さまがくださったのですか？」

「あ、ああ。うちの料理長の一推しのお菓子でね。……俺が君との仕事が楽しいって話をしたら、絶対持っていけと命令――――じゃなくて、勧められたんだよ」

こう見えてロバートは、そこそこの家柄の伯爵家の長男なのだそうだ。父は入り婿。三人の姉がいる女系一家の待望の長男で、ようは甘やかされまくって育てられた。

このため、おだてに弱く怠け者。もまれて育っていないから他人との競争で勝てるはずもないのに、プライドだけは高い。

こんな性格では他者とうまくやっていけるはずがないのは当たり前で、職場では大の問題児だったらしい。

それが桃香の元に派遣されてからは、機嫌よく仕事をしているのだ。彼の将来に頭を抱えていただろう家族が、焼き菓子のひとつや二つ持たせたとしても、なんら不思議ではない。

（ロバートさんも、つき合い方のコツさえ摑めば、それほど面倒な相手じゃないんだけどな）

マドレーヌもどきをパクリと食べながら、桃香はそう思った。

現代日本は個の時代だ。ひとりひとりの個性が重んじられ、それに合わせた働き方をさせることが推奨される。大企業であればあるほどその傾向は強く、桃香の勤めていた株式会社オーバーワールドでもそうだった。

事実、桃香の周りにも非常に個性的な社員が多かったのだ。おかげで、多少（？）クセのあるロバートでも、それほど扱いが面倒だとは思えない。

「おいしいです」

「そうかな？　この程度の焼き菓子、それほどでもないと思うけど……気に入ったならまた持ってくるよ」

褒められて明らかに嬉しそうなのに、ロバートは素っ気なさそうにそう話す。先ほど手渡された書類に目を落とし……「あ！」と声を上げた。

「思ったんだけど、ここは前にやった書類と同じような書き方にした方がいいんじゃないか？」

先ほどそう指摘したのは桃香である。しかし、素知らぬふりで「そうですね」と頷いた。

「そうだろ、そうだろ。よし、すぐに直すぞ」

直してもらえるのなら、不満はないからだ。

「お願いします」

「ああ。任せてくれ」

あっという間にお茶を飲み干し仕事に戻るロバートを、桃香は微笑ましく見守る。

やっぱり扱いやすい人だなと思った。


異世界に慣れてきたなと感じる理由は、ロバートとの仕事がうまく回りはじめたためばかりではない。

「おはようございます。斎藤さん」

「おはようございます。今日もよろしくお願いします」

王城内で、基本自室と仕事部屋を行き来するだけの桃香だが、そこには思っていた以上に多くの人が働いている。王城を警護する騎士や、侍女、侍従といった使用人。庭には庭師がいて、食堂には料理人、ちょっと変わったところでは、荷物の持ち運びや些細《ささい》なことに手を貸してくれるなんでも屋みたいな人もいる。

(ホテルのベルボーイみたいな感じなのよね)

異世界事情に疎《うと》い桃香にとっては、気軽に頼めるお助けマンだ。

一国を統《す》べる王城に大勢の人間が働いていることは当然で、桃香が知るのは、ほんの一部。

その一部の人たちとのコミュニケーションが、ここのところ順調なのだ。

千里の道も一歩から。

一部とはいえ、自分のコミュニケーション力が通じたことは、十分大きな一歩だと思う。

（やっぱり挨拶が基本だっていうのは、万国共通、異世界でも変わらないことなのよね）

桃香は心の中で、うんうんと頷く。

とはいえ、はじめのうちは、桃香から積極的に挨拶された相手は戸惑い気味だった。ギョッとした様子でおずおずと挨拶を返してくれるならまだいい方で、大抵は無視か黙礼。そっとその場から去っていってしまったり、なんだこいつ？　みたいな顔で睨まれたりするのが常だった。

（勇者の秘書なんていう、こちらの世界の人々にとっては訳のわからない肩書きのせいで遠巻きにされているのかとも思ったけど……挨拶を交わすこと自体あんまりないみたいなのよね）

それでも懲りずに声をかけていけば、根負けしたように挨拶を返してくれるようになって、最近ようやく笑い合える感じになったのである。

目の前の、ベルボーイもどきの男性もそのひとり。

「こんにちは。お疲れさまです」

「こんにちは。斎藤さん。今日もお元気ですね。……異世界の方は、皆さんこんなにフレンドリーなのですか？」

こんな風に聞かれることも増えた。

「いえいえ、そうでない人もたくさんいますよ。お国柄とか地方柄もありますし、一概には言えませんよね。……こっちの世界もそうでしょう？」

小首を傾げながらそう言えば、「ああ」と声が上がる。

「そう言われればそうですね。……私は田舎の出身で、故郷ではみんな斎藤さんみたいに誰かれなく声をかけてくれたのですが、王都にきてからはそんなことがなくなったので、すっかり忘れていました。――フフ、不思議ですね。異世界からきた斎藤さんの方が、同郷に人に似ているなんて」

「故郷ってどんなところですか？」

「そうですね――」

その後、彼は自分の故郷について懐かしそうに話してくれた。それは、ヴィルフレッドの話や資料からは見えない、生きたこの世界の情報のひとつとなる。

しばらく世間話をしたあとで、彼は機嫌よさそうに離れていった。

「慣れない異世界でたいへんでしょう。なにかお手伝いできることがあれば、いつでも声をかけてくださいね」

別れ際、そんな言葉までかけてくれる。

「ありがとうございます！」

具体的に今すぐなにかをしてもらうわけではないのだが、こういった人脈は広げていった方が後々役に立つ。

出会う人々に積極的に声をかけ会話をすることによって、桃香は順調に友好関係を築いていた。

――まあ、なぜかそれが気に入らない人もいるようなのだが。

「桃香、ターネンにはつき合いはじめて三年の恋人がいる」

「は？」

いきなり他人の恋人情報を告げられた桃香は、ポカンと口を開ける。

「……えっと、ターネンさんですか？」

それって、誰？

「ああ。年内には結婚するだろうと言われている」

「それは、おめでとうございます？」

とりあえずお祝いの言葉を述べはしたが、語尾が疑問形になってしまったのは不可抗力だ。

桃香は、目の前の綺麗な顔――――他ならぬヴィルフレッドを困惑しきって見つめる。

「……ターネンさんってどなたですか？」

なにはともあれ、そこからだ。

ヴィルフレッドは、ピクリと眉を跳ね上げた。

「名前も知らないのか？　今日君が四分三十七秒も話していた文書集配係の男だ」

「文書集配係？」

そんな役職の人と知り合いになった覚えはない。

本当に誰のことだろう？　と考えて――――突如、ベルボーイの男性の顔が浮かんだ。

「あ、ひょっとして、ここにくる前に廊下で話した人ですか？」

「そうだ」

四分も話したつもりはなかったが……そう言われればそうかもしれないとも思う。

（っていうか……なに？　その細かい秒刻みのカウント？）

「あの方、ターネンさんというお名前なんですね。……それで、ヴィルフレッド殿下はその方のご結婚をどうして私に教えてくださったんですか？」

桃香は、ストレートに疑問をぶつける。ヴィルフレッド相手の駆け引きはとても疲れるから、仕事以外ではしたくない。

「……君が、彼と親しくなりたそうにしていたからだ」

――――親しく？

まさか、ヴィルフレッドは、桃香が結婚を前提とするような意味合いでターネンと親しくなりたいと思っているのか？

「えっと……私がターネンさんと親しくなりたいのは、職場の人間関係を円滑にしたいからですよ」

桃香がそう言えば、ヴィルフレッドは眉間にしわを寄せた。

「ターネンは、君の仕事とは直接関係ないだろう？」

「でも、同じお城で働く仲間じゃないですか。まったくすれ違いもしないのならともかく、時々は見かけるんですから、仲良くなった方がいいに決まっています」

株式会社オーバーワールドは、天下の大企業だ。当然そこに働く人は数多く、社員以外でも派遣の人や委託している清掃会社のおばちゃんたちまで含めれば、顔を見たことのある人の方が少ないくらい。

それでも桃香は、自分が会う人々には役職関係なく笑って挨拶していた。その方が仕事を円滑に進めるために絶対プラスになるからだ。

（ちょっとしたことでも、気安い仲ならお願いしやすいのよね）

「それは異世界流の考え方なのか？」

「この世界でも、田舎なら同じだってターネンさんは言っていました」

ターネンの名を出したとたん、ヴィルフレッドは顔を顰める。

ひょっとしたら、彼はターネンと仲が悪いのかもしれない。だから、桃香が親しくなるのが気に入らないのだろう。

今後誰かと仲良くなるときは、ヴィルフレッドとの関係も探ってみた方がいいかもしれないと、桃香は思う。

「彼とは、彼の故郷の話を少ししただけです。あとは挨拶するくらいで、彼が誰と結婚しようと私は気にしませんよ」

はっきりそう言えば、ヴィルフレッドは少し機嫌を直したようだった。

「そうか。ならいいよ」

なにがいいのかは不明だが。

その後は、いつも通りの講義に移る。

やっぱり面倒くさい王子さまだなと、このとき桃香は思った。


ところが、世界は広い。

面倒くさいと思ったヴィルフレッドが、それほどでもないと思えるほど面倒くさい相手が、世の中にはいたのだ。

「……なにかご用ですか？」

「いや、特に用はないかな」

しれっと答えながら、桃香の仕事部屋に入ってきたのは、誰もが認める美少年だ。柔らかな綿毛のような白い髪と春先の新緑みたいな色の大きな目。お肌も白くもちもちで、丸い眼鏡が似合わないように見えて、実はその奥の瞳を際立たせるという絶妙な魅力を醸しだしている。

日本のサブカルチャーで言うならば、全力で推せる眼鏡っ娘《こ》ならぬ眼鏡ショタというところか。

（……完璧だわ）

この美少年の名前は、カール・ファイモン。桃香に問題ありまくりの使えない文官ロバートを押しつけてきた宰相補佐さまだ。

ヴィルフレッドからいろいろ教えてもらい、彼の実年齢と曲がりくねった性格を知っている桃香でさえ、この外見を拝みたくなってしまうのだから、心底怖ろしい。

カールは、ふらふらと桃香の仕事部屋を歩き回った。

「僕のことは気にしなくてかまわないから、仕事を続けてください」

小さな片手を振り振りそんなことを言う。

――――まさか、そんなわけにもいかない。

城で働く文官のトップは、言わずと知れた宰相だ。目の前の少年は、こう見えて宰相補佐。つまり文官ナンバーツーであるわけで、気にせず仕事を続けることなど、できないのだ。

事実、カールが部屋に入ってくるのを見たロバートは、咄嗟《とっさ》に立ち上がり「資料を集めてきます！」

と叫んで逃げだしていった。

実に見事な逃げ足で、是非教えを請いたいと、桃香は思ってしまう。

「……ふ～ん。珍しい書類の保存をしているね」

自分に構うなと言ったカールだが、書棚の前で立ち止まり桃香の方を向いて呟いた。質問しているのは、誰でもわかる。

桃香は、黙って席を立った。

「普通にファイリングしているだけですが」

カールが見ているのは、ごくごく一般的な紙製ファイルボックスだ。文具スーパーなどでお安く買える量産品。運ぶのが楽なので、日本から大量に持ちこんだものだ。それが書棚にずらっと並んでいる様子が珍しいのだろう。

桃香は、このファイルボックスにロバートが書いた見出しをつけて、書類の分類を行っている。

「ファイリング？」

「書類を決まったルールの元で分類、整理し、保存から廃棄までを行うことです」

桃香が今まで集めたこの世界の情報は多岐にわたり量もかなり多くなっている。これらをきちんとファイリングすることは、業務を円滑に進める上で必要不可欠なこと。

それは、桃香にとっての常識なのだが、どうやらここでは違うようだった。

（ロバートさんも、はじめは不思議そうな顔をしていたものね）

カールの対応に困っていた桃香は、この際だからと日本式のファイリングを教えることにする。

少なくとも、自分の仕事場をうろうろ勝手に歩き回られるよりも、ずっといい。

実際に見てもらいながら、使用方法やその利便性を説明した。

「――――このように、誰が見てもわかるように書類を整理すれば、業務の流れを明確にし、仕事をしっかり把握できるようになります。情報の欠落や紛失も防止できますし、必要な書類がすぐに出てくれば仕事の効率化にもなりますよ」

桃香の便利ですよアピールに、カールは眉をひそめる。

「……それでは自分の仕事が誰からも丸わかりになるね」

「ええ！」

それもファイリングのいいところなので、桃香は大きく頷いた。

「だから、自分がいなくても仕事に支障が出ないんです」

突然風邪をひいて休んでも大丈夫！　なんなら、前日に飲みすぎて二日酔いになったとしても、急に時間休や半日休をとることも可能なのだ。

……まあ、実際はそれほど大丈夫なわけでもないのだが、それでも少しは気軽に休めるはずだった。

カールの眉はひそめられたまま。

「どうやら君の世界では違うようだけど……こちらの世界では、自分の仕事のやり方はできるだけ秘密にして他者に知られないようにするのが常識だ」

「え？」

「そうでなければ、せっかく苦労して身につけた仕事のスキルを、努力もしていない奴に奪われてしまうだろう？」

桃香は、目を瞬いた。

「それじゃ、その人がいないときに仕事の問い合わせがきたらどうするんですか？」

「本人に連絡して対応させるだけだ」

「緊急で、すぐに返事をしなければならない場合は？」

「それでも本人にさせる」

「その人が、仕事のできない状況だったら？」

「……仕方ない。誰かが一から仕事をし直すだろう」

それはものすごく非効率だった。時間が勝負の日本の企業では、絶対生き残れないやり方。

先ほどカールは仕事のやり方をスキルと称した。

日本でも仕事のスキルという表現はあるが、きっと意味合いは少し違うのだろう。

(他人には教えたくない自分だけのやり方っていう感じがするわよね。……門外不出――とまではいかないけれど、効率よく正確な仕事ができることが、個人の能力の証明になっていて、その方法を秘匿しているってことなんじゃないかしら)

国の中枢である城で働く文官たちは、エリート中のエリートだ。身分も能力も高く、より高位に昇ることを目指しているに違いない。そんな彼らにとっては、仕事のノウハウも自分がのし上がるための武器なのかもしれなかった。

きっと、そこら辺に放置して他人の目に触れさせるようなものではないのだろう。

「考え方は、なんとなくわかりました。……要は、仕事をする上での中心が、お客さまではなくて自分自身になっているってことですよね」

顧客の問い合わせに答えるより自分のスキルを秘することの方が重要なのだ。どっちを重視しているかなんて聞くまでもない。

「お客さま？」

「お城で働いている皆さまは公務員ですから、この場合は国民でしょうか？」

聞かれたので、スルッと答えてしまった。カールの外見が子どもなので、気づかぬうちに警戒を解いてしまったのだ。

桃香の答えを聞いた少年は、新緑の瞳をスッと細めた。眼鏡がキラリと光る。

「――――それは我々に対する批判かな？」

あまりに冷たい声を聞いて、桃香はヒヤッとした。

慌てて首を横に振る。一緒に両手もブンブンと振って否定した。

「いえいえ、とんでもありません。仕事のやり方はそれぞれですもの！」

異世界制度の批判なんてするつもりはない。

郷に入っては郷に従え。自分の価値観だけで突っ走るのが、企業人として失格なのは知っている。

土地には土地のやり方があり、それには理由があるのだから。

桃香は、焦って言い募った。

「きっとこの国の文官の皆さまは、切磋琢磨し、とても優秀なのではありませんか？　努力した成果を自分だけのものとして立身出世につながるんですもの。優秀な人であるならあるだけ頑張るのでしょうね」

反対にすべての成果をオープンにし、誰でも利用できるとあらば、それほど頑張る人はいなくなるだろう。きっと他にも桃香には思いも及ばない理由があって、彼らのやり方は彼らの理に適《かな》っているはずだ。

「私は実質ひとりで仕事をしていますから自分のやり方が一番合っていますが、それを広めようとかまったく思っていませんから！　……ロバートさんには手伝ってもらっていますけど、それをどう利用するかは、それこそロバートさんの裁量ですよね？」

正直、他人の仕事に口を出す余裕など、今の桃香にはひとつもない。

事なかれ主義と言うなかれ。

ここで変にカールと関わって、面倒事になることだけは避けたかった。

力一杯無力アピールをする桃香に、カールは「ふ～ん」と、つまらなそうな返事をする。

「……なんだ。久しぶりに手応えのある相手と論戦ができるかと思ったのに。……まあ、いいか。――それより、この分類はなにを基準にしているんだ？」

きっと取り繕《つくろ》うのをやめたのだろう。麗しい美少年なのに、言葉遣いと態度がなんだか粗暴になっている。

彼と論戦なんてとんでもなかった。避けられてよかったと、桃香は胸を撫で下ろす。

「ああ、それは――――」

その後は、質問攻めに遭った。

一生懸命説明し、ようやく彼が帰ったときには、既に疲労困憊。今日の仕事はもうやめようと思う。


まったく台風並みの迷惑人間だった。

まあ、桃香はこの国の文官たちと違って自分の仕事のノウハウを隠す必要がないし、知られたからといって被害を受けるわけでもない。

(それでも、対応している時間がもったいないわ。どうか、もう二度ときませんように！)

心の中で祈りを捧げる。

――しかし、ここは異世界。この世界の神さまへの信仰心を持ち合わせていない桃香の願いは、残念ながら叶わなかった。


「……今日もきたんですか？」

「ああ。君の世界の話は面白いからな」

その後、カールはちょくちょく桃香の仕事部屋にくるようになった。

最初はファイリングされている書類を見て、まとめ方のメリットデメリットを質問してきたのだが、そこからどんどん話は波及して、今では日本での仕事のやり方や会社経営について聞かれることが増えている。

カールは、知識欲の塊みたいな存在だった。

「そうか。統計データの活用だけでも、それほど多くの方法と考えた方があるのだな」

見た目美少年が、眼鏡の奥の新緑の瞳をキラキラと輝かせて桃香を見つめてくる。

「……あ。えっと、その、私が知っているのは専門の統計学じゃなくって、会社の実務でやっていた統計データの使用法なので、そんなに詳しいことはわからないのですが」

桃香は、若干怯えながらカールに言い訳した。

お願いだから、ただの平秘書に専門的な話を聞かないでほしい！

「大丈夫だ。君の知識不足は、僕の天才的推察力でカバーするから。……それで、このサンプリングの信頼水準だが――――」

話しだしたカールの言葉を「ゴホン」という咳払いが遮る。

「……風邪でも引いたのですか？　第三王子殿下」

チラリとカールが視線を流した。

そこにいるのは、不機嫌顔のヴィルフレッド。今日の講義は終わっているのだが、カールがくると知ったヴィルフレッドは、そのまま動かず居残っている。

実は動かないどころか、カールが頻繁に顔を出しているとわかったとたんに顔色を変え、「あの腐れハーフエルフ、ぶっ飛ばす！」と叫んで部屋を飛びだしていこうとするから、止めるのがたいへんだった。

正直、カールを出入り禁止にしてくれるのなら嬉しいばかりだが、このときのヴィルフレッドの目つきが冗談じゃなく恐ろしかったのだ。

（あれは本気でぶっ飛ばすつもりだったわ。……私が原因で、王子と宰相補佐が大ゲンカなんてしたらまずいわよね）

なんとかその場はとどまってもらったのだが、カールに直接注意すると言ってヴィルフレッドは宣言し、この状況である。

「私はいたって健康だ。様子がおかしいのはお前の方だろう。……なぜここにいる？」

金の目を苛立たしそうに細めながら、ヴィルフレッドはカールを睨みつけた。

「見てわからないのかな？　どうやら我らが第三王子殿下は、風邪ではなく目の病を患っているらしい。……仕方ない。あえて教えてやるが、私は秘書殿に教えを請うているんだ」

そう言ってカールは、薄い胸を反らした。ここまで偉そうに『請うている』と言う人間は見たことがない。

「目の病など患っていない！　なんでお前がそんなことをしているのかと聞いているんだ！」

バン！　と机を叩き、ヴィルフレッドは立ち上がった。

カールは肩を竦める。

「ここに未知の知識があり、それを知る人がいる。ならば学ぶ以外ないではないか」

「お前が、素直に教えを請うようなタマか！」

ヴィルフレッドに指摘されたカールは、ハハハと笑った。

「一見優男《やさおとこ》風なのに、その実女性には塩対応。どんな美女も懐に入れなかった第三王子殿下が、足繋くひとりの女性の元に通い詰めるよりは、ありえることだと思うがな」

「カール！」

激しく言い争うふたりの脇で……桃香は、この隙とばかりにノートパソコンをとりだした。

これは日本から持ってきた会社の支給品。なんと魔石で充電できるという勇者特製パソコンだ。

(やっぱり社長はスゴいわ。ヴィルフレッド殿下にも確認したけど、代々の勇者でもここまで自由自在に魔法を駆使する者はいなかったって言っていたもの)

元々ハイスペックな人間に、膨大な魔力とチートスキルが与えられたのだからある意味当然なのかもしれないが、パソコンまで作ってしまうとは思わなかった。

とはいえ、異世界にネット環境はない。このためパソコンで行えるのはワープロソフトや表計算ソフトを使った書類作成のみだった。

それでもないよりずっとマシ。

やらなければならないことは山積みなのに、最近このふたりのせいであまり仕事が進んでいない桃香は、パソコン本体に保存していたデータを呼びだし、入力をはじめた。

(そっか。ヴィルフレッド殿下は女性に塩対応なのね。……いや、別にだからどうってことはないんだけど)

しかし、指はキーボードを叩くものの、頭の中にはなぜかそんな考えが浮かんでくる。

塩対応の割には、自分にずいぶん絡んでくるな――――とか。

勇者の秘書だから特別対応なのかしら？　――――とか。

それにしたって、塩対応とは真逆よね――――とか。

もしかして、私に好意があったりして――――とか。

（ううん！　私ったらなにを考えているのよ。ちょっと優しくされたからっていい気になって……）

それより、仕事よ、仕事！）

桃香は、煩悩退散とばかりに頭を横に振る。

「――――桃香、私が許す！　今すぐ君の仕事の邪魔をするこのちびっ子を、執務室から叩きだしてやれ！」

そこにヴィルフレッドの声が飛んできた。

「ちびっ子とは何事だ！　……聞いたか？　秘書殿。情けないことに、我が国の第三王子殿下は身体的特徴で他人を差別する最低野郎らしい。このような未熟者に異世界からの賓客の相手をさせるわけにはいかない。今後、秘書殿への情報提供と講義は僕が承《うけたまわ》ろう」

カールも立ち上がり、自分の胸に手を当てる。

どっちもどっちだから、どうでもいい。

「勝手を言うな！」

「勝手はお前だろう！」

カチカチカチ――――と、桃香はパソコンのキーボードを連打した。

「桃香！　カールにはっきり言ってやれ！　気ままに押しかけられては迷惑だと！」

「秘書殿！　外見詐欺な王子など見限るべきだ！」

ふたりのボルテージは上がるばかり。

「――すみません。少し静かにしていただけますか?」

桃香は指を止めずにそう言った。

「……は?」

「……え?」

「ああ、言い間違えました。静かにしなくていいですが、私に話しかけずにふたりで話していてください。あともう少しで、入力が終わるので」

もののの五分もかからずに、このデータの処理が完了するのだ。保存アイコンをクリックできる間際の集中力を切らしたくない。

ヴィルフレッドは、呆気にとられたようにポカンとした。

一方カールは、桃香の手元を覗《のぞ》きこんでくる。

「――それが、話に聞いたパソコンか」

カチカチカチ――。

「ほうっ?　数値を打ちこめば即座に計算するのだな。……しかも、こちらの映像はなんだ?」

カールが指さしたのは、三つのデータと連動しているバブルチャート。大小様々な円からなるグラフは、こちらの世界にはないものだ。

「なんとも美しいな。しかもデータの傾向が一目でわかる」

カチカチカチ――。

「うん。やはり見れば見るほど素晴らしい。……パソコンもグラフも、秘書殿も」

「――――は？」

間の抜けた声は、ヴィルフレッドから。

桃香はパソコンから顔を上げない。

カールは、うんうんと頷いた。

「この集中力に、あのロバートを使いこなすテクニックと異世界の知識。しかも最近は周囲の人間を悉《ことごと》く手懐《てなず》けているという。――――まったく、興味の尽きない人間だ。……どうだろう？　私と、結婚を前提につき合ってくれないかな？」

カチカチ……カチ！

「よし！　保存終了！　っと………………………は？　……えぇっ！」

すべての入力を終え、その後ようやく耳に入ってきた言葉を頭で理解した桃香は……素っ頓狂な声を上げた。

「……け、結婚？　今、そう聞こえましたが？」

なんだかとんでもない言葉を聞いた。

間違いなく空耳だろう。

「ああ。そうだよ」

ところが、秒でカールが肯定してくれた。

「実は、こう見えて私は結婚適齢期でね。親から言われて婚活をしているんだ。しかし、なかなかうまくいかないんだよ。どうやら私の対人スキルに問題があるらしい。とはいえ、思い当たることがないから、直しようもなくてね」

自覚症状なしの性格破綻者につける薬はない。

桃香は笑顔を引きつらせながら「はあ」と相槌《あいづち》を打った。

「まあ、私自身それほど結婚を急ぐ必要性を感じていなかったから放っておいたのだけど、君ならば結婚しても退屈しないいんじゃないかなと思ったんだ。……どうだろう？　私は、権力も財力もあるし、結婚相手としてかなり優良物件なんじゃないかと思うけど？」

優良物件の結婚相手が見つからないなんてことがあるはずない！　カールが優良物件どころか事故物件であることは、考えるまでもないことだろう。

ここは、はっきり断るべきだ！

そう思った桃香は、口を開こうとする。

しかし、それより早く声が上がった。

「ダメだ！　ダメだ！　ダメだ！　ダメに決まっているだろう！」

叫んだのは、ヴィルフレッド。

「……私が結婚を申しこんだのは、第三王子殿下ではないのだが？」

カールは訝《いぶか》しげな視線をヴィルフレッドに向ける。

「当然だ。お前なんかから結婚を申しこまれてたまるか！」

「だったら、どうして君が断るんだい？」

「桃香が断るまでもないことだからだ」

怒鳴るヴィルフレッドに、カールの口角が面白そうに上がる。

「…………ふ〜ん。……だそうだけど、どうかな？　秘書殿」

新緑の瞳はヴィルフレッドに向けられたまま動かない。

こちらを見もせず問われた桃香は、困惑しながら声を出した。

「あ、はい。申し訳ありませんけど、お断りします」

どうして、ここまでヴィルフレッドが自分とカールの結婚に反対するのかはわからないが、どのみち受け入れるつもりはなかった。

（結婚なんてまったくする気がないんだから、誰であってもお断りよ。結婚抜きのおつき合いだとしても、カールさんだけはないわ！）

中身はともかく、カールの外見は紅顔の美少年。立派な成人女性である自分が彼と交際すれば、青少年保護育成条例違反で捕まるのは間違いないだろう。

恋をするなら、やはり同年代に見える男性がいい。

「……そう。理由を聞いてもいいかな？」

――――とはいえ、ここで正直に同年代がいいのだと伝えても、カールが納得するとは思えなかった。きっと、自分も同年代だと言い張るに違いない。

どうしよう？　と考えた桃香は、伝家の宝刀を抜くことにした。

「私、結婚するなら社長より強い男性とすると決めていますから」

「は？」

「え？」

どこか惚《とぼ》けたような声が、二つ上がる。

ひとつはカールで、もうひとつはヴィルフレッドだ。

「……社長？」

「はい。社長――――つまりは勇者です。この件については、社長からも許可を得ています。『誰かから意に染まぬ関係を迫られたときは、存分に勇者の威を借りろ』と」

多少ニュアンスは違っているが『威を借りろ』と言われたのは本当のことだ。証拠として代表取締役印の押された証文も持っている。

「ハハハ、勇者か。これは参ったな。さすがの僕も勇者には勝てそうにないや」

カールは、両手を広げあっけらかんと笑った。

もちろん誰一人勇者に勝つことはできないだろう。そんなことができるのなら、そもそも勇者召喚なんて行っていないって話だ。

一方ヴィルフレッドは、なぜか呆然としていた。

「……勇者に勝つ？」

ポツンと呟いているが、それは桃香の結婚相手への条件なので、特に彼が気にする必要はないはずだ。

「仕方ない。僕は、君との結婚を諦めるよ」

カールは、至極あっさりと引き下がった。きっと元々そんなつもりはなかったのだろう。桃香をからかって面白がるだけのつもりだったに違いない。

「そうしてくださるとありがたいです。婚活は、ぜひ別の方々と頑張ってください」

「ああ、そっちは当分いいかな。こういう恋愛沙汰は、当事者になるより第三者の方が断然楽しめそうだしね」

ニヤリと笑うカールに、桃香は呆れる。第三者で婚活がうまくいくとは思えない。

「あ、そういえば確認なんだけど――秘書殿は、勇者より弱い人間と結婚するのがNGであって、僕が異世界人だから結婚を断ったわけではないんだよね？」

結婚を前提としたおつき合いを断った真の理由は、カールの性格と容姿である。

そこで彼が異世界人かどうかということは考慮していなかったので、桃香は頷く。

「はい」

(そう言われれば考えなかったわよね)

普通は最初に考慮するべきことなのかもしれないが、不思議と桃香は気にしなかった。どうしてかは、自分でもわからない。

カールは「ふ～ん」と言って笑う。

「よかったな。異世界人かどうかは気にしないそうだぞ」

なぜかそう言ってヴィルフレッドの背中を叩いた。

「痛い！　五月蠅い！　触るな！」

ヴィルフレッドに邪険にされても、カールは上機嫌のまま。

「……あはは。いやぁ、やっぱり第三者はいいな」

楽しそうに笑うカールが、心底不気味な桃香だった。

間奏二　こんなことは、はじめてだ（ヴィルフレッド視点）

桃香といつもの講義をはじめる前に、私はスッと息を吸う。

「――――桃香、ターネンにはつき合いはじめて三年の恋人がいる」

思っていたより低い声が出た。

「は？」

ポカンと桃香は口を開ける。そんな表情も可愛くて、そう思った自分に少しイラッとした。

「……えっと、ターネンさんですか？」

「ああ。年内には結婚するだろうと言われている」

「それは、おめでとうございます？」

桃香は、本当に困惑しているようだ。

「……ターネンさんってどなたですか？」

思わず、眉がピクリと上がった。

「名前も知らないのか？　今日君が四分三十七秒も話していた文書集配係の男だ」

「文書集配係？　……あ、ひょっとして、ここにくる前に廊下で話した人ですか？」

「そうだ」

まさか、本当に知らなかったのだろうか？

もしかして私は、余計な情報を桃香に与えてしまったのか？

「あの方、ターネンさんというお名前なんですね。……それで、ヴィルフレッド殿下はその方のご結婚をどうして私に教えてくださったんですか？」

少し言葉に詰まる。

「……君が、彼と親しくなりたそうにしていたからだ」

「えっと……私がターネンさんと親しくなりたいのは、職場の人間関係を円滑にしたいからですよ」

「ターネンは、君の仕事とは直接関係ないだろう？」

「でも、同じお城で働く仲間じゃないですか。まったくすれ違いもしないのならともかく、時々は見かけるんですから、仲良くなった方がいいに決まっています」

正論だし、桃香の言葉に嘘は感じられない。

フッと心が軽くなった。

「それは異世界流の考え方なのか？」

「この世界でも、田舎なら同じだってターネンさんは言っていました」

しかし、ターネンの名を聞いたとたん再び心は重くなる。

「彼とは、彼の故郷の話を少ししただけです。あとは挨拶するくらいで、彼が誰と結婚しようと私は気にしませんよ」

その言葉でまた気分が浮上した。

「そうか。ならいいよ」

桃香の言葉だけで上下する自分の気分。ここ最近はこんなことばかりで、自分で自分の感情がコントロールできていない。

いったい私は、どうしてしまったのだろう？

自問自答の答えは、見つからなかった。


悩みを抱えていても、日々はいつも通りに過ぎる。

今日の桃香への講義は、商業ギルドについてだった。

「そっか。こちらの世界で起業するなら商業ギルドへ加入する必要があるんですね。……ギルドの役割は地球の商工会議所に似ているみたいですけれど――」

一通りの説明を聞いた桃香は、ブツブツ呟きながら考えこんでいる。講義の内容をきちんと理解していることが、その呟きからも見てとれた。

私の周囲の貴族令嬢ならば、商人から物を買うことに興味を持っても、ギルドの仕組みなど気にもかけないだろう。私の話を理解できる者も、片手で数えるくらいに違いない。

これが秘書としての桃香の仕事なのかもしれないが、それでも目の前の彼女の姿は新鮮で、私の心を惹きつける。

「商業ギルドを実際に見せていただくことは可能ですか？　できれば事務方の人とお話ができると

嬉しいんですけど」

ただ問題は彼女の行動力と、それに伴って増える交友関係を私が気に入らないことだろう。

商業ギルドの事務には、若い男が多い。

「……私が同席できる日であれば」

「え？　そこまでしていただかなくとも、アポイントメントだけとってもらえれば私ひとりで行きますよ。私だけで不安ならロバートさんに同行をお願いします」

「ダメだ！　……あ、その、私が心配なんだ」

思わず怒鳴れば桃香はポカンとした顔になる。心配だと告げれば苦笑した。

「心配性なんですね。まあ私も頼りないんでしょうけれど。ヴィルフレッド殿下に安心してもらえるように、もっと頑張りますね」

健気《けなげ》に微笑む桃香に、なんだか申し訳なくなる。

だって私は、桃香が頼りないなんてことはまったくなくて、ただ単純に自分のいない場所で彼女が他の男と会うのが嫌なだけなのだから。


「うわっ……お前、それは独占欲強すぎだろう。女性に淡泊だと思っていたが、違ったんだな」

その夜、このことをカールに話せば、思いっきり呆れられてしまった。

「……独占欲」

そうか。私は桃香を独占したいと思っていたのか。思い返せば心当たりのあることばかりだ。

「独占欲の強い俺様なんて、嫌われるぞ」

「それは困る！」

慌てて叫べば、カールはククと笑った。

「必死だな」

「悪いか？」

「悪くはないさ。なにより僕が楽しい」

やっぱりこいつの性格は最悪だ。

思わず眉をひそめながら、ようやく私は気がついた。

自分が、桃香に特別な感情を抱いていることに。

「桃香に嫌われたくない。……彼女の言動が気になるし、彼女の心も気になる。笑いかけてもらえれば心が浮き立つし、冷たくされれば死にたくなる……私は彼女に恋しているのだろうか？」

今までろくに恋愛経験がないため、はっきり言い切れない。

カールは呆れたようにため息をついた。

「それを恋と言わないで、なにを恋と言うんだい？」

確信できないのだから、言い切れなくても仕方ない。

それに私の心の一部は、まだ冷静に、桃香が勇者の秘書であり異世界人であることと、私が第三王子であることを認識し、自分がどうあるべきかを考えていた。

王子である私は、国のために不利益となるような行動はとれない。

そう思い自重できる限りは、これは本物の恋ではないのではないだろうか？
だからといって、この想いが遊びだなんて思えないし、思いたくない。
こんなことははじめてで、戸惑うしかない私だった。

第三章　赴任先の環境整備を頑張っています

ヴィルフレッドやカールという、見た目は極上だが少々癖の強い男性たちと過ごす時間の多い桃香だが、彼女にはもうひとり気になる人がいた。

それは他ならぬメヌ・グリード騎士団長。赤髪赤目の寡黙すぎる美丈夫である。

（なんとか彼と意思疎通ができるようにならなくっちゃ！）

そうでなくては、次の訓練でも勇者との連携に支障をきたしてしまう。

まずは、彼と気軽に話せるようになりたいと思った桃香は、ヴィルフレッドからさらなるメヌの情報を聞きだそうとした。

「メヌ・グリード騎士団長の私的情報？」

「はい。以前もかなり詳細な情報を教えていただきましたが、もっと個人的なものも教えてほしいんです」

メヌが公爵の息子で小公爵と呼ばれていることや家族構成等々、ヴィルフレッドからは、いろいろなことを教えてもらっている。しかし、もう一歩踏みこみたいと思うのだ。

ヴィルフレッドは、ムッと眉間にしわを寄せた。

「それは次の模擬戦のためかい？」

「はい」

もちろん、それ以外ありえない。桃香はここで仕事をしているのだから。

「そんなに頑張らなくてもいいと思うけど」

「これくらい頑張っているうちには入りません」

情報を聞かせてもらうだけでは、とても頑張っているとは言えない。

そう思って――――ハッ！　とした。

「あ、でもそうですね。私ったら、いつもヴィルフレッド殿下から情報をもらってばかりで。私もこちらにきてずいぶん経つのですから、情報収集くらい自分でできなくてはいけませんよね。……私ったら、殿下のご厚意に甘えすぎていました。グリード騎士団長の情報については、自力で頑張って集めてみます！」

いつまでも他人頼みでは情けない。

きっとヴィルフレッドは、そんな桃香を遠回しに注意してくれたのだ。

これからは自分でも動く必要があると反省した桃香は、善は急げとばかりに立ち上がる。

（今すぐ聞きこみに行かなくっちゃ！）

すると、なぜかヴィルフレッドも立ち上がった。

「いや！　違うよ、そうじゃない！　私を頼ってもらえるのは、全然まったく問題ないんだ！　むしろもっと甘えてほしいくらいだから！」

なんと彼はそう言って、桃香を引き止めた。次いで、わしゃわしゃと自分の金の髪を掻き乱す。

「誤解させてすまない。……ただ私は、君がそこまで真剣にメヌのことを考慮する必要はないんじゃないかと思っただけなんだ。そこまでしなくても、前の模擬戦でも結局勇者が勝ったのだし……それに、最近の君はロバートやカールと一緒に仕事をする時間が増えているだろう？　忙しすぎるんじゃないかと思ったんだよ」

ヴィルフレッドは、どこか悄然《しょうぜん》と謝ってくる。

どうやら彼は本気で桃香の過労を心配してくれたようだ。

「そんな。私は大丈夫ですよ。ロバートさんだって仕事に慣れてきましたし、それに、宰相補佐さまは最近私の仕事を手伝ってくれているんですよ」

最初の頃はなにかとつきまとわれて面倒くさかったカールだが、さすが宰相補佐は伊達じゃない。一を聞いて百を知る彼は、今では桃香の仕事の一端を担ってくれていた。

（特にパソコンへの入力が気に入ったみたいなのよね。ものすごいスピードでキーボードを叩くんだもの、びっくりしちゃうわ）

ヴィルフレッドを安心させるように微笑めば、彼は大きく息を吐く。

「わかった。君がそう言うのなら、メヌの件は私が責任を持ってしっかり調べるよ」

「ありがとうございます」

感謝の言葉を告げれば、ヴィルフレッドは苦笑する。

「嬉しそうだね。……なんだか妬《や》けるな。だって君は、私のことはそんなに一生懸命知ろうとしてくれないもの」

「……え？」

切なそうに見つめられて――桃香の頬に熱が集まった。

（もう、からかうのはやめてほしいわ）

ただでさえ、ヴィルフレッドは桃香好みのイケメンなのだ。冗談でもそんなことを言われたら、舞い上がってしまう。

「……なら私に教えてください。あなたのこと」

意趣返しをしたいと思った桃香は、妖艶に笑った。

おまけに上目遣いで見つめれば……なんと、ヴィルフレッドの顔が赤くなる。

「え？」

きっと笑われると思っていたのに、予想外すぎる反応だ。

「……あ、その。……あ、ああ。君が望んでくれるなら」

しどろもどろに狼狽《うろた》えるイケメンの姿は――反則級に可愛い！

先ほど頬に感じた熱が、ますます熱くなっていく。

たまらず顔を伏せた桃香は、それ以上ヴィルフレッドの顔を見ることができなかった。


――柄にもなく甘酸っぱいひとときを過ごしてしまった三日後。

桃香は、騎士団へ向かうべく城の庭園を歩いていた。

異世界へきてからほとんどの時間を城内で過ごし、外へ出たのは模擬戦のときぐらいの桃香としたら、久しぶりの戸外の空気である。

空は青く、雲は白い。太陽は眩しく輝いていて、吹き渡る風が緑の木々とそこかしこに咲き誇る花々を揺らしている。

(不思議なくらい地球と変わらないわよね。でも、東京にしては空気が澄んでいるし、視界にベルサイユ宮殿みたいなでっかいお城が映るから、ヨーロッパの一都市って感じだけど)

とはいえ、桃香がヨーロッパで訪れたことがあるのはフランスだけ。運良く入社した年が会社の創立十周年で、社員旅行がフランスだった。その程度の経験で異世界がヨーロッパに似ていると決めつけるのは間違いなのかもしれないが、あくまで桃香の感じ方でしかないのだからかまわないだろう。

正直どうでもいいことなのだが、今の桃香はそんなどうでもいいことでも考えていたかった。

――あれから、ヴィルフレッドの顔がまともに見られなくて、困っている。

すこぶる好みのイケメンが、自分なんかの笑顔に動揺して顔を赤くしてしまったのだ、それも仕方ないことだろう。

(いったいあれはどういうことだったのかしら?)

いくら考えてもわからない。

ヴィルフレッドはイケメンだ。しかも第三王子で聖騎士。つまりは女性にモテまくりのはずで、桃香ごときの笑顔や上目遣いで動揺するはずなどないのに。

(まさか本気で私に気がある――――わけないわよね！)

それはありえない！

桃香は自分の考えを秒で否定した。

桃香は物珍しい異世界人だが、容姿は十人並み。この世界の女性とは違いバリバリ働いていて、言いたいことは言ってしまうという、我ながら可愛らしくない性格をしている。

(身だしなみには気をつけているけど、お洒落とかはしないし)

貴族のご令嬢ならば、常に美しくあろうとするのが当然だ。しかし、桃香はそこまで美にこだわりたいと思えない。

(美容に興味や関心がないわけではないけれど、正直着飾ることより自分の趣味にお金と時間をかけたいもの)

少し考えただけでも、こちらの世界で模範とされる貴族女性とはかけ離れている。

そんな桃香を、貴族どころか王族であるヴィルフレッドが好きになるなんてありえなかった。

(きっと私の自称妖艶な笑みが、おかしすぎてツボにハマったのよね。笑いを堪えようとして赤い顔になったんだわ！)

うんうんそうだ。きっとそうに違いない！

桃香は自分に言い聞かせる。

だから、ヴィルフレッドの顔が赤くなったことなんて、さっさと記憶の中から消去しなくてはダメなのだ。

そう思いつつも、どうしても彼の狼狽えきった表情が忘れられない。

だから、できるだけそれとは違うことを考えようとしているのだ。

異世界とヨーロッパの類似点を考え終わった桃香は、今度は自分の持つバスケットに思考を集中させようとする。

藤で編んだバスケットの中身はパンケーキサンド。しっとりやわらかに焼き上げたパンケーキに生クリームと季節の果実を挟んだスイーツで、王都で一番人気のスイーツ店の数量季節限定品だそうだ。

これから会いに行くメヌ・グリード騎士団長の大好物なのだという。

(相手の好きなお土産は、仲良くなるための必須アイテムよね。頑張ってお近づきにならなくっちゃ。……それにしても見かけは堅物強面《こわもて》騎士さまなのに、スイーツ好きとか意外すぎるわ)

そのせいか、メヌのスイーツ好きはあまり知られていないらしい。

つき合いの長いヴィルフレッドも、今回はじめて知ったと教えてくれた。

それでも、大好物まで調べてくれたのだから、ありがたい。

ちなみに、ヴィルフレッドは辛党だそうだ。甘いものが嫌いなわけではないが、どちらかといえば、スパイスの効いたピリリとした料理の方が好みだという。

(別に、彼の情報は教えてくれなくてもいいんだけれど。……案外まじめで律儀なのかもしれないわ)

仕方がないので、今度辛いものをふるまおうと考えている。

桃香は、甘いものも辛いものも両方好きな両党だ。日本から持ってきたスーツケースには、某高級スーパーの人気レトルトスパイシーカレーの詰め合わせが入っている。

王子さまにレトルトカレーをふるまうのはいかがなものかと思うのだが――いや、ここは異世界。異世界転生お料理もので日本のカレーが最高なのは鉄板だから大丈夫だろう。

レトルトカレーを食べるヴィルフレッドを想像し、そんな彼ならばあまり緊張せずに一緒にいられるかもしれないと思った。

（そうやって慣らしていけば、きっと平気で顔を見られるようになるわ）

そうそう、そうに違いないと思っているうちに騎士団に着いた。

入り口の門番に声をかけ、メヌ・グリード騎士団長への取次ぎを頼む。

前もってアポイントメントをとってあったので、団長室まではスムーズに案内してもらった。

しかし、扉を開けたとたん。

「すまない！」

大音声で謝られて立ち竦んでしまう。

部屋の中には、大きな体を九十度に曲げて頭を下げる騎士団長。どうすればいいのかと、ここまで案内してくれた騎士を振り返ったが、彼は既にそそくさと部屋から退散し扉を閉めるところだった。

「え！　あの――」

声をかけるも、聞こえないふりで逃げ去ってしまう。

バタンと閉められた扉を前に途方に暮れた。

（どうしたらいいの？）

「これを！」

再び大きな声が響いて、仕方なく部屋の中を振り返る。

目の前に突き出されていたのは、分厚い書類の束だった。表紙に大きく『反省文』と書かれてある。

「――――これって？」

ザッと目を通した文書は、まさしく反省文だった。それも先日の模擬戦のもの。戦いの経過から、勇者との連携で不都合があった箇所をとり上げて、その原因と結果の分析。それを踏まえた今後の改善策まで綺麗にまとめられている。

「あの？」

実に見事な反省文だが、これをもらってどうしろと言うのだろう。

視線を向ければ、メヌはなお深く頭を下げてきた。

「おやめください！　お願いですから頭を上げてください」

桃香が頼んでも、大柄な男はピクリともしない。

頑《かたく》なその態度を見るに、どうやら彼は桃香が先日の模擬戦のことで文句をつけにきたと思っているらしい。

だから先に反省文を用意して渡してきたのだと思われた。

一切言い訳をせずに頭を下げる姿は、潔いと言っていいものかもしれないが。

(でもその理由が言い訳をしたくないんじゃなくて、単純に他人と話したくないいってことだとしたら、潔いなんてとても言えないわよね。会話をしたくないがためだけにこんな分厚い『反省文』まで書くなんて、寡黙にしたってほどがあるわ。そんなに話したくないのかしら)

この部屋に入って今までで桃香がメヌから聞いた言葉は、開口一番の『すまない!』という謝罪と書類を渡されたときの『これを』だけ。

ヴィルフレッドからメヌの寡黙さは度を越しているとは聞いていたのだが、ここまでとは思わなかった。

桃香は呆れ果ててしまう。そっちがその態度なら、こっちにだって考えがあった。

キョロキョロと部屋の中を見渡す。

目に入った小さな応接セットのテーブルに、持ってきたお菓子を広げた。たちまち甘い香りが部屋の中に広がる。

弾かれたようにメヌが顔を上げたが、それには構わずお茶道具を探した。

幸いなことに、上品な茶器が応接セットの脇のサイドテーブルですぐに見つかる。ところが茶葉やお湯は見当たらない。

しかし、案ずることなかれ。こんなこともあろうかと思った桃香は、秘密兵器を用意していたのだ。

ガサゴソとバスケットの底からとりだすのは、五百ミリリットル入りの水筒ひとつ。中身は、これまた某高級スーパーで買った有名養蜂場のはちみつ紅茶だった。はちみつの強い香りがするものの、すっきりとした甘さで紅茶の渋みが強いお茶は、甘いお菓子にもピッタリな優良品。

桃香は、そのお茶をトプトプとティーカップ二つに注いだ。

豊潤な香りが匂いたち、お菓子の香りと相まって、思わず笑顔になってしまう。

立ち尽くすメヌには構わずに、ポフンとソファーに座った。

はちみつ紅茶を一口飲んで、パンケーキサンドにかじりつく。

「おいしい！　やっぱり最高の組み合わせだわ」

叫びながら頬を押さえた。

ゴクリ――――唾を飲みこむ音が聞こえてくる。それはもちろんメヌのもの。

桃香はニッコリと彼に微笑みかけた。

「どうぞ、お座りになって」

どちらが部屋の主人かわからぬセリフだ。

固まって動けぬ様子のメヌ。

桃香は気にせず、もう一口食べた。その後はちみつ紅茶を一口。

「んんっ！」

今度は、カップをテーブルに戻し、両手で頬を押さえた。

ニンマリ笑ってしまうのは、おいしいのだから仕方ない。

チラリとメヌを見れば、距離がどんどん近くなっていた。ギラギラと光る赤い目が、ジッとパンケーキと紅茶に注がれている。

「本当においしいですよ」

とどめの一言をかけてやれば、大きな体が目の前のソファーに収まった。

ゴツゴツとした男らしい大きな右手が、繊細な模様の描かれたティーカップにかかり、左手がふかふかのパンケーキサンドを摑む。

パクリと一口でパンケーキサンドの三分の一ほどを食べたメヌは、いったんそこでフリーズした。

しばらくあとに、もぐもぐゴックンとパンケーキサンドを食べて、はちみつ紅茶を一口飲む。

「おいしい！」

感嘆の声が上がった。

よほどおいしかったのだろう、いつの間にかパンケーキサンドを離していた左手で口元を覆い震えている。

（……え？）

その声のイントネーションと仕草に、桃香は既視感を持った。

――いや、今までメヌのこんな姿を見たことはないのだが。

それに、彼の反応は、おいしいものを食べた人間としては、ごくごくありふれたもの。あらためて考えてみても、特別なことなどありはしない。

（それでも……なにかしら？　なにかが引っかかるんだけど。どこかで同じような仕草をした男の人を見たような？）

考えこんでいるうちに、メヌははちみつ紅茶を飲み干していた。よほど気に入ったのか、カラになったティーカップを残念そうに見つめている。

「もう一杯いかがですか？」

勧めれば、嬉しそうにコクコクと頷いた。強面イケメンなのに、子どもみたいに可愛らしい。

（こういうのをギャップ萌えとかいうのかな？）

ともかく、可愛い以外の言葉が当てはまらなかった。この様子を見る限り、お菓子で心を摑む作戦は大成功のようだ。

桃香は、心の中で拳を握る。

このままメヌとの距離を縮めたい！

水筒に残ったはちみつ紅茶を惜しげもなく注いでやれば、メヌは嬉しそうに赤い目を緩ませた。

「はちみつ紅茶には、和菓子も合うんですよ。――――和菓子っていうのは、私の故郷のスイーツで、特に餡子っていう甘味が紅茶の渋みにぴったりなんです」

まずはお菓子談義から。そう思った桃香は、メヌに対し自分だけが知る和菓子の話をはじめる。

未知なるお菓子の話にスイーツ好きが乗らないはずもないからだ。

思った通り、メヌは興味を引かれたようだった。相変わらず言葉は発しないが、視線が話の先を促している。

手応えを感じた桃香は、彼の方に身を乗りだした。

近づいた方がより親しく話ができると思ったのだ。

いざ話そうと思ったところで、しかし、コンコンとなにかを叩く音がする。

「え？」

音の発生源は窓だった。

そちらを見れば、金色の髪が揺れて光を弾いている。

「ヴィルフレッド殿下？」

窓ガラスを叩いていたのは、なんと第三王子だった。

サッと立ち上がったメヌが、急いで窓際に駆け寄っていく。

せっかく近づいた距離が離れてしまって、桃香はちょっとガッカリした。

「やあ、たまたま騎士団にきてみたら、桃香がいると聞いたのでね」

開いた窓の向こう側から、ヴィルフレッドが爽やかに笑いかけてくる。

（いやいや、なにが『たまたま』よ！　私、今日グリード騎士団長を訪ねるって話をあなたにしていたわよね？　ここにきているってことは、間違いなく私を見にきたんでしょう！）

桃香は心の中で盛大にツッコんだ。

ここ最近ヴィルフレッドの顔をまともに見ることができなかったのも一度で吹き飛んでしまうほどムッとする。

きっとヴィルフレッドは、桃香を心配してくれたのだろう。きちんと会話ができているかとか、メヌの機嫌を損ねていないかとか、気にかけてくれただろうことは間違いない。

しかし、タイミングが悪すぎだった。

（もう少しでグリード騎士団長とスイーツ談義で盛り上がれたのに！）

本当にそうなったかどうかは不明だが、それでも会話のきっかけを潰されたのは大きい。

「……こんにちは」

桃香は、恨めしげにヴィルフレッドを睨んだ。

「あ、――――あぁ、その、……君の部屋以外で会うのは、なんだか新鮮だね。私も一緒にお茶をごちそうになってもいいかな？」

恐る恐るといった風に、ヴィルフレッドは聞いてきた。

いいわけあるか！　と叫びたい。

空気を読んでさっさと帰れ！　とも言いたいが、まさかそんなわけにもいかない。

なによりメヌが、黙々と窓際の家具をどけているのだ。どうやらヴィルフレッドが入るスペースを空けているらしい。

（窓から入るの？　建物の入り口に回るという選択肢はないの？）

桃香の疑問もなんのその。家具を動かし終わったメヌは、その場で片膝を床につき頭を下げた。

「ありがとう」

窓枠に手をかけたヴィルフレッドが、一陣の風のごとくファサッと室内に降り立つ。

ものすごくカッコイイのだが、ドヤ顔でこちらを見るのはやめてほしかった。

ともあれ入ってしまったものは仕方ない。桃香も席を立ちヴィルフレッドに頭を下げる。

「気にしなくてもいいよ。闖入《ちんにゅう》者は私だからね。……ああ、甘い香りのお茶だね？」

スタスタと近づいてきたヴィルフレッドは、なぜか桃香がたった今まで座っていたソファーに腰かけた。ポンポンと自分の横を叩いて、そこに座るように促してくる。

「はちみつ紅茶です。申し訳ありません。ちょうどなくなってしまって」

仕方なくヴィルフレッドの隣に腰を下ろした桃香は、空の水筒を振ってみせた。

つい先ほどメヌに最後の一杯を注いだばかりなのだ。仕方ない。

「はちみつ紅茶？　……それはエルフ族の？　……まさか、カールにもらったのかい？」

なぜか焦った様子でヴィルフレッドが迫ってきた。

「違います。このお茶は私が日本から持ってきたものです」

この世界では、はちみつ紅茶はエルフ国の特産品らしい。カールの母はエルフなので彼から手に入れたと思ったようだ。

「そうか。それならいいんだ」

ヴィルフレッドは、ホッとしたようにそう言ってソファーにドサリと座り直した。

いったいなにがいいのだろう？

桃香がカールからはちみつ紅茶をもらったかどうかを気にする彼の態度は、まるで意中の女性に他の男性がプレゼントをしたかどうかを気にかける人のよう。

以前にも、ヴィルフレッドが自分を好きかもしれないと思ったことのある桃香の心が、ざわざわする。

（ひょっとしてひょっとしたら本当に私に好意があるの？）

そう思ってしまっても仕方ないヴィルフレッドの態度だが……桃香は心の中で首を横に振る。

(決めつけるのは時期尚早だわ。好意は好意でも、異世界人に対する物珍しさからくる一時的なものかもしれないし……それにたとえどんな理由だったとしても、私がグリード騎士団長に近づく作戦の邪魔をするのは許せないわ!)

桃香が怒りを新たにしている間に、メヌがヴィルフレッド用にお茶を淹《い》れてくれた。相変わらず一言も喋らないのだが、気の利く人である。いつの間にやら、動かした窓際の家具も元に戻っていた。

(不言実行タイプなのね)

なんとなく日本の武士みたいでカッコイイ。

一時ヴィルフレッドへの怒りを忘れ、メヌに尊敬の眼差しを向ければ、諸悪の根源の王子さまが大きな声を上げた。

「ありがとう。……そうそう、桃香昨日の話の続きだけど————」

なぜかそれからずっと話しかけてくる。内容はこの世界の騎士団の情報だ。

(ありがたいけれど、それって今話さなきゃいけないことじゃないわよね)

ヴィルフレッドは時折同意を求めるようにメヌにも声をかける。

騎士団長の確認がいるのなら、彼の行動はあながち的外れだと言えないこともないのかもしれなかった。

(もしかしたら、私とグリード騎士団長の話が続かないと思って、話題を振ってくれているの?)

そう思った桃香は、ヴィルフレッドへ向けた怒りのテンションを少し下げる。

しかし、メヌは頷くばかりで、その後も一切声を発しなかった。

（スイーツ談義だったら、もう少し話してくれたはずなのに）

ヴィルフレッドの心遣いが、今日ばかりは邪魔くさい。

――結局この日、それ以上メヌとは話せなかった桃香だった。


スイーツをエサにメヌ・グリード騎士団長と仲良くなろう大作戦を失敗してしまった桃香は、次の手段に打って出る。


「おはようございます！」

早朝。まだ朝日が昇りきっていない時間帯。冷たい空気が肌を刺す騎士団の訓練場にやってきた桃香は、そこにいたメヌに声をかけた。

彼が毎朝ここで朝練をすることは、ヴィルフレッド情報で知っている。

困惑して動きを止めたメヌに、桃香はニッコリ笑いかけた。

「私、最近運動不足になってしまって。ほんの少しですけど太っちゃったんです。……ダイエットも兼ねた体力作りのトレーニングを一緒にさせてもらってもいいですか？」

「……一緒？」

メヌの頭の上に？マークが浮かんで見えた。彼が寡黙な人でなければ、きっと桃香は即座に、疑問と苦情と叱責の言葉を大量に浴びせられたことだろう。

（『なんで俺が？』とか『お遊びはよそでやれ！』とか、一刀両断に『断る！』とか言われちゃいそうよね）

彼が寡黙でよかった。

そう思いながら桃香は、さっさとその場でラジオ体操をはじめた。

ちなみに今の桃香の格好は、上下セットで二千円ポッキリの紺のジャージ。これでいて吸水速乾、通気性に優れおまけにUVカットまでついているのだから言うことなしのスポーツウェアだ。

実は、パジャマ代わりに使っていたりするのだが――――言わなきゃわからないのだから、問題ない。

大きな声で「一、二、三、四」とかけ声を上げながら体を動かす桃香を、メヌが呆然と見つめていた。

無事にラジオ体操第二までやりきった桃香は、今度は柔軟体操に移る。

地面に足を伸ばして座り前屈する姿勢になって、メヌの方を見た。

「すみません。背中を押していただけますか？」

先ほどから一ミリも動かず固まっている騎士団長に、苦笑しながらお願いする。

「あ……え？　背中？」

「はい。恥ずかしながら、私は体が硬くって他人から押してもらわないと前屈ができないんです」

いや、できないとは自分では思っていないのだが、桃香の前屈を見た人は全員声を揃えて一ミリもできていないと断言してくれるのだ。伸ばした手の指先から十センチほど向こうに見える足の指先が、果てしなく遠くに思える桃香だ。

そんな彼女を見たメヌは、フッと表情を緩めた。

「たしかにそれでは、背中を押す必要性がありそうだ」

――――はじめてこんな長いセリフを聞いた！

桃香は、ジ～ン！　と感動する。

（……普通に話せたのね）

失礼だが、そう思った。

「お願いします！」

勢いこんで桃香は叫ぶ。

「ああ――――」

「――――わかった。任せてもらっていいよ」

なぜか返事が二つ聞こえた。

「え？」

短い方の返事は、もちろんグリードだ。

そしてもうひとつは、訓練場の東側から聞こえた。

そちらには、訓練場から王城へとつながる通路が延びている。輝きを増しはじめた朝日をバックにひとりの男性が近づいてきていた。

キラキラと金の髪が、陽光を弾く。

「……ヴィルフレッド殿下？」

思わず桃香はポカンとする。

「訓練場が賑やかだったからきてみたんだ。メヌは自分の訓練があるだろう？　桃香のサポートは私がするよ」

爽やかな笑顔付きの提案が……心底余計である。

先日のお菓子を差し入れたときといい、ヴィルフレッドはメヌと親交を深めたいという桃香の目的を知っているはずなのに、どうして邪魔してくるのだろう。

（私のためを思ってなのかしら？　でもこの前だって結局役に立たなかったのに）

ジロリと睨めば、曖昧に微笑まれる。

後ろに回られて、背中に手を置かれた。

ちょっと待て！

「え？　ホントに押すんですか？」

「当たり前だろう」

苦笑交じりの声が聞こえると同時に、背中に圧がかかった。

「ぐぇっ！　ぎぃ……やぁっ！　痛い、痛い、痛い！」

「へ？　まだほんの少ししか力を入れていないんだけど」

「痛いものは痛いんです！　ギブ！　ギブ！　ギブッ！」

「あ、いや、でも？　いくらなんでもこれで痛いとかはないんじゃないかな？　……っていうか、ギブってなんなんだい？」

本当に体の硬い人間の柔軟のなさをなめないでいただきたい。これ以上押されたら、間違いなく腹筋が痙攣《けいれん》を起こす自信がある。

泣きそうになって必死で懇願《こんがん》して、ようやく解放してもらう。

桃香はぐったりしてしまった。

「大丈夫かい？」

これで大丈夫に見えるのなら、眼科に行け！

苦手な柔軟はさせられるわ、メヌの親交は邪魔されるわで、踏んだり蹴ったりだと桃香は思う。

ふてくされて寝転んだままでいれば、グイッと体を持ち上げられた。

「きゃっ？」

「すまない。責任をとって私が部屋まで連れていこう」

目の前にヴィルフレッドの麗しいご尊顔。膝の裏と背中に彼の手が回るこの体勢は、間違いなくお姫さま抱っこだ。

「え？　え？　え？」

「私の首に手を回してくれ。その方が体勢が安定するから」

いくぶん強めの口調で言われて、桃香は反射的に従ってしまった。

（いやいやいや！　別に、抱き上げて運んでくれなくても結構です！）

心の中の声は、驚きすぎて外に出てこない。

呆然としている間に、ヴィルフレッドは歩きだした。

彼の肩越しに、桃香同様呆然としているメヌの姿が見える。先日の騎士団長室への訪問といい今日といい、彼の頭の中には疑問符が渦巻いていることだろう。

どちらも突然桃香が押しかけてきて、その後ヴィルフレッドまで現れて、好き勝手して帰っていくのだ。訳がわからなくなって当然だ。

メヌの困惑には同情するが、それは桃香も同じだった。

自分を運ぶ金髪の王子さまを、睨む。

(いったいなにがしたいの？　私を好きなのかもと思ったけど、ここまで邪魔されたら我慢できないわ！)

聞きださずにいられるものか。

フツフツと沸き上がる怒りとともに、決意を固める桃香だった。

そして、その後、部屋まで自分を運んでくれたヴィルフレッドと、桃香は机を挟んで正面から対《たい》峙《じ》する。

「……どういうおつもりなのですか？」

きっと桃香の目は、半眼になっているだろう。

「……どういうって？」

ヴィルフレッドは誤魔化すつもりのようだった。不思議そうに首を傾げている姿が、ものすごくあざと可愛らしい。

桃香は、バン！　と机を叩いた。多少手が痛かったが、それより怒りが勝る。

「私が、グリード騎士団長と親交を深めたいって、ヴィルフレッド殿下は知っておられましたよね？

それなのに、どうして邪魔するようなことをしたんですか？」

「邪魔だなんて！　私は、少しでも君の役に立てればと思っただけだよ」

「間違いなく邪魔でしたから、どんな気持ちだったとしても同じことです！」

桃香が言い切れば、ヴィルフレッドは力なく肩を落とした。

「すまない。本当にそんなつもりはなかったんだ。……ただ、どちらのときも今頃君がメヌと会って話をしている頃だなと思ったら、なんだかじっとしていられなくなって……少し様子を見るだけのつもりで騎士団に足を向けて……実際見てしまったら、もっと落ち着かなくなったんだ。……そして、気がついたら君とメヌの側に行って……勝手に体が動いていた」

悄然として、ポツポツと言葉を紡ぐヴィルフレッドは、まったくいつもの彼らしくない。

どうやら、自分でも自分の行動に戸惑っているようで、今の彼の姿は、桃香以上に混乱しているように見えた。

（まるで飼い主に叱られた犬みたい。……金色の毛並みのゴールデンレトリバーだわ）

ペタンと下がった尻尾と項垂《うなだ》れた頭のゴールデンレトリバーの幻影が、ヴィルフレッドに重なる。

なんだか可愛いと、犬派の桃香は思ってしまった。

同時に怒りが霧散していく。

言い訳とも言えないヴィルフレッドの言葉が途切れれば、部屋の中に痛いほどの静けさが張り詰めた。

桃香は――――大きなため息をついた。

ヴィルフレッド自身がわからないと言うのであれば、これ以上の追及は時間の無駄である。

（それに、私の心配をしてくれたことは間違いないみたいだから）

「わかりました。もういいです」

結局、桃香はそう言った。

甘いような気もするが、仕方ない。

「いや！　よくはないよ。……どうか私に挽回の機会を与えてくれないか？」

ヴィルフレッドは、縋《すが》るような視線を向けてきた。やっぱり犬っぽい。

「挽回の機会ですか？」

「ああ」

ヴィルフレッドは首を縦に振る。少し考えこんで……パッと顔を上げた。

「そうだ！　もうすぐグリード公爵家で三女の婚約披露パーティーが開かれるんだ。それに君も参加しないか？　そうすればメヌと酒席で話せる機会が持てるだろう？」

それは案外いい考えかもしれない。お酒が入れば寡黙なメヌも多少は口が回るようになる可能性がある。

「でも、そんな席に私が行ってもいいのですか？」

勇者の秘書とはいえ、桃香は異世界の一般人だ。正式に招待されたわけでもない公爵家のパーティーに参加できるとは思えない。

しかし、ヴィルフレッドは笑って頷いた。

「私のパートナーとしてであれば、なんの問題もないよ。……メヌは社交嫌いでパーティーに参加することはあまりないんだが、さすがに姉の婚約披露に立ち会わないわけにはいかないから、必ず出席すると思う」

公爵家の婚約披露パーティー。それはさぞかし盛大で絢爛豪華なものとなるのだろう。

実家でのパーティーとなれば、メヌの警戒心も緩むと思われる。

たいへんいい提案だと思うのだが、他にも問題があった。

「……でも私、そんなパーティーに着ていく服を持っていません」

パンツスーツならあるのだが、さすがに公爵家のパーティーでは浮きそうだ。

(異世界の正装なんだって言い張ることもできるけど……いや、やっぱり奇異の目を向けられるのがオチだわ)

桃香が思い出すのは、出会ったその日のヴィルフレッドのセクハラ発言だ。やはり、いくら酒の席でも――――否、酒の席だからこそ着ていくわけにはいかない。

なにより、パンツスーツで悪目立ちする桃香と、メヌが一緒にいてくれる可能性は低かった。

「ああ、大丈夫。もちろんドレスも装飾品も私の方で用意するよ」

ヴィルフレッドは、即座に問題を解決してくれた。さすが王子さまである。

ドレス代が会社の経費で落ちるか不安だった桃香は、ありがたくその提案を受けることに決めて、少し彼を見直した。

しかし、問題はまだある。

「私、こちらのマナーがわかりません」

「君は異世界からの客人だ。私たちのマナーに無理やり合わせる必要はないよ。……それに、私のパートナーとして参加するんだ。私の隣で笑っていてくれれば誰にも文句は言わせないから」

自信満々にヴィルフレッドは保証してくれた。

たしかに王子のパートナーを面と向かって貶《けな》せる人はいないかもしれない。

桃香の中で、ヴィルフレッドの株がまた少し上がる。

だが、問題はもうひとつあった。

「私、ダンスができません！」

この世界の貴族の社交に、ダンスは必須科目なのだそうだ。

その事実を教えてくれたのは、目の前のヴィルフレッドなので間違いない。いずれはダンスそのものも彼から教えてもらえることになっていたのだが、残念なことにまだまだそこまで手を伸ばす余裕がなかったため、習っていないのだ。

ヴィルフレッドはこれにも安心させるような柔らかな笑みを浮かべた。

「それも大丈夫だよ。今回のパーティーの主役は、婚約する公爵令嬢とそのお相手だからね。私が無理に踊る必要はないんだ。――ただ、せっかくの機会だから、今後のことを考えて簡単なダンスのひとつくらいは踊れるようになっておく方がいいかな？」

今後、勇者が魔王討伐を進めていけば、その過程でこういったパーティーに招かれる機会は何度もあるはずだ。特に藤原は、単なる魔王討伐だけを目的とせず、討伐後のこの世界での経済進出を狙っている。この世界の有力者と顔つなぎができるパーティーには積極的に参加しようとするはずだし、当然その場には秘書である桃香も同席するだろう。

（たしかに、社長もいるパーティーでぶっつけ本番で踊るより、先に場数を踏んでいた方がいいのかもしれないわ）

天才肌の藤原のことだ。きっと異世界のダンスなどあっという間にマスターしてしまうに違いない。その藤原よりずっと長くこちらの世界に滞在している桃香が踊れないという事態は、あまり好ましくなかった。

「ダンスを教えてくれますか？」

「喜んで！」

本当に嬉しそうにヴィルフレッドは笑う。

桃香もホッとした。これでなんとか今までの失敗をとり戻せそうな気がする。

それもこれも、ヴィルフレッドが全面的に協力を申し出てくれたおかげだ。

（面倒くさい人だと思っていたけど、悪い人じゃないのよね。私のためを思ってくれているのは間違いないみたい）

目の前の笑顔がとても好ましく思える。

（よし、頑張ろう！）

ようやく開けた展望に意欲を新たにしていれば、ヴィルフレッドの声が聞こえてきた。

「――――とり急ぎ、今日の私の講義は、こちらの世界のパーティーに関するものにするよ。あと、すぐにドレスの手配をするから採寸やデザイン選びに協力してくれるかい。装飾品はそれが決まってからだな。王室の宝物庫から選んでもいいけれど……いや、やっぱり新しい物を購入したいから宝石商を呼ぼう。桃香の黒髪にはどんな宝石が似合うかな――――」

早口にブツブツと呟かれる言葉に、桃香は耳を疑う。最初はともかく、段々内容がおかしくなっていると思うのは、気のせいだろうか？

「宝物庫？　……宝石商って、どうして呼ぶの？」

採寸はともかく、デザイン選びとはどういうことなのか？

桃香は、てっきりヴィルフレッドは城の誰かからドレスを借りるのだと思っていた。そうでなければ既製服を買うくらい。

まさか、オーダーメイドで一から仕立てるつもりでいるのだろうか？

そういえば、ヴィルフレッドは王子さまだった。やんごとなき身分の超セレブだ。ひょっとしたら、既製服の概念すら知らないかもしれない。

桃香の顔から血の気がザッと引いていく。

「あ、あの！　ドレスとか装飾品とかは、レンタルで大丈夫ですから！」

異世界にレンタルがあるかどうかはわからないが――――いや、桃香の精神の安定のためにもぜひあっていただきたい！

「レンタル？　ああ、貸衣装のことかな？　でも、桃香。君はこれから社交に出る機会が増えるんだよ。今のうちにきちんと一着は仕立てておいた方がいい。……でも、そうだな、せっかくだから一着と言わず三、四着くらいは揃えようか。もちろん装飾品もドレスに合わせて用意するよ」

なんと！　一着のオーダーメイドが複数になってしまった。

「け、結構です！　そんなにドレスも装飾品もいりませんから！」

「遠慮しなくていいよ。大丈夫。すべて私の個人資産から支払うから」

「ひえぇぇ～！　そんな必要ありません！」

――そこから桃香は、必死でヴィルフレッドを説得した。

なぜか意地でも複数のドレスとそれに似合う装飾品の数々を揃えようというヴィルフレッドを、なんとか言い含めて、一着で諦めてもらう。

「――――ハァ～、わかった。君がそれほど言うのなら、今回は一着にするけれど……でも、やっぱり、せめて二着にしないかい？」

「一着以上は受けとりません！」

両手を腰に当てキッパリと宣言すれば、ヴィルフレッドは残念そうに項垂れる。スゴスゴと部屋をあとにし、案外あっさりと帰っていった。

安堵と達成感に脱力した桃香が、そもそもレンタルにしてもらう予定だったと思い出したのは、二十分後のこと。

既にヴィルフレッドは発注を済ませたあとで、さてはあの引き際の早さも計算だったのかと気がついたが、すべて後の祭りだった。

さて、世の中には、嘘をついても平然としていられる図太い人間と、嘘などつく術も知らない真っ正直な人間がいる。

そういったカテゴリーで分けるなら、ヴィルフレッドは間違いなく図太すぎるくらい図太い人間だった。

桃香は、目の前の二体のトルソーを見て確信する。

右のトルソーは、モスグリーンのドレスを着ていた。オフショルダーで胸の部分が金レースの切り替えで純白になっている上品なデザインだ。袖は幾重にも重ねられた透けるレース。ふわりと広がるレースが袖口でキュッと絞られてそこにも金レースが使われている。裾に向かって優美に広がるスカートのところどころには金の花と白いレースのリボンがあしらわれ、そのレースにも金糸で繊細な刺繍がされていた。トルソーの首には宝石の埋めこまれた黄金のチョーカーがキラキラと光を放っている。

一方左のトルソーは、右に比べればほっそりとシンプルなマーメイドラインのドレスを着ていた。色は白だが片側の胸から腰、そして足下にかけて太陽を表す意匠が金糸で施され、神秘的なデザインになっている。背中には袖に連なる瑠璃色のマントがついていて、裏地に縫いこまれた宝石が輝く様は、まるで曙光《しょこう》に染められはじめた明け方の空のよう。五連のゴールドチェーンのネックレスは、見事としか言いようのないものだった。

どちらも文句なしに美しく、超高級品であることが一目でわかる。

「……私が選んだのは、モスグリーンのドレスだけのはずですが」

桃香はジロリとヴィルフレッドを睨む。

「ああ。最終的に選んだのはそちらだが、こちらの白のドレスも気に入って最後まで悩みに悩んでいたじゃないか。どちらも桃香によく似合うのは間違いなかったからね。どうせなら一緒に仕立ててしまえばいいと思ったんだよ」

たしかに悩んでいたけれど、それはどちらが好きかという観点ではなく、どちらがより安価だろうかという単純なものだった。この二点のデザインを残したのだって、他のドレスには、みな大きくキラキラとした派手な宝石がいくつもついていたため選ばなかっただけ。

（この二着も高そうだったけど、それでも他のよりは普通だったのよね）

要は、最安値のドレスを選ぼうとしていただけなのに、どこをどう間違ったら両方買おうという判断になるのだろう。

「私、一着しかいらないって言いましたよね」

「ああ。だから、今回君に贈るのはこの二着のうちのどちらか一着だけだ。もう一着は、今後君が急にドレスが必要になったときのために私が預かっておくよ」

それは、二着買うこととどこが違うのだ？

（そんなに急にドレスが必要になる事態なんてありえないわ！）

万が一あったとしても、同じドレスを着ていけばいいだけだと、桃香は思う。

盛大に文句を言おうとしたのだが……ヴィルフレッドがあんまり嬉しそうに笑うから、毒気を抜かれた。

「で、どちらのドレスにする？　最初の予定通り緑のドレスかな？　それとも白？　迷うところだな」

両方のトルソーを眺めて、ヴィルフレッドは真剣に悩んでいる。

キラキラと金の目が、子どもみたいに輝いていた。

本当に、どうしてこんなに一生懸命なのだろう？

(これだけ美形な王子さまなんだもの。きっとモテるし、ドレスを選ぶのにも慣れていたから、贈るのは私がはじめてじゃないんでしょうに)

……ひょっとしたらヴィルフレッドは、女性のドレスを選ぶのがとても好きなのかもしれない。

うんうん、きっとそうに違いない！　そう桃香は思った。

いろいろ考えたら面倒くさくなりそうなので、これ以上は考えない。

「……予定通り緑のドレスにします」

「え？　そうかい？　そうだね。……でも、こっちの白のドレスも桃香の黒髪を引き立てそうだよ」

「迷っていても時間の無駄ですから。それに婚約披露宴の主役であるグリード公爵のご令嬢も白いドレスだと聞きました。色が被らない方がいいのですよね」

このあたりのマナーは、日本とそれほど変わりないはずだ。

ヴィルフレッドは、残念そうにため息をついた。

「それもそうだね。……わかった。では、早速選んだドレスに着替えてダンスの練習をしよう」

「え？　まさか、今これからですか？」

「ああ。ドレスが違うと足捌《あしさば》きが変わってくるんだよ。慣れておいた方がいい」

それはそうかもしれないが。

「着て汗をかいたり汚しちゃったりしたらどうするんですか？」

「クリーンの魔法をかけるから心配ないよ。リバースでもいいかもしれないね」

クリーンは洗浄魔法。リバースは再生魔法だ。どちらもかなり難しい魔法で使い手もあまりいないと聞いている。だからこそ、魔法のあるこの世界でも侍女や従僕、下働きの使用人たちがいて掃除や洗濯といった仕事を手作業で行っているのだ。地球で言う電化製品の代わりに魔石を使った魔道具が普及していても、この世界の仕事のやり方は、地球とそれほど違わない。

つまり、なにが言いたいかというと、そんな高度な魔法を、ちょっと汗をかいたくらいのドレスのクリーニングに使わないでほしいということだ。

「そんなご面倒をかけるくらいなら、ダンスなんてしなくてかまいません。今度のパーティーでは無理に踊る必要はないとおっしゃいましたよね？」

とたん、ヴィルフレッドは表情を強ばらせた。

「え？　あ、いや、そうだけど……君も踊った方がいいという結論になったはずだよね？　大丈夫、クリーンもリバースもそんなに面倒な魔法ではないから！」

王子さまの『面倒ではない』発言は、信用できない。

「私の調査では、難しい魔法だと聞いていています」

不信感もあらわに睨んでやれば、ヴィルフレッドは肩を落とした。

「……わかった。ドレスには着替えなくていいからダンスの練習をしよう」

そんな提案をしてくる。どうやらどうしてもダンスはしたいらしい。

「……ひょっとしてヴィルフレッドさまは、とてもダンスが好きなのですか？」

桃香にとってダンスは社交の一手段でしかないが、世の中にはダンスが大好きで真剣にのめりこむ人もいる。ここまで熱心に勧めてくるということは、ヴィルフレッドもそういう人なのかもしれなかった。

しかし、聞かれたヴィルフレッドは一瞬キョトンとし、やがて微かに眉をひそめる。

「いや。どちらかといえば嫌いかな。ダンスそのものは好きでも嫌いでもないんだが……あまり親しくもない令嬢に、むやみやたらにひっつかれて聞いていて楽しくもない他の令嬢の悪口や揶揄《やゆ》を囁《ささや》かれるのは、本当に苦痛で――――」

そう言いながらヴィルフレッドは、額を押さえ俯《うつむ》く。手の隙間から見える眉間のしわの深さが、彼が本気で嫌がっていることを伝えてくれた。

たしかにそれは苦痛だろう。思わず同情すれば、顔を上げたヴィルフレッドと視線が合った。

「だから、そういう心配のない君と踊れるのが楽しみなんだ。頑張って練習しようね」

たいへんいい笑顔で言われたら、断りづらくなる。

「……ドレスが違うと足捌きが変わってくるのではなかったのですか？」

「そうだけど。それくらいは私のリードでカバーするから」

それなら、最初からそう言ってくれたらよかったのに。

「あんな着るのが面倒なドレスは、当日まで着ませんよ」

「……慣れておいた方がいいのに」

「なにか？」

「いや。なにも」

コホンとひとつ咳払いをして、ヴィルフレッドが桃香の方に手を差し伸べてきた。

「では、レディ。一曲お相手いただけますか？」

「仕方ないですね」

スマートな外見に比べ意外に大きくゴツゴツとした手に手を預ける。

そういえばヴィルフレッドは聖騎士。この手は戦う者の手だった。

彼は、顔だけの男ではないのだ。

壊れ物のようにそっと握られ、桃香は意図せず頬を熱くした。


そんなこんなで日は過ぎて、ようやくグリード公爵家の婚約披露パーティーの日がやってくる。

予定通りモスグリーンのドレスに身を包んだ桃香は……針のむしろに座っていた。

（ううん、ちゃんと立っているけれど！）

周囲からの鋭い視線で、メッタ刺しにされているのだ。

「顔色が悪いようだけど、大丈夫かい？」

隣に立つヴィルフレッドが、心配そうに聞いてきた。

（全部あなたのせいでしょう！）

喉元まで出かかった罵声を、桃香はかろうじて堪える。

今日のヴィルフレッドは、裾の長い上衣を片方の肩に掛けて羽織っていた。下は詰襟の短衣とスッキリとしたラインの長ズボン。襟や袖を飾る留め金は複雑な文様の金細工だ。同じ意匠の金飾は肩や腕、腰などにバランスよく配置されていて、豪華でありながら品よくまとめられていた。スラリと伸びた足に履くのは縦に金のラインの入ったロングブーツ。ただでさえ長い足をなお長く見せてどうするのかと、桃香は言いたくなる。

つまりは文句のつけようのない美麗な王子さまスタイルなのだが……ただ一点桃香には相容れないところがあった。

「……どうしてモスグリーンを基調にしたんですか？」

そう。ヴィルフレッドの着る衣装は、白いズボンと上衣の一部、そして黄金の装飾を除き、ほぼモスグリーンで統一されているのだ。

「君のドレスに合わせたのさ。似合っているだろう？」

ヴィルフレッドは、うっとりするような笑顔を浮かべてそう言った。

たしかに、この上なく似合っている！

似合っているのだが、無理に合わせる必要はなかったと思う。

図らずも王子さまとのリンクコーデを決めてしまった桃香は、パーティー会場に入ったその瞬間から、ご令嬢たちの殺意の籠った視線を浴び、ひしひしと命の危険を感じていた。

「……君の美しさの前には私など霞んでしまうけれどね」

リップサービスも、ここまで白々しいとツッコみたくもない。

「ハイハイ。ありがとうございます」

棒読みで返事をすれば、ヴィルフレッドは、眉を下げた。

「――――本気だよ」

「ハイハイ」

適当に相槌を打ってスルーする。

それより大切なのは、本来の目的――――メヌと親交を図ることだ。

(グリード騎士団長はどこかしら?)

無難に本日の主役の公爵令嬢とその婚約者、そして公爵夫妻に挨拶をした桃香は、キョロキョロと周囲を見渡した。

すると、彼女の手を、ヴィルフレッドがギュッと握ってくる。少々痛いくらいだ。

「ヴィルフレッド殿下?」

「どこを見ているんだい？　すぐにダンスがはじまるよ」

「――――最初のダンスは、主役のおふたりですよね？」

パーティーで最初に踊るのは、一番中心となる人物だ。今回のような婚約披露パーティーであれば、当然婚約するふたりだし、祝賀会であれば祝賀される人物とそのパートナー。時節のパーティーのように主役がいない場合は身分の一番高い人物が踊ると決まっている。

「ああそうだね。そして二番目にダンスをするのは、私と君だよ」

「え？」

「身分の高さでいけば、私以上に高位な者は、このパーティーにはいないからね」

自分の開くパーティーに身分の高い者――その最たる王族を招くことは、貴族にとって権勢を誇示できる機会のひとつ。パーティーの日時が重なった際などは、より多くより高位の王族を招くため貴族間で諍《いさか》いが起こることも度々あったほど。それが刃傷沙汰《にんじょう》になったことすらある。このため、最近はいらぬ権力闘争を生まぬよう貴族が一度のパーティーに招待できる王族はひとりと決まっていた。それも王や王妃、王太子は対象外。本日は公爵家の三女の婚約パーティーということもあって、ヴィルフレッドが王家の代表として招かれていた。

たしかに彼が一番高位なのは間違いない。

「ま、まさか、私たちふたりだけで踊るわけではないですよね？」

突きつけられた現実に、戦々恐々としてたずねれば、ヴィルフレッドは笑って頷いてくれた。

「ああ、公爵夫妻と婚約者のご両親も踊るはずだ」

グリード公爵家三女の婚約者は、東の隣国ドアールの聖狼騎士なのだそうだ。傍系だが王家の血も引く騎士だと聞いている。つまり、婚約者の両親も隣国の王家の傍系なのだった。

（私以外は、王子さまと公爵夫妻と隣国の王族なんじゃない？）

そんなお偉いさんだらけの中で自分の拙いダンスを披露するのかと思うと、桃香は逃げだしたくなってしまう。

(今からでも辞退できないかしら？　ヴィルフレッドさまと踊りたいご令嬢はたくさんいそうだもの。誰か代わってくれないかな？)

桃香は本気で考えはじめた。

すると再びヴィルフレッドが、手をギュッと握ってくる。

「……桃香、まさか逃げようとか思っていないよね？」

ギクリと身が竦む。

「アハハ、マサカ、ソンナワケナイジャナイデスカ」

我ながらぎこちない棒読みになってしまった。

目を泳がせれば、今度は腰に手を回され強引に体を引き寄せられる。

周囲から「キャァ〜」という悲鳴が聞こえた。そちらに視線を向ければ、何人ものご令嬢が、涙目で桃香を睨んでいる。

「ヴィ、ヴィルフレッドさま！　ち、近づきすぎじゃないでしょうか？」

「桃香が逃げようとするからだろ。……言っておくけれど、今日私が君と踊るということは、既に公爵夫妻に伝えてあるんだからね。今さらパートナーの変更などできないよ」

強く言われて、そうなのかと思った。

考えてみれば、ヴィルフレッドは二曲目に踊ると順番が決められている賓客である。当然ダンスのパートナーも申告されているはずで、急な変更は周囲を混乱させるに違いない。

「それに、ダンス初心者の君に合わせて、二曲目のダンス曲は難易度の低いものを選んでもらってあるんだよ。そこまでしてもらって逃げるなんて許されないだろう？」

ヴィルフレッドは、とても美しい笑顔を桃香に向けた。

コクコクと桃香は首を縦に振る。たしかに、そこまで配慮されていては、彼と踊らぬわけにはいかなかった。

「よかった。……ああ、ちょうど主役ふたりのダンスが終わったようだね。さあ、行くよ」

腰に回った手に体を押されれば、歩きださずにおられない。内心ビクビクしながらも、表面上は笑って桃香は会場の中央に立った。

ご令嬢と、一部年配のご婦人方からの視線がますます厳しくなる。

桃香は、こんなときいつも唱える呪文を小声で呟いた。

「観客は芋、観客は芋、観客は芋――」

背筋を伸ばし、上を向きポージングを決める。そして、ヴィルフレッドと顔を合わせようとすれば――なぜか「プッ」と吹きだされた。

美貌の第三王子さまは、息を殺して笑い続けている。

「ヴィルフレッド殿下？」

「悪い、……でも、周囲を芋に見立てるなんて、笑わずにいられないだろう？」

こっちはそれどころではない！

キッと上目遣いで睨めば、ヴィルフレッドの頬がほんのり赤らんだ。

「まったく……君は、小心なのか大胆なのかわからないね」

間違いなく小心者の自信があるのに、勘違いも甚だしい。

「ヴィルフレッドさま！」

「ああ。悪い。……さあ、踊ろう」

ヴィルフレッドが軽く頷けば、待ってましたとばかりに室内楽団が演奏をはじめた。

自然な流れで手を引かれ、最初のステップを踏む。

思うより緊張せずに動けた。

きっと、直前のヴィルフレッドとのやりとりに気をとられていたせいだ。

(ひょっとして笑ったのは、私の緊張をほぐすためだったのかしら？)

そうだとすれば、なんとも心憎い気配りである。

その後のダンスもヴィルフレッドの巧みなリードで、桃香は練習通りに踊れた。クルリクルリと回転すれば、レースをあしらったロングドレスの裾がフワリフワリと翻る。

(まるで、ファンタジー映画のお姫さまになったみたいだわ)

――――実際には、勇者の秘書なのだが。

夢心地で踊っていた桃香だが、そう思ったせいでちょっと現実に戻れた。

そう、これは仕事の一環。今日の桃香の目的はメヌと話をすることなのだ。

浮ついていた心を引き締めた桃香は、踊りながら視線でメヌを探した。

しかし、目立つはずの赤髪長身の騎士団長は見当たらない。

なにせ、グリード公爵家やその親戚には赤髪は多い。見つけたと思えば別人で、桃香は内心焦っていた。

「……気もそぞろだね」

キョロキョロしていたのが悪かったのだろう、ヴィルフレッドが不機嫌そうに指摘する。

とはいえ、その声は極上のイケボで、耳のすぐ近くで囁かれた桃香は、ビクッとした。

「……あ、すみません。……その、グリード騎士団長が見つからなくて」

「メヌならダンスのあとで必ず会わせてあげるよ。だから、今は私に集中して」

一緒にダンスをしている相手がよそ見をしていては、面白くないに決まっている。

反対の立場なら、自分だって不機嫌になると思った桃香は、メヌの捜索をいったん諦めた。

しっかりヴィルフレッドと向き合って、彼の顔を見つめる。

美貌の第三王子さまは、嬉しそうに微笑んだ。たいへん眼福な笑顔である。

「ああ、いいね。その調子だ」

超至近距離で褒められてしまえば、桃香の頬は熱くなる。

(だって、だって！　好みのイケメンなんだもの！)

ヴィルフレッドの顔にもずいぶん慣れてきたと思っていたのだが、今日の笑顔はまた格別。

そう思うのは桃香だけではないようで、周囲からダンスの曲に混じって、女性陣のうっとりとした声が聞こえてきた。

「ああ、今日の殿下はいつにも増してお美しいと思われませんか？」

「本当に。まるで太陽の化身のごとく輝いていらっしゃいますわ」

「あれほど麗しい笑顔を見るのは、はじめてです！」

やはり、いつも以上にヴィルフレッドの美貌は冴えているらしい。

百パーセント同意して、心の中で頷く桃香だが、頷けない声も聞こえてきた。

「――それにしても、あの女性は邪魔ですわね」

「見かけない顔ですけれど、どちらのご令嬢なの？」

「ほら、あの黒髪。勇者さまの使用人ですわよ」

勇者の使用人――いや、間違ってはいないが。

「ええっ！　どうして使用人ごときが、ヴィルフレッド殿下と踊っているのですか？」

「きっと彼女がどうしてもと言ってヴィルフレッド殿下に強請《ねだ》ったのでしょう。お優しい殿下は断れなかったに違いありませんわ！」

「まあ！　なんて図々しい！」

「勇者さまの使用人でしかないくせに！」

「勇者さまのご威光を借りて好き勝手するなんて！」

違う！　絶対、違う！

断固抗議したいのだが、絶賛ダンス真っ最中の今は無理だった。

（どのご令嬢が話しているのかしら？　顔を覚えてあとで訂正しないと――）

首を伸ばして確認しようとしたのだが、ヴィルフレッドに邪魔される。

「こら、またよそ見をしようとしているね」

桃香の視界を遮るように、ヴィルフレッドは自分の顔を近づけてきた。

とたんにボルテージが上がる周囲の声。

「キィイイッ！　あんなにヴィルフレッド殿下に近づいて！」

「ま、ま、まるで、キスするみたいじゃない！」

「離れなさい！　使用人風情が！」

たしかにこの距離は近すぎる。これでは、周囲に誤解してくれと言っているも同然だ。

「あ、あの！　……ヴィルフレッドさま」

桃香は困り切ってヴィルフレッドを見つめた。

「大丈夫。ごちゃごちゃと五月蠅い外野は、あとで私が黙らせておくから。それよりこっちに集中してほしいな」

腰に回っていた手にグイッと力を入れられて、体ごと近くに引き寄せられた。

どうやら、桃香がちょっとの間でもよそ見するのが気に入らないらしい。

(かまってちゃんなの?)

先ほどもそうだし、よくよく考えれば、出会ってから今までずっとヴィルフレッドにはそういう傾向があった。

(こんなにカッコいいイケメンなのに、かまってちゃんとか困ったものね。……ま、まあ、そうい

う可愛いところは嫌いじゃないんだけど）

とはいえ、やはりダンスの最中によそ見をする桃香の方にも非があるのは間違いない。

「わかりました。グリード騎士団長と周囲のご令嬢たちの件、しっかりお願いしますね」

「ああ、任された」

その言葉に頷いて、桃香は今度こそダンスに集中した。

なんだかんだといって、ヴィルフレッドとのダンスは心躍ったのだ。


（――いや、たしかにダンスは楽しかったけれど）

それから三十分ほど後。

パーティー会場に面した庭に設置されたテーブル席に、ぐったりと桃香は座っていた。

大きな噴水を中心に、整えられた花壇が幾何学的に配置された庭は、たいへん美しい。

でも、今の桃香には、その景色をゆっくり眺めるような心の余裕がなかった。

「――ごめん。調子に乗りすぎたね。大丈夫かい？」

そんな桃香のすぐ近く。ヴィルフレッドが心配そうに立っている。先刻より飲み物を持ってきたり椅子にクッションを置いてくれたりと、甲斐甲斐しく彼女を世話していた。

しかし、その気遣いさえ、今の桃香には忌々しい。

グッと拳を握りしめ、顔を上げた。

ここは一言――いや、二言も三言も言ってやらなきゃ気がすまない。

「……いくらなんでもダンスを立て続けに三曲踊るのは、初心者には厳しいです！」

恨めしそうに睨めば、ヴィルフレッドはシュンとして項垂れた。

「うん。それは反省しているよ」

殊勝そうに謝ってくる。

「私がきちんと踊れるのは、最初の一曲だけだって知っていましたよね？」

桃香とダンスの練習をしたのはヴィルフレッドだ。誰より彼が桃香の実力を知っている。それなのに彼は、一緒に踊った一曲目のダンスが終わり二曲目がはじまる前に離れようとした桃香を引き止めたのだ。そのまますぐに二曲目を踊りだされて、桃香はすごく焦ってしまった。

「大丈夫。とてもうまく踊れていたよ」

優しく褒めてくれるが……問題はそこじゃない！

「どうして一曲目でやめてくれなかったんですか？　しかも、そのまま続けて三曲目まで一緒に踊るだなんて――」

普通、未婚の男女は、よほど親しくない限り続けてダンスはしないのが、社交界の暗黙の了解だそうだ。同じ相手と続けて踊るのは、婚約者か家族くらい。そうでなければ恋人同士なのだと桃香は聞いている。

二曲どころか三曲も続けて踊ったヴィルフレッドと桃香は、当然会場中の注目を集めた。

（もしも視線で人が殺せるのなら、私はヴィルフレッド殿下に憧れるご令嬢たちの視線で、百回は死んでいたわ）

誇張などではない。本気でそう思える殺意だったのだ。

「あんなことをして、私と殿下が恋人同士だと誤解をされたらどうするんですか！」

怒鳴る桃香から、ヴィルフレッドはオドオドと視線を逸らす。

「……あ、う、うん。そうだね」

「そうだね、じゃありません。間違いなく誤解されましたよ！」

「そうとは限らないんじゃないかな。誤解しない者もちょっとくらいはいるかもしれないし」

「誤解しない者がちょっとじゃダメでしょう！」

「いや、その……ダメとばかりは――――」

桃香に怒鳴られたヴィルフレッドは、しどろもどろになりながらパクンと口を閉じた。

後ろめたそうな彼の様子に、桃香はピン！　とくる。

「……ひょっとして、わざと誤解させましたね？」

ヴィルフレッドは、乾いた笑みを浮かべた。

「マサカ、ソンナ」

いつかの桃香と同じくらい棒読みのセリフだ。

「ヴィルフレッドさま！」

「ごめん！」

これ以上誤魔化せないと観念したのだろう。ヴィルフレッドは、勢いよく頭を下げてくる。

「――――でも、君と踊るのが楽しくて離れたくなかったのは、ホントだよ。それが、続けて踊った一番の理由なんだ。これについては、聖騎士の名にかけて誓ってもいい！　……ただ、あまりに楽しすぎたから、この後で他のご令嬢たちと踊るのかと思ったら……嫌になったんだ。だから、どうせならこのまま続けて踊ってしまえば、いいんじゃないかと思いついたんだよ。そうして私と君の仲をアピールすれば、もう他のご令嬢たちと踊らないで済むだろう？」

懸命に言い訳するヴィルフレッドの、言い訳が言い訳になっていない。

そう言われれば、以前ヴィルフレッドは令嬢たちとのダンスが苦痛だと言っていた。

「……要は、私をご令嬢たちの虫除《むしよ》けにしたんですよね」

「ごめん！」

ヴィルフレッドは、もう一度深々と頭を下げた。自分の顔の前で両手を合わせて、拝んでくる。

桃香は頭を抱えた。

「……ひょっとして、三曲目のダンスのあとで、フラついた私を衆人環視の中で横抱きにしたのも、虫除けの一環ですか？」

「それは違うよ！　君の体調が心配だったんだ！」

桃香が疑えば、必死に否定した。

「君に無理させたのは私だから――」

「それでも、横抱きでなくとも、手を貸してくださるとか体を支えてくださるとか、そういう目立たない方法があったはずです！」

既にその前にダンスを三曲続けざまに踊ったという段階で、目立たない云々《うんぬん》は手遅れだったような気もするが――――いや、それはそれ！　これはこれ！　である。

「君を一刻も早く休ませてあげたかったんだ！」

体は休めても心はまったく休めなかったのだから、むしろ逆効果だ。

それでも個室に連れこまず、周囲から見える休憩場所に桃香を運んだところだけは、少しは評価できるのかもしれない。

（ふたりっきりで部屋になんて入ったら、なんて噂されるかわかったもんじゃないわ）

……まあ、遠目に見られている今の現状も、頭が痛いのだが。

桃香は視線をパーティー会場に飛ばした。そこには、大きなガラス窓にへばりつかんばかりにして、興味津々にこちらを眺める紳士淑女が目白押しになっている。

誰も庭に出てこないところを見ると、ヴィルフレッドが接近禁止とでも言ったのかもしれないが、彼らの目に自分たちがどんな風に映っているのか、とても心配だった。

（私が、ヴィルフレッドさまを傅《かしず》かせて我儘言っているように見えているんじゃないかしら？）

そう思った桃香は、とりあえずテーブルを挟んだ目の前の椅子を指さす。

「ヴィルフレッドさまは、さっきからバタバタしすぎです。いい加減そこに座ってください」

「でも桃香、君は先ほどからなにも食べていないじゃないか。私がパーティー会場から軽食をとってくるよ。少しは食べ物を胃に入れた方がいい」

ヴィルフレッドはそう言うと、パーティー会場に戻ろうとした。

「いいから、黙って座りなさい！」

桃香はピシャリと引き止める。これ以上ご令嬢方に誤解されるような言動をしてほしくない。

「でも――」

「いいと言っているでしょう！」

それでもまだ甲斐甲斐しくお世話をしてこようとするヴィルフレッドを、桃香は一喝した。

王子を手足のように扱《こ》き使う人間だと思われたらどうするのだ？

「……わかったよ」

ようやくヴィルフレッドは、諦めて腰を下ろしてくれた。しかし、なぜか指示した前の席ではなく、桃香のすぐ横、隣の席に腰かけてくる。

文句を言おうとした桃香だが、せっかく落ち着いたところをまた立ち上がられても面倒だと思い、諦めた。

ついついため息が、口をつく。

「桃香、ごめん。でも私は――」

謝りはじめたヴィルフレッドを、桃香は手で遮った。

「もういいです。今さら否定しても走りだした噂は止められないでしょうから。……私も覚悟を決めました。この際、虫除け役でもなんでも務めさせてもらいます。――でも、タダじゃありませんからね！　この代価はきっちり払ってもらいますよ！」

桃香の言葉を聞いたヴィルフレッドは、信じられないというように目を見開いた。

「え……いいのかい？」

「よくはありませんが……まあ、私なら他の貴族のご令嬢と違って、後腐れなく関係解消できますものね」

桃香は、異世界からきた勇者の秘書だ。こちらの世界になんのしがらみもないのも後腐れない理由のひとつだが、なにより、いずれはこの世界からいなくなる存在。期間限定の虫除けとしては最適なのだろう。

桃香の異世界赴任期間は魔王討伐終了までの予定だが、それが長引くようなら途中交代もありえると思っている。

（うちの会社の海外赴任って、だいたい三、四年なのよね。もちろん、ここは海外じゃなく異世界だけど……きっと同じくらいだと思うわ）

この世界から存在自体がなくなる人間なら、後腐れなんてありようもない。

そう考えてヴィルフレッドは自分を虫除けにしたのだろうと思った桃香は、うんうんと頷いた。

なんとも傍迷惑《はためいわく》な考えだが、合理的なのは間違いない。

そんな桃香の隣で、ヴィルフレッドはみるみる顔色を悪くした。

「違う！　私はそんなつもりではなくて――」

「だったらどんなつもりなのですか？　私を虫除けにするメリットなんて、それくらいしかないですよね？」

桃香は、不思議そうにたずねる。

「メリットとか、デメリットとか、そういうことじゃなくて――」

では、いったいどういうことなのだろう？

まったく見当もつかない桃香を見て、口をハクハクと開け閉めしたヴィルフレッドは……やがて、ガックリと肩を落とした。

「……私が悪かった」

まったくもってその通りである。

そうは思ったが、まさか正直に口にするわけにもいかず、桃香は沈黙を守った。

「私は、君に誤解されても仕方のないことを言ってしまった。……今さらどう言い繕っても信じてもらえないだろうけれど……でも、本当に私は、君を捨てたり別れたりする前提で、君に側にいてほしいわけでないいんだ。後腐れないだなんて、思いもしていない。……ただ、純粋に……そう。私はずっと君とダンスを踊っていたかっただけなんだ」

ポツリポツリと訴えてくる姿は、どこか頼りない。まるで途方に暮れている子どものようだ。

ただそれだけで、彼の言葉のすべてを信じてやりたくなるのだから、困ったものである。

（ものすごく罪作りな人だわ）

ヴィルフレッドの言葉に嘘はないのだろう。

桃香という、自分の身分や立場を考えずに一緒にいられる相手を得た彼は、きっと思いの外その関係が気楽で楽しいのかもしれない。

（今まで、私みたいな女性はいなかっただろうし……それに私だって、最初は面倒な相手だなと思ったけど、慣れれば案外話も合うし一緒にいて楽しいなって思うもの）

桃香の存在は、ご令嬢方に対する虫除けになる。しかし、そのメリットだけで、ヴィルフレッドは桃香と一緒にいるのではないのだ。それをわかってほしくて、彼は言葉を重ねているのだと思われた。

（それくらいわかっているんだけどな）

桃香は、心の中でクスリと笑う。

桃香だって、ヴィルフレッドに対し多少の好意は持っている。

そして、それはきっと彼も同じはず。自惚れなんかではなく、今まで過ごした時間を振り返り、桃香はそう思った。

（好意のある相手に、打算でつき合っているなんて思われたくないものね）

言葉の尽きたヴィルフレッドは、心配そうにチラリチラリと桃香を見ている。

仕方ないなあと、桃香は思った。

今、目の前のこの王子さまを元気づけられるのは、桃香だけ。だったら手を差し伸べてやるのもやぶさかではない。

（――――だからといって、じゃあ無償で協力してあげるかっていうと、そういう結論にはならないんだけどね）

相手が自分にメリットを求めるなら、自分も相手にメリットを求める。ウィンウィンの関係こそが、営業の基本だ。

（私は営業じゃなく、秘書だけど！）

「ヴィルフレッドさまを信じてもいいですよ」

「え？　本当かい！」

桃香の言葉に、ヴィルフレッドはパッと顔を上げた。

桃香はニッコリ笑う。

「はい。でも信じることと代償をいただくこととは、別問題です。――――ということで、早速最初の代償として、この場にグリード騎士団長を呼んできてください」

ビシッと告げれば、ヴィルフレッドは金の目をパチパチと瞬かせる。

「……今、ここに、メヌを？」

「ええ。最初からダンスが終わったら会わせてくれる約束でしたよね？　さあさあ、さっさと行って連れてきてください」

しっしと手を振れば、ヴィルフレッドはガクンと肩を落とす。

「それは約束していたけれど……ここまでの会話の流れで、ここでメヌを呼ぶのかい？　もっといろいろ私に聞きたいこととか、話したいこととかがあるのが普通なんじゃないのかな？　もう少し私に感心を向けてくれてもいいような――――」

「いいから、行きなさい！」

最終的には怒鳴って走らせた。

まったく、聖騎士のくせに行動力のない王子さまだ。

桃香は、ちょっと熱くなりかけた頬を冷ますように両手で扇ぐ。

強気に対応していたが、今のヴィルフレッドの言動やその意味を考えだせば、それだけで心拍数が速くなる。

（もっと自分に関心を向けてほしいなんて言われたら、本気で私に気があるのかと誤解しちゃうじゃない。そりゃ好かれているのは間違いないけれど……そういう好きじゃないわよね？　……ああ、もう！　ダメダメ、今は今でしかできないことに専念しなくっちゃ）

そういう諸々のことに悩むのは、あとでいくらでもできること。

（それに、悪いのは全面的にヴィルフレッドさまなんだし！）

フンと、鼻息荒く周囲を見渡せば、パーティー会場のガラス窓の向こうに、遠目にも驚いているのがわかる貴族の野次馬が見えた。

これでは、またあらぬ噂が立ちそうだ。

（それもこれも、みんなヴィルフレッドさまのせいよ！）

桃香はムスッとしながら、ヴィルフレッドの駆け去った方を睨んだ。

ほどなくして、ヴィルフレッドはちゃんとメヌを連れてきてくれた。

きちんとお礼を言った桃香は、ヴィルフレッドを下がらせる。

「え？　ここにいてはダメなのかい？」

「私は、グリード騎士団長とふたりでお話がしたいんです。殿下はパーティー会場に戻った方がいいと思いますわ」

「そんな！」

そんなもこんなもありはしない。さっさと戻れと視線で促す。

「……声が聞こえないくらい離れているよ。人目のない場所に男女がふたりっきりでいるのは風聞が悪い。だから私もこの場にいてもいいかい？」

心配なのだと、ヴィルフレッドは訴える。

ここで断っても、簡単には諦めてくれなそうだ。

仕方がないので、頷いた。

十分遠く、声の聞こえにくい風上に移動したヴィルフレッドを確認してから、ようやく桃香はメヌと向き合う。

美しい庭園でお茶会を開くのは、貴族の令嬢、ご婦人方とこの世界での相場は決まっているそうだ。このため庭園に置かれたテーブルや椅子は小さめで、背の高いメヌは大きな体を縮めるようにして、桃香の目の前に座っていた。

――なんだか怯える大型犬みたいに見える。

そういえば、先日から桃香はメヌに対し不審な態度をとり続けていた。突然訪問しお菓子を押しつけたり、朝のトレーニングに押しかけてみたり――警戒されて当たり前なのかもしれない。

「お久しぶりです。グリード騎士団長さま」

できるだけ朗らかに話しかければ、メヌは怖々といった感じに小さく頷いた。

いろいろ聞きたいだろうに、こんなときも無言である。

「本日はお招きありがとうございました」

本当に招かれたのはヴィルフレッドで、桃香は彼のパートナーだが、お礼を言って失礼にはならないだろう。

メヌは、やっぱり小さく頷く。どうやら無言を貫くつもりらしい。

「お姉さまもご婚約おめでとうございました。とても美しく優しそうなお姉さまですね」

なんとか警戒心をほぐそうと、身内の話題を振れば――――なんと！　メヌは大きく首を横に振った。

「え？　違うのですか？　……お美しいのが？　それともお優しいのが？」

ついつい桃香は聞いてしまった。失礼かなと思ったが、聞かずにはおられない。

美しいのは一目瞭然だったと思うのだが。

「……………………優しくない」

しばらく目を泳がせたメヌは、やがてポツンと呟いた。

「えぇっ！　ホントですか？　あんなに穏やかそうなお方なのに？　……具体的に、どの辺がお優しくないのですか？」

桃香は、ずずいっと身を乗りだす。

メヌは、ビクッとした。キョロキョロと周囲を見渡し、誰も近くにいないのを確認してからボソボソと呟く。

「……意地が悪い。……横暴……癇癪《かんしゃく》持ち……暴君……逆らえない」

今までメヌから聞いた言葉の最長記録だ。

それが姉の悪口だというのは、ちょっとなんではあるが。

「……意外ですね」

「姉なんて、そんなものだ」

メヌは、彼にしては大きな声で主張した。

いや、そうとばかりは限らないのでは？

今日の主役のグリード公爵家のご令嬢は三女だったはず。つまり、メヌにはもうふたり姉がいる。

まさか、その全員が横暴だとでも言うつもりなのか？

そうだとしても、やはり姉という言葉で一括《ひとくく》りにしてはならないだろう。

なにより、桃香自身が弟ひとりを持つ姉だった。……優しい姉だったかと問われて自信満々にYESと答えられるわけではないが……横暴とまでは言われたくない。

「世の中、そんなお姉さまばかりではないと思いますよ」

「……うちは、そう」

「でも、グリード騎士団長さまのお姉さまたちだって、弟さんへの愛情はあるはずです！」

桃香は、テーブルをバン！　と叩いて主張した。なんとなく『姉』という存在の代弁者になったような気持ちになり、ついつい熱が入ってしまう。

「――――愛情があれば、なんでもやっていいわけじゃありませんわ！」

メヌが、怒鳴った。

それにもびっくりしたのだが、なにより桃香が驚いたのは、彼の口調だ。

「……グリード騎士団長さま……その話し方」

今のは間違いなく女言葉だった。桃香はこちらの世界の言葉がわからないので、自動翻訳機に頼りっきりなのだが、今まで翻訳機がこういった言葉のニュアンスを翻訳し損ねたことはない。

(どういうことなの?)

目の前のグリードは、筋骨隆々とまではいかないが、鍛え上げ引き締まった肉体を持つイケメン細マッチョだ。先ほど聞いたセリフとは、あまりにもギャップがある。

——もっとも、体つきはともかく、今のメヌは顔を真っ赤にして狼狽える女子そのものの様相を呈していた。ガタン!と椅子から立ち上がり、プルプルと体を震わせて、今にも逃げだしそうな……大型犬みたいだ。

(待って!逃げられたらまずいわ)

桃香がそう思っている間にも、メヌは身を翻そうとする。

「待ってください!」

「桃香!大丈夫か?」

桃香の声ともうひとつの叫びが、その場に響いた。

叫んだのはヴィルフレッドで、離れていたはずの王子さまがこちらに駆けてきている。

「ヴィルフレッド殿下!どうして?」

「すまない!急にメヌが怒鳴るから、心配になって——」

「まさか、聞こえたんですか？」

桃香は焦ってたしかめた。

逃げそびれたメヌの顔色は、みるみる青くなっていく。

「あ、いや、なにを言っているかまでは聞きとれなかったが、様子が尋常そうでなくて」

桃香は、ホッとした。どうやら声は聞こえても、言葉は聞きとれなかったらしい。

メヌも安心したようで、ヘナヘナと椅子に腰かけた。きっと力が抜けたのだろう。

「私たちは大丈夫です。ちょっと話が弾んでしまっただけなんです。どうか安心して戻ってください」

桃香は、安心させるように笑ってそう言った。

ヴィルフレッドは、疑り深くこちらを見る。

「本当に？　メヌに脅かされていないかい？」

「そんなことありませんよ。……ね、騎士団長さま！」

どっちかといえば、脅かしているのは桃香の方だろう。

桃香が睨めば、メヌはコクコクと頷いた。

ヴィルフレッドは、まだ信用してないみたいだ。それでも桃香に危険がないとわかってくれたのだろう。引き下がってくれた。

「わかった。それなら私は戻るけど……なにかあったらすぐに呼ぶんだぞ。一瞬で駆けつけるからな」

金の目が鋭くメヌを睨み、歩み去っていく。

桃香はホッと息を吐く。十分ヴィルフレッドが離れたのを確認してから、メヌに向き合った。

「グリード騎士団長――」

メヌは、ビクッと震える。

「――あなたは『オネエ』なんですか？」

「え？」

メヌは、ポカンと口を開けた。

そんな彼を見て、桃香は確信する。

（……そうか。グリード騎士団長は、青柳係長に似ていたんだわ）

以前、メヌがパンケーキサンドを食べたときに、声のイントネーションと仕草に既視感を覚えたことを、桃香は思い出した。いったいどこで見たのかと思っていたのだが、あれは青柳――酔ったとき限定でオネエ系になる元上司に似ていたのだ。

「……オネエってなに？」

どうやら異世界にオネエの概念はなかったらしい。メヌが小さな声で聞いてくる。

「オネエというのは、女性みたいな言葉遣いをする男性のことです。一般的にゲイ――男性の同性愛者に多いと言われています」

「私は、同性愛者じゃないわ！」

メヌは、焦って大声を出した。

「シーッ！」

桃香は慌てて唇に指を当てる。ヴィルフレッドの方を見ると、彼は気づいてはいるようだが、近づいてこようとはしていない。

「ご、ごめんなさい」

メヌが大きな体を小さくして謝ってきた。

「いいえ、私も急にそんな話をしてすみません。……えっと、その……同性愛者というのは、この世界では悪いことなのですか？」

メヌは、困ったように言い淀《よど》む。

「……あ、えっと、その……そういうわけじゃなくて、認められていることはいるけれど……貴族は、ちょっと……子どもが生まれないから……高位貴族になればなおさらね」

家門の存続に重きを置く高位貴族にとって、後継者が生まれないことは大問題だ。王侯貴族となれば、同性愛者が忌避されていても不思議ではない。

メヌはグリード公爵家の嫡男。その彼に対し同性愛者疑惑をかけたのだから、怒鳴られても仕方ない。

「それはすみませんでした。ただ私は、一般論としてオネエには同性愛者が多いと言っただけで、グリード騎士団長がそうだなんて思っていませんから！　……言い訳になりますけど、私の前の上司が同性愛者でないオネエだったんです」

誤解を解きたいと思った桃香は、メヌに青柳の話をする。女性の多い環境で自然に女言葉になったのだと教えれば、メヌは深く頷いた。

「私も同じだわ」

「え？」

「私は、姉上たちのせいでこうなったの」

メヌ曰く——今でこそ背が高く大柄なメヌだが、幼子の頃は成長が遅く、小さくてそれはそれは可愛らしい子どもだったらしい。赤髪はグリード家では珍しくないのだが、目まで赤いというのは滅多にないらしく、物珍しさも相まってメヌは姉たちのお人形さんになっていた。

髪は長く伸ばされ可愛いリボンを結び、レースたっぷりのフリフリドレスを日に何回も着せ替えさせられたという。当然話し言葉も女言葉を求められ、従わなければ「遊んであげない」と仲間外れにされたそうだ。

なまじグリード公爵家が自由な家風で、子どもは子ども同士で遊ばせる、できるだけ大人の監視なしに子どもの意思を尊重しようという教育方針だったことも災いした。頭の回る姉三人は、周囲の大人たちにバレないように弟を可愛らしいお人形さんにする遊びを続け、公爵夫妻が気づいたときには、メヌには淑女の言葉遣いが骨の髄まで刷りこまれていた。

「……それは、お気の毒に」

他に言葉が見つからない。

もちろん公爵家による矯正教育が行われなかったわけではなかったが……三つ子の魂百まで。染みついた女言葉を記憶力の高いメヌは忘却することもできず、油断したり感情が高ぶったりすれば、容易《たやす》く口をついて出るのだとか。

「……だから、極力話さないようにしている」

――語るも涙、聞くも涙のメヌの寡黙理由であった。

思いっきり同情を禁じえないのだが、だからといってそこで立ち止まってもらっては困るのだ。

なんとしてもメヌにもっと話せるようになってもらいたい！

（これって、私がグリード騎士団長と親交を深めるいい機会になるんじゃないかしら）

そう思った桃香は、メヌの問題を解決し勇者との連係プレーができる方法がないものかと、真剣に考える。頭をこれでもかとフル回転させた。

やがて、よし！　と心の中で声を上げる。

「私の世界では、オネエ言葉を話す人も堂々としていますよ」

まず桃香はそう言った。

「え？」

「むしろテレビ――映像で様々な情報を大勢に伝える方法のことですが、その中で大活躍して人気を博しています」

メヌは、信じられないと言わんばかりに首を横に振る。

「ホントですよ！　だから私はオネエ言葉を聞いても平気なんです。こうして普通に話しているでしょう？」

確認すれば、メヌは「たしかに」と呟いた。

どうやら信じてもらえそうだ。

「――――ということで、グリード騎士団長さま、私にこの国の言葉を教えてくれませんか？」

ここぞとばかりに桃香は提案した。

メヌは驚き動きを止める。

その隙を逃さず、桃香は畳みかけた。

「私、以前からこちらの世界の言葉を習ってみたいって思っていたんです。私には翻訳機がありますけれど、でもせっかく異世界にいるんですもの、こちらの言葉を話せるようになってみたいんです。なので、教えてくれる親切な人を探していたんですが、騎士団長さまは優しいし信頼ができるしで、私の先生にピッタリだと思います」

メヌは、あからさまに狼狽えた。

「あ……いや、私は……そんな」

視線がウロウロ彷徨って、顔もなんだか赤い。

「……無理よ」

しまいにそう呟いた。

普通に考えれば、寡黙すぎるくらい寡黙なメヌほど言葉を教えるのに不適格な人物はいない。

しかし桃香は、あえてそこを無視して突き進んだ。

「大丈夫です！　なにより、私がグリード騎士団長さまに教えてもらいたいと言っているんです！

それに、そうして私に言葉を教えていれば、うっかり女言葉が口をついて出てしまったとしても、そのせいだって言い訳できますよ」

「――――あ」

メヌは、ポカンとした。そんなことはまったく考えてもみなかったという顔だ。

「正直に言いますと……私はグリード騎士団長さまに、もう少しコミュニケーションをとれるようになってほしいんです。そして社長――――勇者と、連携プレーがスムーズにできるようになってほしいとも思っています。この私の提案は、私的に言葉を習いながら仕事上のメリットも求めるという、実はものすごく私に都合のいい打算まみれなものなんです。だから、グリード騎士団長さまも遠慮なく私を口実に使って、ご自分の口調を直す練習をしませんか？　失敗したって言い訳できる安心材料があればドンドン話せますし、経験を積めば少しくらいテンパってもオネエ言葉にならなくて済むようになるかもしれませんよ！」

桃香は必死に言い募った。なんとしても頷いてもらいたい！

メヌはジッと桃香を見ていた。戸惑い揺れていた赤い目が、段々と落ち着いて……やがてキラリと光る。

「……正直すぎるわ。打算まみれとか、普通自分で言うもの？」

野太いオネエ言葉は、苦笑交じりだった。

「言いますとも！　だってその方が、グリード騎士団長さまに気に入ってもらえそうじゃないですか？」

違いますか？　と聞けば、ハハ！　と、メヌは快活に笑いだした。

笑い声は、一般的な男性のものだ。

一頻《ひとしき》り笑ったあとで、クックッと喉を鳴らしながら手を差しだしてきた。

「あなたの提案を受けるわ。あなたにこちらの言葉を教えて、そしてそれを言い訳にして、声を出し、口数を多くするよう努力する」

きっといろいろ吹っ切れたのだろう。メヌは、今までで一番長いセリフを滑らかに話した。

桃香は、パンと両手を打ち鳴らして喜ぶ。

「やった！　本当ですか？」

「ええ。……ただし、ひとつ条件があるわ」

――――なんだろう？

桃香は首を傾げる。

メヌは、ニヤリと笑った。なんだかずいぶん男臭い笑みだ。

「私のことは、メヌと名前で呼んでほしい」

「え？」

「これから親交を深めるんだもの。『グリード騎士団長さま』なんて堅苦しく呼んでほしくないわ。……それにヴィルフレッド殿下のこともお名前で呼んでいるのでしょう？」

そういえば、この世界は名前呼びのハードルが低いのだった。

ヴィルフレッドに初対面で名前呼びするよう強要されたことを思い出した桃香は……まあ、それくらいならいいかと思う。

「わかりました。メヌ騎士団長さま」

「騎士団長もいらないわ」

「……メヌさま？」

桃香が呼べば、メヌは嬉しそうに笑った。

「私も名前で呼んでも？」

断る理由もないので、頷く。

「ありがとう。桃香さん」

先ほどから差しだされていたメヌの手が、催促するように迫ってきた。

そういえば、握り返すことを忘れていた。慌てて桃香は、握手をしようと手を伸ばす。

しかし、メヌの手を握ろうとした寸前、彼に指先だけを掴まれた。

そのままメヌは、桃香の手の甲を上にする形で持ち上げる。

「えっと？　メヌさま」

「これからよろしく頼む。……マイ・レディ」

メヌの頭が下がって、手の甲にチュッとキスをされた。手に唇をつけたまま、上目遣いで面白そうに見てくる姿は――――壮絶な男の色気に溢れている。

「な、な、な――――」

桃香の頬は、ボッと熱くなった。

「あなたのように心優しく美しい女性は、はじめてだ。出会えた奇跡に心からの感謝を捧げる」

当たり前だがメヌは貴族男性みたいにも話せるのだな、と思う。リップサービスがすごすぎる。

「――――メヌ！　きさまなにをしている！」

そこにヴィルフレッドの怒鳴り声が聞こえてきた。

見れば、遠くにいたはずの彼が、ぐんぐん近づいてくる。

「――――残念。王子さまのおでましか」

メヌはチッと舌打ちした。

正真正銘ヴィルフレッドは王子さまだ。なので、メヌの言葉は全面的に正しいのだが、なぜ『残念』なのかは、わからない。

「その手を離せ！」

駆けつけてきたヴィルフレッドは、ひったくるようにメヌの手から桃香の手を奪いとった。

いくら王子でも乱暴すぎじゃなかろうか？

「親愛の挨拶ですよ。私は、これから桃香さんに、言葉を教えることになったので」

「なっ？　聞いていないぞ、桃香！」

言っていなかったのだから、当然だ。

――――そこから、怒りだしたヴィルフレッドをなだめるのが、とてもたいへんだった。

「言葉くらい、私が教える！」

「私がメヌさまと親交を深める邪魔をしないでください」

グッと言葉に詰まったヴィルフレッドは、別の文句をつけてきた。

「――気安く名前呼びをするな！」

自分は気安くポンポン呼んでくるくせに、理不尽である。

その後なんとか言い含めて、メヌが言語教師になることを認めてもらった。

代わりに、次の夜会にもパートナーとして出席する約束をさせられたのは、かなり不本意である。

なにはともあれ、一歩前進だ。桃香はそう思って気持ちを切り替えた。

第四章　そろそろ好きに動いてもいいですよね？

桃香の朝は早い。

まだ日の昇らぬうちに起床して、ヴィルフレッドとメヌと一緒に軽い運動を行う。

その後、仕度を整え朝食を摂《と》って『薔薇の間』に出勤。ヴィルフレッドやカールから情報を得ながら、藤原に報告する資料をロバートと作成したり勇者のスケジュール管理をしたりして過ごす。

昼食は、ヴィルフレッドと一緒に摂ることが多いのだが、ここに最近カールやメヌが加わることが増えた。ふたりが加わるとヴィルフレッドの機嫌があからさまに悪くなるので困るのだが、どうもこの世界には遠慮という言葉はないようで、ふたりともかなりの頻度で食べにくる。

彼ら三人の仲は、それほど悪くないはずなのに、ヴィルフレッドの不機嫌の原因はなんだろう？

なんにせよ、早めに仲直りしてほしいと思う。

こちらの世界の昼休憩はおよそ二時間と長いので、桃香は昼食後の時間を利用してメヌからルーグ王国語を習っていた。

メヌは、女言葉を使わないように寡黙になっていただけで、実際はどちらかといえばお喋り。心を許した桃香には、たくさん話してくれて、賑やかで楽しい授業になっている。

その後はまた仕事だが、桃香がこちらの世界の事情をある程度わかってきたためか、最近は対外業務が増えてきた。来客の対応や会議への出席などだ。

勇者とつながりを持ちたい者はあとを絶たず、なかなか客足は途切れない。だから、面倒だなと思いはじめた頃を見計らって顔を出してくれるヴィルフレッドには、いつも感謝している。

――――感謝しているのだが、かなりの頻度で夜会に誘ってくるのは勘弁してほしい。

「またですか？」

「すまない。侯爵家からの招待は、基本断れないんだ」

「……本音は？」

「――――そこのご令嬢が、かなりしつこいストーカーでね。いい加減諦めてもらいたい」

つまりは、また虫除けのデモンストレーションなのだ。協力するとは言ったが、これほど人使いが荒いとは思わなかった。

まあ、虫除け役の代償は、メヌの件や他の諸々の協力で払ってもらっているので、文句は言えないのだが。

「わかりました。夜会には行きますから、必要以上に甘い雰囲気を出すのはやめてくださいますか？」

結局、桃香はそう言った。

ヴィルフレッドは、小さく首を傾げる。

「必要以上に甘い雰囲気？　そんなもの出しているつもりはないぞ？」

無自覚か～い！

桃香は、心の中でツッコんだ。

――――そう。ヴィルフレッドと夜会に行くのはいいのだが、彼のエスコートは、桃香基準ではとてつもなく甘いのだ。なにせ、ずっと側につきっきりで下にも置かないお姫さま扱い。それがこちらの世界の作法なのだと言われれば我慢もするのだが、絶えず蕩《とろ》けるような甘い笑みを向けてくるのだけは、お願いだからやめてほしいと思う。ただでさえヴィルフレッドの顔は桃香の好みドンピシャなのだ。おかげで、夜会の間中、顔は熱いし胸は高鳴りっぱなし。たいへん心臓に悪かった。

（そのうち、心臓発作で倒れるかもしれないわ。……おまけに、ご令嬢たちからの殺気も強くなるばかりだし、いつか本気で刺されたりして）

心臓発作も刺殺も死因としては避けたいところだが、このままでは確実にどちらかになってしまいそうだ。

不安が顔に出たのだろう。ヴィルフレッドが困ったように笑った。

「そんなに嫌がらなくても。……あともう少しすれば夜会なんかに出席する暇もなくなるだろうからな。大丈夫だよ」

「――――え？」

それはいったいどういうことだ？

ヴィルフレッドは、さりげなく桃香の手を握った。

「……勇者を召喚してからもうすぐ半年だ。最近は騎士団との連携もスムーズで、これなら実戦でも問題なく行けるだろうと評価されている」

桃香は、ヴィルフレッドの手をギュッと握りしめる。

「――――それって」

「ああ。戦闘に参加するのさ」

聖騎士でもある第三王子は、静かにそう言った。

言われてみれば、それは当たり前のことだった。

魔王を倒すために、藤原は勇者として召喚され、その補佐をするために桃香は派遣されたのだ。

つまり、この世界は魔王の侵略と戦っている世界で、それは現在進行形。この国に戦いの影は見えないけれど、世界のどこかでは今も熾烈《しれつ》な争いが繰り広げられている。

勇者もヴィルフレッドも、そして後方支援とはいえ桃香も、その戦いに参戦するのだ。

いつか必ず直面する事実だったのに、桃香はそれを心の隅に追いやっていた。

そんな自分をはっきりと自覚する。

「本来なら、今だって夜会など開いている場合ではないのだろうけどな。だが、王侯貴族が今まで開いていた行事を急にとりやめたり禁止したりすれば、国内に動揺が広がる。だから夜会を開くのも、それに参加するのも一種のデモンストレーションみたいなものなんだ。魔王の侵攻など恐れるに足りないのだと、内外に対してアピールしている」

ヴィルフレッドは、どこか自嘲気味の笑みを浮かべた。

桃香は彼にかける言葉が思い浮かばない。代わりに、彼の手を一層強く握った。

ヴィルフレッドは、その手を持ち上げて反対の手で撫でてくる。

「大丈夫だ。そんなに不安がらなくていい。今のところ、戦況はそれほど厳しくないからな。魔王は勇者にしか倒せないが、魔物はこちらの世界の人間でも十分対応できる敵なんだ。魔王の動きはそれほど活発ではなくて、各国の軍で自国の守りは十分事足りている。だから、勇者の出陣を急がなかったんだ」

急いて実戦に参加するより、訓練で実力を養う。そのくらいの余裕があるというのが、現在の状況なのだろう。

この世界にきてから今まで得てきた情報を思い返し、桃香はヴィルフレッドの言葉に頷いた。

「今後勇者が打って出れば、戦況はますます我々に有利になるだろう。……もちろん魔王も手をこまねいてそれを許すとは思わないが、我らがその上を行けばいいだけのこと。準備も鋭気も十分養ってある」

だから心配するなと、ヴィルフレッドは目で語りかけてくる。

桃香は、自分を見る金の目に、しっかり頷いた。

なんだか、ヴィルフレッドがものすごく頼もしく見えてきて……困る。

そっと握られていた手を離そうとしたのだが……その瞬間、反対に引っ張られてしまった。

「きゃっ！　……と、ヴィルフレッドさま！」

気づけば、彼の腕の中。

「――――ということで、今夜がたぶん私の出る今シーズン最後の夜会だ。思いっきり楽しもう！」

背中に悪寒が走る。

「……楽しむとは？」

「ふたりでたくさん踊って、食べて、飲んで……踊りまくる！」

——踊るが二回あった。

「それって、私がヴィルフレッドさまを独占したって言われて、恨まれるパターンですよね？」

「ハハハ、今さらだろう。……そうだ。今さらついでに呼び方を変えないか？　私は君を『モモ』と呼ぶから、君は私を『ヴィル』と呼ぶんだ。ここで親密さをさらにアピールできれば、戦で会えない間に私への想いをおかしな方向で募らせる勘違い令嬢を減らせるだろう」

あろうことか、ヴィルフレッドはそのまま踊りだす。

「ヴィルフレッドさま！」

「ヴィルだよ。……モモ」

甘く微笑まれて、ドキッとした。

頬が熱いが——いや、これは照れているのではなく怒っているせいに違いない。

「ヴィルさま！」

呼ぶと同時に、足を思い切り踏んづけた。

痛い、痛いと言いながら嬉しそうに笑うヴィルフレッドは、変態だと思う。


夜会から五日後。

パンツスーツに着替えた桃香は、魔法円の外で藤原を迎えていた。

ついにはじめての実戦がはじまるのだ。

「――――やはり転移魔法は便利だな。ニューヨーク帰りだと、しみじみと実感する」

意気込む桃香とは対照的に、藤原はいつも通り。アメリカでの商談から戻ったばかりだそうで、そんな言葉を漏らす。

日本とニューヨークは直行便でも十三時間。転移魔法が便利に思えるのは納得だ。

「魔王討伐が終わったら、時空間情報学の学者をこちらに派遣して研究させるか」

考えはじめた藤原に、桃香は液体の入った小瓶を差しだした。

「疲労回復の魔法薬です。害がないことは私が確認済みですのでお飲みください。フルーティーな栄養ドリンクみたいなものです」

藤原は、疑わしげに小瓶を睨む。

ワーカホリック気味の藤原だが、食事は三食しっかり食べる派で、栄養ドリンクの類いをあまり好まないのは知っている。それでも、これから実戦なのだ。アメリカからとんぼ返りの体で無茶をしてほしくなかった。

この魔法薬の効果は抜群なので、ぜひとも試してほしい！

桃香の気持ちが通じたのか、藤原は顔を顰めながらも魔法薬を手にとり、一気に飲み干してくれた。

その後、少し驚いたように目を見開く。

「体が軽くなる。……悪くないな。だが、害がないことを試すなど、人体実験のような真似は今後は禁止だ」

藤原はそう言って、桃香に小瓶を返してきた。どうやら彼が嫌そうだったのは、栄養ドリンクだからではなく、桃香が試飲をしたためだったらしい。

「――――はい」

桃香は、少しくすぐったいような思いで返事した。

「報告を頼む」

「はい！」

それから桃香は、準備した報告書を藤原に手渡し、目を通す彼の様子を見ながら情報の説明をする。

味方の組織編制や状態は元より、敵の構成予想と今までの実戦傾向。加えて、戦場となる地域の地形と気候まで。ここから導きだされる敵の魔獣の特徴や攻撃パターンも伝えていく。

藤原は、いつもと同じく勇者の装備を調えながら、説明を受けていた。

要所要所で入る鋭い質問にもなんとか返答できた桃香は、話が終わった瞬間ホッとする。

「――――勇者さま、こちらをご確認いただけますか？」

桃香から報告を聞き終えた藤原は、装備の担当者から呼ばれて離れていった。

入れ替わりにヴィルフレッドが桃香に近づいてくる。

「……勇者は、慰労の言葉のひとつも言えないのか」

今日も凛々しい出で立ちの美貌の聖騎士は、なぜか怒っていた。

「え？」

「以前から思っていたが――モモがここまで頑張って報告書をまとめたんだ。受けとる側として『よくやった』の一言くらいかけるのが当然だろう。いくら自分の配下とはいえ、それくらいの気遣いはあってしかるべきだ」

まさか、この王子さまは、桃香のために怒ってくれているのか？

驚きながらも、言葉を返す。

「私、しっかりお給料もらっていますよ」

「当たり前だ！」

「出張手当も十分出ています」

「そういうことじゃない！」

桃香が言えば言うほど、ヴィルフレッドの機嫌は悪くなる。

……なんだか、段々嬉しくなってきた。

「私は即物的なので、言葉よりもお給料や出張手当で評価してくれる上司って、とてもいいなって思っています」

ヴィルフレッドは、苦虫を噛み潰したような顔になる。

「……君は、本当にそれでいいのか？」

「ええ。もちろんです。それに、私のした報告くらい、うちの会社の社員なら誰だってできますよ。むしろ私よりうまくやれる人の方が多いと思います」

これは、本気でそう思う。特に秘書課第一係長の遠藤ならば、桃香の百倍はスゴい報告書を作成しそうだ。

「……地球の社員とやらの能力は、いったいどれだけ高いんだ」

ヴィルフレッドは、あ然としながらそう言った。

たしかに、株式会社オーバーワールドの社員は、総じて能力が高い者が多い。それに資料整理などのノウハウが明確になっているので、ある程度の基礎知識さえあれば誰でも事務処理をこなすことが可能なのだ。

もちろん、だからといって全員が全員、いきなり異世界に赴任させられて当たり前に仕事ができるとは思えないが、それでもある程度慣れたなら報告書のひとつやふたつ難なく作成するだろう。

桃香が異世界担当秘書に抜擢《ばってき》されたのは、ラノベ好きで勇者召喚などという荒唐無稽の事象を受け入れる柔軟性を持っていると判断されたから。

(そのアドバンテージがなければ、私なんて歯牙《しが》にもかけられなかったに違いないわ)

自分が特別優れた仕事をしているわけではないと、桃香は心の底から思っている。

「あの程度の報告書で褒められたりしたら、私の方が恐縮しちゃいますよ。だから、社長に褒められなくても私は全然平気です。――――でも、ヴィルさまが私のために怒ってくださったのは、嬉しかったです。……ありがとうございました!」

桃香はこみ上げる喜びを、そのまま笑顔に表す。

ヴィルフレッドは、虚を衝《つ》かれたように金の目を見開いた。

……白皙《はくせき》の頬が徐々に赤くなっていく。

「べ、別に君のために怒ったわけじゃない。ただ、私は努力には相応の対価があっていいと思っただけだ」

「それでも嬉しいです！」

もっと感謝の思いを表そうと、桃香はヴィルフレッドに一歩近寄る。

迫られたヴィルフレッドは……一歩下がった。不自然に逸らされた視線が泳ぐ。

「そ、そういう顔を、むやみやたらに振りまくんじゃない！」

ついには、そう言った。

――そういう顔とは、どういう顔だろう？

たずねようと思ったところで、桃香は藤原に呼ばれた。

「――斎藤！」

「はい！」

条件反射で背筋が伸びて、クルリと振り返る。

「失礼します。ヴィルさま」

一言断りを入れて、駆けだした。自分がいったいどんな顔をしていたのか気になるが、優先順位は藤原の用件の方が上だ。

（実戦が終わったら聞いてみよう。今日の敵相手ならそんなに手こずらないはずだもの）

桃香は軽くそう考えた。自ら調べた事前情報で、相手がそれほど強くないことを知っていたからだ。

このときの桃香は、実際に戦うということの怖さなどわかっていなかったのである。


――その後。


勇者の初戦は、華々しい勝利で終わった。

召喚以来実戦想定の模擬戦を重ねた結果、藤原は萎縮することなく平常心で魔族と戦えたのだそうだ。

(まあ、模擬戦なんてしていなくても、社長ならいつでも平常心で戦えたような気がしないでもないけれど……)

そこは気にしないことにしよう。

模擬戦を重ねた利点は、勇者のみならず聖騎士や他の騎士たちにもあった。訓練したおかげで、彼らの実力は以前より格段に跳ね上がり、連携も面白いように決まったらしい。

桃香の調査した情報も正確で、戦いに役立ったと珍しく藤原に高評価された。敵の動きの八割方は、桃香の想定通りだったらしい。


――そう、八割方は。


「ヴィルさま!」

桃香は、己の足の遅さをもどかしく思いながら、必死に彼に駆け寄った。

帰還したばかりのヴィルフレッドは、少し青い顔で苦笑する。

「ああ。モモ……カッコ悪いところを見られてしまったな」

「カッコ悪いとか、そんなことはどうでもいいです！　お怪我をしたと聞きました。大丈夫なんですか？」

勢いよくたずねた桃香に答えたのは、ヴィルフレッドに肩を貸しているメヌだった。

「ああ。……心配いらないわよ」

強面騎士団長の女言葉に、ヴィルフレッドがブルリと体を震わせる。

「……お前、その言葉遣いまだ直らないのか？」

「桃香に言葉を教えている間は、無理です」

メヌは、しれっとして答えた。

ヴィルフレッドは、大きなため息をつく。

「本当の本当に大丈夫なのですか？」

軽い口調で話し合うふたりにホッとしながらも、桃香は確認せずにいられない。

ヴィルフレッドの頭には、痛々しく白い包帯が巻かれているからだ。

「こんなものかすり傷だ。軍医が大げさなだけさ」

自分の頭を軽く叩きながら、ヴィルフレッドは、明るい表情で笑った。

――――勇者の快勝となった今回の戦。

しかし、それが軍対軍の集団戦である限り、ひとりも怪我なくというのは難しい。死者や重傷者こそ出なかったものの、軽傷者は何人か出たのだ。

そして、その中のひとりがヴィルフレッドだった。

「まさか、あそこに沼地ができていて、ベーゼルブフォが潜んでいるとは思わなかったよなあ」

ヴィルフレッドは、悔しそうに顔を顰める。

今回の戦場は砂漠地帯。滅多に雨が降らない場所なので、当初想定した敵の中にベーゼルブフォ――カエルに似た水属性の魔族はいなかった。

ところが、運の悪いことに戦いの前日、局地的短時間豪雨が降り、戦場の一部がぬかるんだのだそうだ。一部は沼地のようになったらしく、そこに水場であればどこにでも瞬時に移動できるという厄介な属性を持ったベーゼルブフォが潜んでいた。

想定外の敵が、勇者が待ち受け奇襲したのだ。

ベーゼルブフォは、目の上に飛びだしたツノのような突起から毒液を吹きだすことで有名だ。

しかしこの情報は、まさかベーゼルブフォと戦うと思っていなかった桃香の資料にはなかった。

このため、知らずに毒液を浴びせられそうになった藤原を、ヴィルフレッドが間一髪で庇《かば》い、代わりに負傷したのだという。

幸い毒液がついたのは額の一部分のみ。すぐに魔法で洗浄してもらったから傷口が広がることはなく、ヴィルフレッドの額は少し爛《ただ》れただけで済んだ。仰々しく包帯など巻かなくても絆創膏《ばんそうこう》ひとつで十分なのだとヴィルフレッドは言う。

メヌに肩を貸してもらっているのは、そのとき転んで足を少し捻ったため。こちらは処置などしなくても二、三日すれば治るらしい。

「毒液が目にかかっていたら失明するところだったからな。私は運がいい」

カラリと明るく笑って、ヴィルフレッドは自分の強運を誇った。

「頭にかかっていたらハゲていたな。……残念だわ」

「メヌ！」

冗談なのか本気なのかはっきりしないメヌの言葉にも、ヴィルフレッドは元気よく噛みつく。

その様子を見て、桃香は知らずに入っていた体の力を抜いた。

「……大したことがなくて、本当によかったです」

安堵のあまり泣きだしてしまいそう。

しかし、すぐに気持ちを引き締めた。

今回は運良く軽傷で済んだものの、失明する可能性もハゲる可能性も、間違いなくあったからだ。

ハゲるのはともかく失明の可能性は、決して楽観できない。

(砂漠地帯に短時間の豪雨が降ることがあることは知っていたのに、私はベーゼルブフォの現れる可能性を少しも予見していなかった。……まだまだだわ)

目の前の、ヴィルフレッドの頭に巻かれた白い包帯を見ながら、桃香は苦い思いを噛みしめた。

傷口から滲んだ血で一カ所が黒く染まった包帯は、桃香の未熟さを他ならぬ彼女自身に突きつけてくる。

(わかっていたことだけど……ここは、アニメやラノベの異世界じゃないんだわ。戦えば負傷するし――――死んでしまうことだってある)

きっと桃香は、その事実から今まで目を逸らしてきた。わかっていたつもりになって、本当にはわかっていなかったのだ。

だからこそ、こんな失態を犯してしまったのだろう。

（……でも、どうしよう？　その事実を知って、それで私はどうしたらいいの？　もちろん、もっと情報を集めて、抜けのない資料を作れるよう頑張るけれど……でも、きっと完璧には到底できないわ。百パーセント情報を網羅した資料なんて、誰にもできるはずがないものだもの）

そんなことができる存在は、神さま以外いないだろう。

ほんの少しの想定外から、予想は大きく外れ逸れていく。結果大怪我を負う者や最悪死者だって出る可能性があるのだ。――――いや、これが戦争である限り、死者が出ない可能性の方が限りなくゼロに近い。次の戦いで誰かが死ぬかもしれず、それがヴィルフレッドや藤原でない保証は、どこにもないのだ。

今さらながらに、それに気づいた桃香は、体を震わせる。

――――どうして今まで、こんな当たり前の事実を考えずにいられたのだろう。

（それは、きっと私が勇者の秘書《オマケ》だったから）

この世界から勇者として召喚されたのは、桃香の百倍も千倍も優れている藤原だ。彼の優秀さをよく知る桃香は、藤原なら勇者として難なく使命を果たすだろうと疑いもなく信じた。

加えて、この世界にきてから出会ったヴィルフレッドやメヌたちも、その性格はともかく力はとても強い。魔王は勇者にしか倒せないが、他の魔獣なら自分たちでも十分戦えると公言する彼らに、桃香は安心しきっていたのだ。

（現実の戦いなのに……その怖ろしさをわかっていなかった。……ううん、わかろうとしなかった）

そして、ヴィルフレッドが怪我をし、その現実を突きつけられて、ようやく理解したのだ。

恐怖と情けなさに打ちひしがれていれば、後ろから声をかかった。

「……斎藤、日本に帰るか？」

低い声は、藤原のもの。

目の前のヴィルフレッドが息を呑んだ。

「なっ！　いったいどういうことですか？　なんで急にモモが帰るなんていう話になったんです！」

藤原に詰め寄ろうとしたヴィルフレッドは、メヌに止められた。体を押さえられ首を横に振って窘《たしな》められた王子は、唇を噛みしめる。

桃香は驚いて後ろを振り返った。

仰ぎ見た藤原は、ヴィルフレッドを一瞥《いちべつ》するも彼にはなにも答えず桃香に話しかけてくる。

「今日は私の初戦だが、お前にとっても初戦だった。お前はこれまでよくやってきているが、実際の戦いに接する前と後では気持ちが変わって当然だろう。さっきから元気もないようだし、帰りたくなったんじゃないか？　……お前自身の存在は、今ならそこまで重要ではない――――まあ、一方的に重くしている輩《やから》はいるようだが――――それでも、今のうちならまだお前を交替させることは可能だ。……お前が帰りたいと言うのなら、私は異動希望を聞くぞ」

異動希望と言われて――――桃香は顔を伏せた。

自分の恐怖とその情けない理由を、藤原に全部見透かされていたことが恥ずかしかったからだ。

同時に、やっぱり藤原はスゴいなとしみじみ実感した。

（なにもかもみんな筒抜けなんだもの。私がわからなかった私の情けなささえも、みんなお見通しなのね。その上で私の希望を聞いてくれるなんて、さすが一流企業を経営する社長なだけあるわ。……どうしてこんなスゴい人が世の中にいるのかしら）

ジンと感動しながら、桃香はフルフルと首を横に振る。

「私を気遣ってくださってありがとうございます。でも、私は日本にはまだ帰りません。仕事が中途半端ですから」

きっぱりと告げた。

藤原は「そうか」と言って、小さく笑う。

「はい。それに、私ようやく人脈が広がりはじめてきたところなんです。ヴィルさまとは愛称で呼び合えるようになりましたし、メヌさまにはこちらの言葉を教えてもらっています。最初は塩対応だったカールさまも最近は優しいですし――――皆さまともっと親しくなりたいと思っています」

今まで培った人間関係は、桃香だけの財産だ。週に一度しかこの世界にこない藤原も持っていないもので、その価値は計り知れない。

だから、本当は藤原も桃香を異動させたくはないはずだ。

（とはいえ、私が本気で帰りたいと言えば、社長は叶えてくれるんだろうけれど）

それは桃香が嫌だった。

なにより日本に帰ってしまったら、ヴィルフレッドや藤原が怪我をしても、桃香に知る術はない。途中で仕事を投げだした桃香に、藤原が教えてくれるはずもないからだ。

（ヴィルさまや社長が傷つくのは嫌だけど……それを知らないでいることは、もっと嫌だわ！）

そんな思いをうちに秘め、桃香は藤原を真っ直ぐ見る。

「次の報告は、もっと完全なものにできるよう頑張ります。ですから私をこのままこの世界に置いてください！」

藤原は――――フワリと笑った。先ほどの小さな笑みとは比べものにならない嬉しそうな笑顔だ。

（うわっ！　うわっ！　うわっ！　破壊力が半端ない）

眩しいまでのイケメンの笑顔に、桃香のテンションは爆上がりした。

「わかった。引き続き頼んだぞ」

「はい！」

思いっきり元気よく返事する。顔が熱いから、きっと真っ赤になっていることだろう。自分が犬だったとしたら、ブンブン尻尾を振りまくっている自信があった。

「社長――――」

この思いをもっと伝えようと桃香は口を開いたのだが、その瞬間背後で呻き声が聞こえてくる。

「ぐっ……イタタタタ――――」

「え？　――――ヴィルさま！」

振り返れば、ヴィルフレッドが頭を抱えて蹲《うずくま》っていた。

「あっ！　大丈夫ですか？」

そういえば、怪我人を立たせたままだった。

「あ、ああ……モモ、なんだか急に頭が痛くなってきて」

「たいへんです！　早くお休みにならなくては」

「そうだな。悪いが部屋まで付き添ってくれないか？」

「もちろんです！」

弱々しいヴィルフレッドの声に、桃香は二つ返事で了解する。慌ててメヌとは反対側のヴィルフレッドの横につき、彼の体を支えた。

藤原を見れば、彼は面白そうな顔をしてヴィルフレッドを見ている。怪我人を見て楽しむようなサドっ気はなかったはずだが……どうしたのだろう？

「社長、ヴィルフレッド殿下をお送りしてきます」

疑問に思ったが、今はヴィルフレッドを休ませることの方が優先だった。

「——ああ。殿下には助けていただいたからな。よく看病してさしあげろ」

優しい言葉にホッとする。先ほどの面白がっているような目つきは見間違いだったらしい。

「はい！」

桃香が答えると同時にヴィルフレッドの手が桃香の肩に回った。

ギュッと引き寄せられて、ますます心配になる。

（きっと、具合が悪くて立っていられないんだわ）

「ヴィルさま、歩けますか？　それとも担架を用意してもらいますか？」

「――――いや、このまま部屋まで歩く」

王子という身分のため、担架で運ばれるような弱った姿を周囲に見せたくないのかもしれない。

そう思った桃香はヴィルフレッドを力一杯支えた。

「行きましょう」

慎重に歩きだす。

「………モモは、日本に帰るのか？」

少し歩いたところで、ヴィルフレッドから突然聞かれた。

先ほどの藤原との会話を聞いていたから、気になったのかもしれない。

「帰りませんよ。さっきもそう言っていたでしょう？」

「今じゃない。いずれは帰るのかということだ」

桃香は首を傾げる。なにを当たり前のことを聞いてくるのかと思う。

「そりゃあ、魔王が討伐されれば帰ると思いますよ。一応その仕事を補佐するために派遣されているんですから。……まあ、魔王討伐後の当社とこの国との取引内容と事業展開によっては、引き続き残ることになるかもしれませんが……それも事業が軌道に乗るまででしょうね」

ヴィルフレッドの顔が苦しそうに歪む。

「ヴィルさま！　やはり傷が痛むのですね」

桃香は慌てて彼の状態をたしかめようとした。様子をよく見るため、いったん体を離そうとする。

しかし、僅《わず》かに離れた体は、ヴィルフレッド自身にすぐに引き戻されてしまった。それどころか、一層深く寄りかかってくる。

体重を受け止めきれずによろけそうになったところを、他ならぬヴィルフレッドに支えられた。その力は思いの外たくましく、支える必要があるのだろうかと、一瞬疑問に思う。

「……………帰るな」

小さくヴィルフレッドが呟いた。

「え？」

「君は帰らなくていい。ずっとこの世界にいればいい」

――――どうやら、ヴィルフレッドの気持ちは、桃香の予想の正反対だったらしい。

彼も、仲良くなった桃香と離れるのを惜しいと思ってくれているのだ。

「ずっといるのは無理だと思いますけれど、でも当分は帰らずにこっちの世界で頑張ります！」

先ほどから一転、嬉しくなりながら桃香は答えた。

「どうして無理なんだ？　君ならこっちの世界でも十分暮らしていけるのに。なんなら私が――――」

「おやめください殿下！」

矢継ぎ早に話しだしたヴィルフレッドの言葉を、メヌが一喝して止めた。

「――――メヌ」

「殿下は具合が悪化したのでしょう？　興奮しては傷に障ります」

メヌにしては長文だ。しかも女言葉になっていない。

ちょっとずれた視点で感心しながら、桃香はメヌの言う通りだと思った。

「そうですよ。早く部屋で休みましょう」

桃香が言えば、ヴィルフレッドは……コクリと頷く。

それから黙りこんだヴィルフレッドを、桃香とメヌは彼の私室のベッドまで連れていった。

横たわらせて帰ろうとすれば、ヴィルフレッドの手が病人とは思えぬ力強さで摑んでくる。

「看病してくれるのだろう？　側にいてほしい」

たしかに、先ほど藤原がそう言った。

桃香は少し考えこむ。

「……ここで仕事をしてもいいのなら、看病いたします」

桃香は決意を新たにしたばかり。この熱意が覚めやらぬうちに今回の報告書を見直したい！

我ながら虫のいいお願いだったが、なんとヴィルフレッドは頷いてくれた。

（怪我をして気弱になってひとりでいるのが嫌なのかしら？）

誰しもそういうことがあるだろう。

仕事をする許可をもらえた桃香に断る術はない。

その後しばらくの間、桃香の執務室はヴィルフレッドの私室となった。


「……魔法ですか？」

桃香の目の前で、タンポポの綿毛みたいな髪がフワフワと揺れる。

丸い眼鏡の奥から翡翠《ひすい》の瞳で見つめられ、桃香は勢いよく頷いた。

「はい。地球には魔法がなかったので、私は生まれてこの方魔法を使ったことはありません。なので使えるか使えないかはわからないのですが、社長――――勇者が、以前習ってみたらどうかと言っていたんです。カールさまは魔法の第一人者だとうかがいました。どうか、初心者の私に魔法を教えてくださる教師をご紹介いただけませんか？」

藤原の初戦の日より、日夜完璧なデータを揃えようと頑張っている桃香だが……人間、頑張りすぎが心身に悪いのは常識だ。このため、世に言うブラック企業ではない株式会社オーバーワールドは、社員の就業規則を厳格に定めており、一カ月で四十五時間、年間三百六十時間を超える時間外労働を固く禁じていた。――――いわゆる三六協定である。

異世界勤務の桃香にも就業規則は適応されていて、赴任当初の過渡期は臨時的な特別事情が認められていたのだが、赴任から半年以上が過ぎた今では協定違反を厳に戒められている。

つまり、どんなに頑張りたくともこれ以上頑張るわけにはいかないのが、今の桃香だった。

(異世界だから、ちょっと多めに残業したってバレないと思ったのに、しっかり社長に報告が行くようになっているんだもの)

元凶は、異世界赴任時に藤原からもらった高級腕時計。自動翻訳機能付きの便利時計は、いったいどういう原理になっているのか、桃香の勤務時間まで記録に残せるのだ。だったら記録に残さなければいいとも思ったのだが、これまた不思議なことに、桃香が仕事をはじめると自動で記録もはじまってしまう不思議時計なのである。

（高性能すぎるでしょう！　っていうか、特別事情が認められた赴任当初にはそんなに残業していなかったんだから、やる気の出た今、ちょっと多めにするくらい目こぼししてくれたっていいのに！）

そんなことを主張しても、藤原が聞いてくれるとは思えない。

超勤ができず、やる気を持て余した桃香が思いついたのが、魔法を習うことだった。

藤原やヴィルフレッドたちのように、派手な攻撃魔法が使いたいわけではなく、ちょっとした支援魔法を覚えてみたい。

秘書の桃香に必要なのは、そちらの方だろう。

（強化魔法のバフとか反対のデバフとか。索敵のサーチも使い勝手よさそうよね。……回復魔法のヒールは使えたら便利だろうけれど、そういうのは神聖魔法の括りになって、教会に所属しないと使えない縛りがあるみたいだから、ちょっとゴメンかな）

魔法が発達したこの世界では、魔法使用のルールが法律や一般常識として徹底されている。

魔法教育制度も整っていて、基礎魔法を教えるのは日本でいうところの小、中学校。その後、自分が習得したい魔法の種類によって、攻撃や防御魔法を専門に教える騎士学校や、回復魔法などの神聖魔法を教える教会系の高等学校に進学するのだという。小、中学校は義務教育で、専門学校や高等学校は、希望者のみ。魔石を使えばある程度の魔法は使えるので、魔法を教えない教育機関に進学する者も多いらしい。

ちなみに教会系の学校を卒業した者は、全員教会の所属となり医療機関に従事させられる。教会とはいえ、この世界は一神教で教会＝国教会。つまりは国の機関である。

株式会社オーバーワールドは副業禁止ではないのだが、それでも異世界の国の機関に雇われるのはダメだろう。なにより斎藤家は浄土真宗。危機に陥れば『南無阿弥陀仏』と唱えてしまう桃香に、異世界宗教への入信は無理だ。

強化魔法や弱体化の魔法は義務教育で習う範囲なので、覚えて使っても誰にも迷惑をかけないはずだ。

「お願いします！」

迷っているらしいカールに向かい、桃香は頭を下げる。

「あ、ああ、大丈夫。魔法を教えるのは問題ないよ。むしろ勇者じゃない異世界人がどの程度まで魔法を使えるのか調べてみたいから、僕の方からお願いしたいくらいだ。……迷っているのは、誰を君の教師につけるかなんだけど——そうだな。やっぱり僕が教えるのが一番かな」

なんと、カールはそう言った。

「え？」

「どう考えても僕以上の教師なんていないでしょう？」

それはそうかもしれないが、お忙しい宰相補佐さまに、桃香へ魔法を教える時間などあるのだろうか？

「……いいんですか？」

「僕がいいと言ったらいいんだよ。大丈夫。仕事は、君に教えてもらった表計算ソフトをうちの世界の機器で再現して、かなりスピードアップできたから」

さすが天才宰相補佐。僅か数カ月使っただけのパソコンソフトを解析し、自分の世界流に再現できたらしい。

こんな天才に教えてもらえるのならば、きっと桃香も魔法を使えるようになるに違いない！

「よろしくお願いします！」

「任されて！」

大船に乗ったつもりでお願いした桃香だった。


しかし、世の中そうそううまく事は運ばない。

天才とは、生まれつき優れた才能を持った人物。コツコツ重ねる個人の努力など飛び越えて成果を出せる者を指す言葉だ。

つまりはそれができない凡人に対して教えるということなど不可能な人のことだった。

そしてカール・ファイモンは、天才の中の天才。

「魔法の使い方？　そんなもの使おうと思えば自然に使えるだろう？」

そもそもの基本、魔法とはどうすれば発現させられるのかを聞いた桃香に対し、帰ってきたカールの言葉がこれだった。

「使おうと思って使えるのだったら、学校なんて必要ありませんよね？」

「そうなのか？　僕は学校になど行ったことがないから、よくわからないな」

コテンと首を傾げる見た目美少年は、とてつもなく愛らしい。

なのに殺意が湧くのは、なぜだろう？

「それ見たことか！　そもそもこいつに教師役など無理だったんだ。今からでも遅くない。教師役を交替しよう。モモ、魔法は私が教えるよ」

手を差し伸べてくれるのは、ヴィルフレッドだ。

申し出はありがたいのだが、桃香はきっぱり首を横に振る。

「残念ですが、私が習いたいのは支援魔法なんです。ヴィルさまは攻撃魔法に特化されていますから、他の魔法は教えられませんよね？　だから私は、オールマイティに魔法を使うカールさまに教師役を紹介してほしいとお願いしたんです。……まさかご自身が立候補されて、そのくせこんなに教えるのが下手だとは、思ってもみませんでしたが」

カールは、プーッと頬を膨らませた。

ヴィルフレッドは……諦めない。

「だったら、基礎の部分だけ教えてやるよ。その後の専門的な魔法ならカールでも教えられるかもしれないだろう？」

提案を受けて、桃香は考えた。

「最初から支援魔法が使える方に教えてもらうのが一番だと思っていましたけれど——ここまでカールさまがダメ教師だと、それもありかもしれませんね」

「ダメ教師——」

カールは、がぁ~んとショックを受けた。本当のことなので、諦めていただきたい。

結局三人で話し合い、魔法の基礎をヴィルフレッドから教わり、その間にカールは支援魔法の教え方を研究するというところに落ち着いた。


――――魔法を習いたいというのは、あくまで桃香の自由意志だ。秘書の業務の範囲外で、当初藤原からも『暇ができたら習ってみろ』と言われている程度。

つまりは勤務時間外なため、桃香の魔法の授業は一日の労働が終わった夕刻、彼女の私室で行われた。

多少袖が膨らんでゆったりとしたデザインになっているとはいえシンプルな白いシャツと、スッキリしたラインの黒いパンツというラフな姿のヴィルフレッドが、ソファーに深く座って桃香を手招く。

「……おいで」

桃香は、プルプルと震えていた。

「ほ、本当に、そんなことが必要なんですか?」

「ああ。こうすることが小さな子どもに魔力の流れを感じさせる一番ポピュラーなやり方なんだ」

それは相手が小さな子どもだから許される行為ではないのか?

疑問に思うものの爽やかな笑顔で促されれば、自分が意識しすぎのような気もしてきた。

それでも桃香は動けない。

「ほら、早く」

じれたのだろう。立ち上がったヴィルフレッドが、あっという間に桃香の手を引いて、一緒にソファーに腰かける。

とはいえ、そこは一人掛け用のソファー。いくら王城仕様で大きくても、大人が並んで座ることのできない幅だ。

結果、桃香はヴィルフレッドの膝の上に、ポスンと抱っこされた。

「きゃっ！」

「大丈夫かい？　ほら、もっと私に体を預けて深く座れば、姿勢は安定するよ」

「ひぇっ！　そ、そんなことを言われても！」

自分の背中にヴィルフレッドの大きな体を感じた桃香は、安定するどころではない。

そんな彼女にはおかまいなしに、ヴィルフレッドの両手が背後からお腹に回ってきた。

そのまま、さわさわとおへそのあたりを撫でられる。

「……わかるかい？　私の手から出た魔力が君の体の中を通って後ろの私の体に戻ってくる。これを感じとることが、魔法を使えるようになることの第一歩なんだ」

そんなことを言われても、魔力を感じるどころではないのが、今の桃香の状態だ。

以前、ヴィルフレッドにはお姫さま抱っこをされたこともあるのだが、それでも彼を椅子にして背後からすっぽり抱えこまれているこの体勢は……恥ずかしすぎた！

「ヴィ、ヴィルさま！　お願いだからもう少し離れてください！」

「それでは、魔力を感じられないだろう?」

「で、でも、こんなところを誰かに見られたら――――」

「大丈夫。ここには君と私しかいないから。ほら、私の手に集中して」

泣きそうになってお願いしても、ダメの一点張り。なだめすかされて、ついに桃香は諦めた。

「もうっ! もうっ! この手から出る魔力を感じればいいんですね!」

早いとこできるようになって、この体勢から脱却したい!

そう思った桃香は、逃げるのをやめ、ヴィルフレッドの手の上に自分の手を重ねた。

「ふふっ、モモったら積極的だね」

そうしろと言ったのはヴィルフレッドなのに、からかうのはいい加減にしろ!

「ほら、わかるだろう? 私のモノが、君の中に入っていく」

「ヴィルさま! 言い方!」

卑猥《ひわい》だ! なんかスゴい卑猥だ!

さすがに我慢ができなくなった桃香は、クルリと後ろに振り向いた。ヴィルフレッドに抗議しようとしたのだ。

「――――あ」

しかし、とたん後悔してしまった。

だって、そこにあったのは、赤く頬を染めたヴィルフレッドの顔。トロリと潤んだ金の目が、桃香をジッと見つめている。

瞳の奥に籠るのは、どんな感情だろう。

「……ヴィ、ヴィルさま」

戸惑う桃香の声を聞いて、ヴィルフレッドは顔を伏せた。

――数秒後、上げられた顔に浮かんでいたのは、いつものからかいを含んだ明るい笑顔だ。

「アハハ、モモ、顔が真っ赤だよ」

「なっ！　誰のせいだと思っているんです！」

「私かな？　……ハハ、ゴメン、ゴメン。ほら、今度は真面目にやるから、しっかり前を向いて」

明るく謝られれば、それ以上なにも言えない。――なにを言っていいかも、わからない。

「……私が魔法を覚えられなかったら、ヴィルさまのせいですからね」

「そんなことにならないように、頑張るよ」

ツンと拗ねて前を向けば、先ほどと同じようにお腹に手を乗せられた。

大きなその手に自分の手を重ねながら、ドクドクと鳴る心臓の音がヴィルフレッドに聞こえませんようにと願う桃香だった。


その後、ちょっともたつきはしたが、桃香は無事に魔力を感じとれるようになった。

そうして、今までとは違う感覚で自分の中を探り、体の奥底に眠っていた自分自身の魔力を見つける。

おそらくそれは、地球で言うところの直感やインスピレーション、第六感を発生させるなにかのような気がする。

（そういえば私、勘だけはよかったのよね）

だとすれば桃香には魔法の才があったのだろう。

それを証明するかのように、その後の支援魔法の習得は、面白いほどスムーズにできた。

バフもデバフも思いのまま。しかもかなり効果が高いらしい。

普通のバフは能力十％アップのところ、桃香のバフは二十％アップ。デバフに至っては十％ダウンのところが三十％ダウンになっていた。

メヌに協力を依頼して騎士団で実験すれば、めざましい効果が上がる。桃香のバフを受けたメヌがデバフを受けた騎士十人と戦ったのだが、あっという間に全員を叩き伏せてしまったのだ。

メヌの能力は騎士団でも抜きん出ているのだが、ここまで圧倒的な勝利を上げたことはなかったという。

「スゴいわ。魔法でこれほど体が自由に動くようになるとは思わなかった。素早さも上がるし、力も信じられないほど強くなっているわ」

メヌが感心したように呟く。彼にしては長文を無意識に発するのだから、本当に感心しているのだろう。

しかも、桃香の支援魔法はバフとデバフだけにとどまらなかった。

日本のアニメやラノベ――――中でも、外れスキルや地味な魔法の能力を持つ主人公が大活躍するストーリーがお気に入りだった桃香は、その知識を利用し新たな支援魔法を生み出したのだ。

（習ってみてわかったんだけど、魔力を支援魔法の形にする一番のコツはイメージ力なのよね。自分の魔力がどんな風に使われてどんな効果を上げるのか、はっきりイメージができればできるほどいいの。その点、私のイメージ力は完璧だわ）

桃香の頭の中に、アニメの映像やラノベの挿絵がくっきりと浮かび上がる。

良くも悪くもこの世界の魔法の花形は攻撃魔法だ。このため地味な支援魔法は興味を向けられず、研究や開発が遅れていたらしい。桃香のような魔法の使い方を考えた者は、今まで誰もいなかったのだ。

『リサーチ！』

『鑑定！』

『プロジェクションマッピング！』

リサーチは、索敵魔法。鑑定は、そのまま鑑定。プロジェクションマッピングは、映写魔法の発展形のことである。

三つの魔法を駆使した桃香は、敵の位置を索敵し、個々の敵の能力を暴き、それらを立体的な映像として味方の前に表示する。

「うおぉぉっ！」

「スゴい！　敵の情報が丸わかりだ」

「魔法でこんなことができるだなんて！」

騎士たちは、大感激してくれた。

「そうだろう。そうだろう。これも僕の教えが適切だったためさ」

鼻高々に威張るのは、美少年のカールだ。その姿は可愛いのだが、理論はともかく実践教育ではほとんど役に立たなかった天才少年に苦労させられた桃香は、ちょっぴり複雑な気分になる。

「たしかにスゴい！　スゴすぎるほどにスゴいが……どうしてモモが騎士団に協力しているんだ？　味方するなら、私の聖騎士団の方だろう！　あの魔法はズルすぎる！」

ヴィルフレッドが、大声で抗議した。

本日の訓練は騎士団対聖騎士団の模擬戦。

いつも騎士団には勇者がつくのだが、今日は藤原がくる日ではない。

こういった場合、騎士団と聖騎士団は団を超えて二つに分かれ実力を拮抗させて戦うのだが、今日はあえてそのままにしてもらった。

桃香の支援魔法の効果を確認するためだ。

だから、ヴィルフレッドの抗議はお門違いなのだが、桃香の魔法を見た聖騎士団の人々は彼の言葉にうんうんと何度も頷いた。

「たしかにズルいな」

「あんな魔法を使われては、とても勝てる気がしない」

「特に、最後のプロジェクションなんとかという魔法を、軍全体で共有でもされたら戦局が激変するんじゃないか？」

たかが支援魔法のひとつやふたつで大げさだとは思うものの、褒められれば悪い気はしない。

（そこまで言われたら、やってやろうじゃない！）

『フワイ！』

フワイとは、ＦＹＩ。桃香が作った伝達魔法で、情報を共有したい相手に周知する魔法だ。社内メールのＦＹＩから名付けたことは、説明するまでもないだろう。

「おお！　さっきの映像が、頭に直接伝わってきたぞ！」

「これで、いつでも確認できるから楽に戦える」

騎士団からの感謝の声に続いて、聖騎士団からは怨嗟《えんさ》の声が上がった。

「嘘だろう？　本当にそんなこともできるのか！」

「ハンデが大きすぎる！」

――――騎士団対聖騎士団の模擬戦の結果がどうなったかは、語るまでもないだろう。

いくら戦力に差があっても、情報が筒抜けになってしまっては、為《な》す術がない。

「まったく、モモには勝てないな」

どこか嬉しそうに肩を竦めたのはヴィルフレッドだ。

常に先手をとられた上に、桃香のデバフで弱体化させられた聖騎士団は、バフを受けた騎士団に徹底的にやられた。あまりに無慈悲な勝ちっぷりに、桃香の支援魔法をどちらか片方にだけかけるのは、この日以降禁止されたほどだ。

いずれも鍛え抜かれた体を持つ騎士たちに、やんややんやと褒め称えられ、これでもかというほど持ち上げられた桃香は、いい気分で笑う。

このときの桃香は、この事態がとんだ面倒事をもたらすことに、まるで気がついていなかったのだった。


「なんだか今日は、変わった文書が多いわね？」

騎士団対聖騎士団の模擬戦から三日後。

出勤した薔薇の間のデスクの上に山積みとなっている書類を見ながら、桃香は首を傾げる。

いつもの味も素っ気もないＡ４サイズ書類に紛れ、色鮮やかな紙がところどころ飛びだしているのが見える。

ちなみに、王城内でバラバラだった書類のサイズをＡ４で統一するよう助言したのは桃香だ。用紙サイズの画一化は事務の効率化の基本事項。統一を決めた当初こそ、あちらこちらでブツブツと文句を言われたが、使い慣れてみれば良さは一目瞭然で、今では感謝されている。

――――閑話休題。

常であれば綺麗に揃えられている書類からはみでた紙には、どれもこれも上品そうな封筒が添付されている。貴族仕様であることは、教えられなくてもよくわかる。

「ああ。それは斎藤さんへの招待状だよ。この部屋宛てに届いたから仕事関係かと思って開封したんだけど……全部私信だった」

書類の分類をしながら、ロバートがなんだか不機嫌そうに教えてくれる。

「え？　そうなの。なんで私に招待状がくるのかしら？　いったいなんの招待状？」

桃香は不思議そうに首を傾げた。まったく見当がつかないからだ。

ロバートは、憂鬱そうにため息をついた。

「ほとんどが自分の家で開く夜会の招待状だよ。あと、三通だけ家門の騎士団による演習会にお招きするのでご指導をお願いしたいっていう依頼が混じっていた」

「えぇえっ！　なんで？」

桃香は驚愕《きょうがく》して叫ぶ。夜会への招待もびっくりだが、演習会での指導のお願いだなんて、訳がわからない。

「いや、どう考えたって三日前の模擬戦のせいだろう？　勇者の秘書が大活躍だったって城内中で噂されているからね。見事な支援魔法で騎士や聖騎士たちの崇拝をあっという間に攫《さら》ったんだって？　……おかげで、俺のお母さ――――母上まで君に招待状を出そうとするから全力で止めたよ。……斎藤さんはそういうことが好きじゃないって教えてね。うちの家門にも伝えておくよう頼んだから、ホーディー家の派閥からの招待状はないはずだ」

それは、たいへん助かった。桃香はロバートに頭を下げる。

「ありがとうございます」

「あと、ザッと見た範囲だけど――――ヴィルフレッド殿下とグリード公爵家、ファイモン宰相の派閥からも、招待状は一切きていないようだよ。斎藤さんをきちんと見てわかっている人は、こんな図々しい真似はしないってことだろう」

そう言いながらもロバートは眉間にしわを寄せる。どうやら招待状を送ってきた貴族たちが、よほど気に入らないらしい。

そしてそれは、桃香も同じだった。

ロバートはもちろん、ヴィルフレッドやメヌ、カールたちの関係者を除けば、残るのは桃香に対して、今までぞんざいな扱いをしてきた貴族ばかりだからだ。

（今さら招待状なんてもらっても嬉しくもなんともないわ！）

「その招待状は、みんな無視でかまわないですよね？　断り状を出す必要はありますか？」

桃香がそう聞けば、ロバートは嬉しそうに笑った。

「いや、貴族間では返事がないことがすなわち断ることになるからね。いちいち目なんて通す必要もないと思うな」

それならよかった。

書類の山の中からカラフルな紙を分別した桃香は、一瞥もくれることなくそれをゴミ箱に捨てた。

招待状をもらっただけでも、かなり不快な思いをした桃香だが、世の中にはその不快さをさらに上乗せしてくる人もいる。

「私が送った手紙に、なぜ返事をよこさぬ！」

王城の無駄に広い廊下のど真ん中。派手な衣装の中年男性に、桃香は出会い頭に怒鳴りつけられていた。

「――――申し訳ございません。どちらさまでしょうか？」

額にピクピクと青筋が立ったような気がする桃香だが、きっかり六秒数えてから返事する。なんでも怒りの感情は六秒我慢すれば消えるのだとか。

「はっ！　私の名も知らぬとは、ものを知らぬにもほどがある。やはり勇者さまの下部《しもべ》とはいえ女だな。……我が名はゲルグ・バダン男爵。私の祖父は先々代国王陛下の槍持ちを仰せつかっていたこともある由緒正しき家柄だ。陛下直々に御言葉をかけていただいたこともあるのだぞ」

「……はあ」

怒りの感情の代わりに、呆れる思いが湧いてきた。

鼻高々に自慢するバダン男爵とやらに、桃香はため息を堪える。この世界の槍持ちがどれほど偉いのかはわからないが、たとえ偉いとしても、それは彼の祖父の話だろう。

同時にバダン男爵についても少し思い出した。たしか王国の南の方に小さな領地を持つ貴族だ。

（土地自体は肥沃ないい土地だったのに、農業政策に失敗して税収が落ちこんでいるって聞いたことがあったわ。……それにしてはずいぶんめかしこんでいるけれど）

キンキラキンの悪趣味な衣装に、桃香は眉をひそめる。自領の経済情勢をわかっていながらこの格好をしているのだとしたら、かなりの俗物だ。

たしか、ヴィルフレッドも『覚える価値なし』と評していた。

「その私が、わざわざお前ごときに招待状を送ったというのに、これほど返事が遅れているとは、どういう了見だ！」

どういう了見もなにも、この世界では返事をしない＝断ることになるのではなかったか？

よもやこの男は、自分が断られるという可能性を微塵《みじん》も考えていないのだろうか？

いったいどうすれば、この場を無難に逃れられるだろうかと考えはじめた桃香の目の前に、突如スラリと背の高い後ろ姿が映った。

「城内でそのような大声を出すとは、いったいどうしたことだ、バダン男爵」

厳しく咎める声は、ヴィルフレッドだ。

桃香は、ホッと息を吐く。――――これでもう大丈夫だ。

「こ、これは、ヴィルフレッド殿下。……わ、私は、なにも。た、ただ、その勇者の下部に、ちょっと注意を――――」

「下部ではなく『秘書』殿だ。彼女には勇者さま同様の敬意を持って接するようにと通達が出されているはずだが……よもや忘れたのか？」

「あ、いえ、その――――」

「言い訳無用！　既にお前の品のない暴言は、多くの者の耳に入っている。周囲を見てみるといい」

ヴィルフレッドに言われたバダン男爵は、慌てて辺りを見渡した。そこには何事かと集まってきた者たちがいて、ヒソヒソと会話しながら、彼に非難の目を向けている。

城の官吏に侍女や従僕、警護の騎士も何人か。特に、騎士がバダンを睨む目は、剣呑《けんのん》だった。

「彼女が、希有な魔法で騎士たちの支援を行った事実を、既にお前も知っているだろう？――――知っているからこその、彼女を囲いこもうとしたこの蛮行だと推測するが――――彼女に危害を加える者を、騎士たちは黙って見ていない。もちろんこの私もだ！　モモを侮ることは、私を侮ることと同義だと心得よ！　よいな！」

「は、はい〜！」

　バダン男爵は、悲鳴のような返事をして、慌てて逃げていった。

　その後ろ姿にヴィルフレッドの陰から顔を出し、桃香は「イーッ」と舌を出す。

「大丈夫か？」

　心配そうな声が、上から降ってきた。見上げれば、金の目がジッと桃香を見ていた。

「はい。助けてくださってありがとうございます」

「礼なんていい。むしろあんな不届き者を許してしまったことを、私の方から謝らせてくれ。不快な思いをさせて悪かった」

　ヴィルフレッドは勢いよく頭を下げる。

「そんな！　ヴィルさま、やめてください。ヴィルさまが悪いんじゃありませんから」

「しかし――――」

「しかしもかかしも、ありません！　ヴィルさまは私を助けてくれました。それだけです！」

　ヴィルフレッドの顔に、ようやく笑みが浮かぶ。

「ありがとう。モモは優しいな」

　ホッとしたような笑顔は、いつも通り――――いや、いつも以上にイケメンに見える。桃香だけを映した金の目が、うっとりと潤んでいて、ドキンと鼓動が跳ねた。

（ヴィルさまの顔も、かなり見慣れたと思っていたけれど……なんていうか、最近表情が甘いっていうか、色っぽくなっているような気がするのよね。……もうっ、心臓に悪すぎるわ！）

動悸を鎮めるため深呼吸をしようとした桃香は、大きく息を吸う。吐こうと思ったタイミングで、ヴィルフレッドに顔を覗きこまれた。

「今後、あんな輩に絡まれたら、私の名を出して追い払え。これでも王子だ。大抵の者は引き下がるだろう。それでもダメならすぐに私を呼んでくれ。できるだけ急いで駆けつける」

まるで水戸黄門の印籠のように自分を使えと言ってくるヴィルフレッドに、感動する。

しかし、息を吐く瞬間に麗しのご尊顔を近づけられ、咄嗟に息を止めてしまった桃香は……結果的に激しくむせた。

「ゲホッ！　ゲホッ！　ゲホッ！　……あ、ありがとう……ゲホッ！　ございます」

「モモ！　大丈夫か？」

「だ、大丈……ゴホッ！　です！」

「いや。とてもそうは見えない！　すぐに医局に運ぼう！」

言うなりヴィルフレッドは桃香を抱き上げる。

「きゃっ」

お姫さま抱っこにして、駆けだした。

そこまでしなくてもいいのにと思うのだが、抗議は聞いてもらえなそうだ。

真剣な表情で自分を運ぶヴィルフレッドの顔を、桃香は見上げる。

（……やっぱり、スゴくカッコイイ）

収まりそうにない動悸に、胸を押さえる桃香だった。

次に藤原が異世界にきたときに、桃香は自分が魔法を実戦訓練でも使えるようになったことを報告した。

魔法を習いはじめたこと自体は既に報告済みだったのが、目立った成果を告げたのははじめてだ。

「――ほう？　そんなことができたのか」

藤原は、満足げに笑った。

「よくやった。社内表彰ものだぞ」

「ありがとうございます！　嬉しいです！」

株式会社オーバーワールドの社内表彰には、魅力的な賞品が出る。賞状やトロフィーはもちろんのこと、金一封に有給休暇、さらに世界各地から好きな物お取り寄せギフトがついてくるのだ。

以前遠藤係長が表彰された際に、王室御用達《ごようたし》ベルギーチョコの各種をたっぷり取り寄せていたことがあったのだが、涎《よだれ》が出そうなほど羨《うらや》ましかった。お裾分けでもらったチョコのおいしさに、柄にもなく社内表彰を目指してみようかと思ったくらいだ。

そのときはハードルが高すぎると思って一瞬で諦めたのだが、人生なにが起きるかわからない。まさか魔法などというオタク趣味全開の得意分野でもらえるようになるなんて、思ってもみなかった。生きていてよかったと、桃香は思う。

「しかし、無理はするなよ。お前の本業は秘書業務だ。魔法の行使は必須ではない。戦いを無理強いされるようなら、私の名を出して断ってかまわないからな」

藤原は、そんなことも言ってくれた。いい上司だなぁと素直に思う。

次いで、先日同じように自分の名を出してもいいと言ってくれたヴィルフレッドを思い出した。

「戦いの無理強いはされていないのですが……ただ、最近断りづらい夜会への招待が増えて困っています」

この際なので、藤原にも相談してみる。

「……それは、第三王子絡みか？」

「え？　いいえ違います！　ヴィルフレッド殿下には関係なく、私個人への招待です！」

桃香は慌てて否定する。藤原の目つきが、なんだか剣呑だったからだ。

貴族たちは、新たな魔法を開発した桃香の才能に目をつけ、彼女に近づこうとしているのだ。囲いこんで自分の手駒にしたいと企んでいる。

「むしろ殿下は、私の代わりに、そういった招待を断ってくださっています。あまりにもしつこい貴族に対して諫《いさ》めてもくれました」

この件について、ヴィルフレッドには感謝するばかりだ。陰日向《かげひなた》に立って助けてくれる彼の存在がなければ、桃香はもっと憔悴《しょうすい》していただろう。

ただ、それゆえに、あまりにヴィルフレッドが矢面《やおもて》に立つことで、彼の立場を悪くしてしまうのではないかと心配だった。

王侯貴族間の権力争いがこの世界にあるのかどうかはわからないが、皆無というわけでもないだろう。

桃香は、そのあたりの不安を藤原に相談する。

しつこい招待をしてくる貴族のほとんどが、今まで桃香を面白く思っていなかった者たちだということも伝えた。桃香に役立つ魔法を使える才能があるとわかったとたん、手のひらを返して擦り寄ってくる輩には嫌悪しか感じない。

彼女の話を聞いた藤原は、眉をひそめた。

「――――わかった。王に抗議しておく」

「え？　王さまですか！」

桃香は、ちょっと焦る。そこまで大事になると思わなかったからだ。

「私の秘書に迷惑をかけたのだから、当然だ。――――そもそも、お前を軽んじていたこと自体が許しがたい。そんな奴らとはつき合いたくないからな」

藤原の言う『つき合い』の中には、勇者として魔王を討伐することも含むのだろう。

勇者の反感を買えば、この世界の命運は尽きる。

きっと王は誠心誠意、桃香を煩わす貴族たちを制裁してくれるに違いない。

「ありがとうございます」

「自分の社員を守るだけだ。礼には及ばない」

世の中、そんな社長ばかりではないことを桃香は知っている。

藤原といい、ヴィルフレッドといい、自分は恵まれているなとしみじみ思った。

(社長に満足してもらえる社員になれるように頑張ろう。……そして、ヴィルさまのご厚意を受けるに相応しい自分にもなるわ！)

桃香は心に誓う。

ヴィルフレッドの笑顔を思い出したことで、胸の鼓動をまた少し速めてしまった桃香は、今はまだその理由に思い至れなかった。

第五章　異世界で恋の花が咲きました

それから、一ヵ月。

――――最近ちょっと体調がおかしい。

桃香は、そんな不安を抱えていた。

（不安っていうか……情緒不安定っていうか……うん、やっぱりおかしいのよね）

仕事は順調だ。趣味だった魔法の勉強が実戦に役立つことがわかったため、本格的にとり組んだ結果、桃香はＡＩ分析に匹敵するほどの分析魔法を使えるようになっていた。

過去の記録を遡り現在までの魔物との戦いの情報を、わかっている限りとりこんで分析魔法を使えば、個々の魔物の詳細データはもちろんのこと、その分布や想定個体数、戦いの傾向から弱点までを瞬時に表示してくれるという優れものだ。

それどころか、今後の戦いが起こる場所や魔物の軍勢の予想まで立ててくれた。

分析魔法に半信半疑だった者たちも、桃香の立てた予想が次々と当たるにつれ、信じざるをえなくなる。

「データ分析自体は、それほど目新しいものじゃないんですけどね」

謙遜する桃香を、ヴィルフレッドは手放しで褒めてくれた。

「そんなことはない！　モモは自分の成果をもっと誇るべきだ。君のおかげで、聖騎士も騎士たちも、十分な準備をして余裕を持ち安心して戦えている。おかげで、最近の戦いでは人的にも物的にも被害がほとんど出ていない。これは画期的なことだよ！」

金の目をキラキラと情熱的に輝かせ、心から賞賛してくれるヴィルフレッドの姿に、桃香は嬉しくてたまらなくなる。頬は熱く、心臓は痛いくらい高鳴った。

――――そう、痛いくらい。

（やっぱり病気かもしれないわ）

かなり本気でそう思う。……どう考えても『恋の病』だろう。

桃香は、大きなため息をついた。

桃香が、この病に気づいたきっかけは、一カ月ほど前。

ひとりで王城内を歩いていたときだ。

ヴィルフレッドは所用があるそうで、朝から姿を見ていなかった。

（なんだか最近あまりヴィルさまと一緒にいられないのよね。ずいぶん忙しいみたいなんだけど、無理していないかしら）

とはいえ、一緒にいる時間が以前より減っただけで、まったく会えないとか話ができないとか、そういうわけではない。普通に講義は続けているし、カールやメヌと話していれば、どこからともなく現れて会話に参加してくる。ただ、用があるので会えないという時間帯が増えただけだ。しかもなんの用かは教えてくれない。

（でもまあ、考えてみればそれが普通なのよね。今までが近すぎただけだわ）

最近の自分はヴィルフレッドに甘えすぎではないかと、桃香は反省する。

（優しくしてくれるからって恋人でもなんでもないのに、一緒にいられなくて寂しいとか……って、いや恋人ってなによって話なんだけど）

ひとりツッコミをした桃香は、ブンブンと頭を横に振る。

考えながら歩いていたせいか、気がつけば見覚えのない場所にいた。

王城内は広く桃香が知らないエリアも多い。ここはどの辺りだろう？　廊下に置いてあるインテリアや壁の絵画がずいぶん華やかに見えるので、貴族が利用するサロンが集中している一角かもしれなかった。

（私を目の敵《かたき》にしているご令嬢やしつこい招待をしてくる貴族がいるかもしれないところよね。見つかったらたいへんだわ。早くこの場から離れなくっちゃ）

そう思った桃香は、早足で歩きだす。

ヴィルフレッドや藤原のおかげで貴族からの招待はかなり減ったのだが、どこの世界にも諦めと頭の悪い者はいる。そんな輩に見つからないようにと、周囲を警戒した。

するすると声が聞こえてくる。

「――――私は、はっきり警告したはずですよね。桃香に手を出すなと」

低く艶やかなイケボは、ヴィルフレッドのもの。

思わず柱に隠れた桃香は、こっそり声の方を覗いた。

そこにいたのは間違いなくヴィルフレッドで、彼の前には派手なドレスを着た令嬢とその父親であろう貴族男性がいる。親子は遠目にもわかるほど顔色が悪かった。

「そんな、ヴィルフレッドさま。私はそんなことしませんわ」

令嬢が泣き崩れながら手を伸ばし、ヴィルフレッドに縋ろうとする。

ヴィルフレッドは、冷たくその手を振り払った。

「嘘泣きはやめてくれないか。あなたがならず者を雇い、桃香を襲おうとしていたことの調べはついている」

金の目に鋭く睨みつけられて、令嬢はヒッと息を呑んだ。

「ヴィルフレッド殿下、なにかの間違いです。うちの娘に限ってそんなことは――」

今度は貴族男性が、頭を低くしながらヴィルフレッドに言い縋る。

「お前の娘だからするのだろう？　お前が、襲われ傷物になったあとで桃香を助けだし、信用させてからいいように利用する計画を立てていたことも、すべて明白になっている」

ヴィルフレッドに奸計《かんけい》を暴かれた父親は、ブルブル震えながらその場に頽《くずお》れた。

「私の愛する桃香を陥れ利用しようとするだなど、断じて許せない！　よほど没落したいと見えるな。計画に関わった者すべてを捕らえて死んだ方がマシだという目に遭わせてやるから、覚悟しろ！」

ヴィルフレッドは、そう言うと大声で警備の騎士を呼び、親子を捕まえさせた。

「……まったく、こんな輩が減らないから私がモモと過ごす時間がなくなるんだ。少しでも長く一緒にいたいと思っているのに、モモが怖がるといけないから本当のことは言えないし……ああ、モモに愛想を尽かされたらどうしよう」

ブツブツと呟きながら、ヴィルフレッドは去っていく。

柱の陰で一部始終を見ていた桃香は、目を丸くしていた。

(え？　今のって……ヴィルさまが私の危機を知らないうちに払ってくれていたってこと？)

今までもヴィルフレッドが自分のためにいろいろやってくれていたことは知っていたのだが、実際に見聞きしたインパクトは大きい。なおかつヴィルフレッドは、桃香が怖がるといけないからと、秘密裏に行動していた。

桃香の心臓が、バクバクと大きな音を立てはじめる。

(こんなのって……カッコよすぎるでしょう！　どんな映画のヒーローも敵わないわ！　しかも、ヴィルさま、『私の愛する桃香』って――――)

間違いなくヴィルフレッドは、そう言っていた。

桃香の頬が熱くなる。

(……嬉しい)

守られて嬉しいし……愛されていて嬉しい。

そう、桃香はヴィルフレッドに愛してもらえて嬉しいのだ。それを自覚する。

(私……私も、ヴィルさまを愛しているんだわ)

胸が、キュンと締めつけられた。

それ以来、桃香の恋の病はひどくなるばかり。

ヴィルフレッドのことを思い浮かべるたびに、顔が熱くなってドキドキするし。実際に会えればもっと鼓動は速くなる。

(でも、異世界にきて王子さまに恋をするなんて、とんだ大間抜けかもしれないわよね。住む世界も身分も違う恋なんて、不幸になる結末しか見えないのに)

どうしてこんな先行きのない恋をしてしまったのだろう?

桃香は、もう一度ため息をついた。

どうしよう?――――と思う。

自分は、どうしたいのか?――――とも。

もしも、ヴィルフレッドから告白されたなら――――どう答えるのか。

桃香とヴィルフレッドは、生まれも育ちも違いすぎるほど違う。

身分制度のある異世界の王子なんて存在と、平均的な日本人である桃香が、単に男女交際をするくらいならともかく、愛を育み結婚して幸せになることができる未来は、きっと茨《いばら》の道だろう。

(最近読んだラノベは悪役令嬢ものばかりで、平民のヒロインが王子さまと結ばれたって幸せになれっこないだろうっていう話が多かったんだもの)

桃香は、悶々《もんもん》と悩む。

悩みすぎて、こんなことなら、どこか遠くに逃げだしたい！　とまで思った。

もちろん、そんなことを本当にする気はなかったのだが。

そう思った翌日――――桃香の『遠くに逃げたい』という願いは叶ってしまったのだった。


「え？　……社長！」

突如、現れた藤原に、桃香は驚く。

今日は、勇者のくる日ではなかったはずだ。

「今すぐ日本に帰るぞ！　急げ！」

それればかりか大声で急かされて、キョトンとした。

「ど、どうしてこちらに？　それに、日本に帰るって……私がですか？」

ここは薔薇の間で、桃香はいつも通り秘書の仕事をしていたところだ。ヴィルフレッドとカールのふたりと打ち合わせ中で、ロバートが話の内容を記録している。

そこに、メヌに案内された藤原が飛びこんできた。

慌てて立ち上がる桃香の隣に、ヴィルフレッドが、スッと移動してくる。

「斎藤社長が、お前のお父さんが倒れたそうだ。先ほどご家族から連絡があって、救急車で病院に運ばれたと聞いた」

「――――え？」

衝撃的な言葉を聞いて、桃香の目の前が真っ暗になった。足から力が抜け、倒れそうになる。

床にぶつかるその寸前で、ヴィルフレッドに抱きとめられた。

「モモ！　大丈夫か？」

「ヴィルさま……あ、どうしよう？　パパが――」

呆然とする桃香を、藤原が叱りつける。

「しっかりしろ！　お前まで倒れてどうする！　詳しい病状はまだわかっていない。ともかく急いで帰るぞ！」

藤原の大きな手が、桃香の目の前に差しだされた。

彼の言う通りだ。気をたしかに持たなければならない。

――そうは思えど、体が震えた。

小さな下町工場を経営する桃香の父は、五十五歳。社長と呼ばれているけれど、仕事内容は従業員と大して変わらず毎日汗びっしょりで働いている。もういい年なんだから無理をするなと、桃香は言い続けていた。

(きちんと言うことを聞いてくれないから、こんなことになるのよ！)

桃香は泣きそうになる。

なんとか力を入れて一人で立とうとしたところで、体がフワリと浮いた。

「勝手にゴメン。でもきっと、私がモモを抱えて走った方が早いから。――行きましょう！勇者さま」

なんと、ヴィルフレッドが桃香を抱き上げてくれたのだ。

驚き焦っているうちに、ヴィルフレッドは走りだす。最近ではすっかり慣れたお姫さま抱っこでの疾走だ。

一瞬呆気にとられたようだった藤原も、すぐに隣に並んだ。

力強いヴィルフレッドの腕と足取りが、こんな状況なのに桃香の頬を熱くする。

(そうよ。落ち着かなくっちゃ。私がここで焦ってもなにもできないんだから)

なんとか自分に言い聞かせる。

あっという間に転移の間に着いたヴィルフレッドは、そっと桃香を床に下ろした。

途中でヴィルフレッドを追い越した藤原が、部屋の中央の魔法円に魔力を注ぐ。

ボワッと魔法円が光った。

「行くぞ!」

急かされた桃香は、藤原と一緒に魔法円に入る。

背後を振り返った。

そこには、立ち尽くすメヌと、たった今部屋に着いたばかりで肩で息をするカールと、なにかを言いたそうに口を開きかけたヴィルフレッドがいる。

桃香も、口を開いた。

(なにか言わなくっちゃ! せめて、お礼を――――)

そうは思うものの、なぜか声が出ない。

僅かに迷ったその隙に、体がズンと重くなった。

転移魔法が起動したのだ。

口も開けなくなった桃香は、歯を食いしばり――――フッと体が軽くなった次の瞬間には、見慣れた株式会社オーバーワールドの社長室に立っていた。

日本に帰ってきたのだった。


――――その後、桃香は急いで病院に駆けつける。

白いベッドの上には、情けない笑顔の父がいた。その脇には母が疲れきった表情で立っている。

「熱中症で倒れるだなんて、なにをやっているのよ！」

桃香が怒鳴りつければ、父は頭に手をやり薄くなった髪を撫でた。

「いやぁ、水分補給をしなきゃならんとは思っていたんだが、仕事のきりがつかなくってなぁ」

あともう少し、そこまでやったら休憩しようと思っていたら、意識が遠くなり気づけば病院のベッドの上だったと、父は話す。

母は、町内のボランティア活動で公園清掃をしていて、救急車が自分の工場に停まったところを見て慌て、箒《ほうき》を持ったまま駆けつけたそうだ。

「もう！　もう！　もうっ！　バカ！　バカ！　バカ！」

桃香は思いっきり罵る。ベッドの脇に腰を下ろし、シーツをギュッと握りしめた。

重篤な病気でなかったのはよかったが、熱中症だって対処が遅れれば死んでしまう人もいるのだ。

最悪の事態を想像し、怖かった。

「心配かけてすまん。――藤原社長も、わざわざ娘を送ってくださり感謝いたします」

桃香の頭を撫でながら、父は藤原に頭を下げる。母も深々と礼をした。

そういえば、この場には藤原もいたのだ。

今の今まで彼の存在を忘れていた桃香は、慌てて藤原の方を向く。

「ありがとうございました！」

親子共々頭を下げた。

「いや。大したことがなくてよかったです。……それにしても、お嬢さんがたまたま急な仕事の都合で日本に一時帰国したときで、不幸中の幸いでした」

藤原は爽やかな笑顔を浮かべる。

――そういえば、そんな口裏合わせをしていたのだった。

思い出した桃香は「そうそう！」と笑う。

なにせ桃香は長期の海外赴任中。そんな彼女が、父が救急車で運ばれたからといって、すぐに病院に駆けつけられるのはおかしい。

「日本にいられるのは、ほんのちょっとの時間だけだったから、家に顔を出す暇もなさそうで連絡しなかったの。……ごめんね」

今度は反対に娘から謝られた父は「いいんだよ」と笑った。

「お前も社会人なんだから、仕事優先が当然だ。……しかし、ということは今病院にきていて大丈夫なのか？　藤原社長だってお忙しいでしょうに」

申し訳なさそうに謝る桃香の父に、藤原は笑顔を崩さない。

「お気になさらず。お嬢さんが出席するはずだった会議には、事情を話して代理を立ててあります。先方もそういう事情であればと理解を示してくれました」

スラスラと藤原の口から出る嘘に、桃香は感心する。

ジッと見れば、藤原は苦笑した。

「それでは、私はこれで失礼します。こんな事態ですから、お嬢さんが赴任先に戻るのは明日の飛行機にしてもらいました。今日は親子でゆっくりしてください」

そう言って藤原は帰っていく。

いいのかな？　と思ったが、このまま異世界に戻るのは少し不安だったので、ありがたく厚意を受けることにした。


その後、父が点滴を終わるのを待って無事退院。両親と一緒に自宅に帰ることになる。

家では、急に帰ってきた姉に、父が救急車で運ばれたことより驚く弟と再会を果たして、家族水入らずの一晩を過ごした。

もっとも、本当はしていない海外赴任の話をでっち上げるのには苦労してしまったが。

「へぇ～？　姉ちゃんの赴任先って、マジでパソコンもスマホもないの？　聞いたこともない国だってことは知っていたけど……いったいどんなド田舎の国だよ？」

「そんなところで大丈夫？　きちんと食事は摂れているの？」

「安全面はどうだ？　紛争地帯じゃないんだろうな？　現地の人は信頼できる人か？」

弟、母、父の順の言葉である。当然と言えば当然だが、みんな心配しまくりだ。

桃香は、笑って「大丈夫」と伝えた。

「パソコンやスマホはなくても、他のものが発達しているから不便はないわ。衛生面もしっかりしているし食事もおいしくて食べすぎちゃうくらい。周囲の人もみんないい人よ！」

安全面については、魔物と戦争しているので紛争地帯でないとは言い切れなかったが、その分『いい人』を強調する。

「私と一緒に事務をしているロバートさんは、字が綺麗でファイリングが得意だし、彼の上司のカールさんは、すっごく優秀で頭のいい人なの。体育会系のメヌさんは、ちょっとコミュ障気味ではあるけれど、仲良くなったらいっぱいお喋りしてくれるし――――それに、ヴィルさま……っと、ヴィルフレッドさんは、私をとっても助けてくれる本当に優しい人なのよ！」

頑張って伝えれば、家族がなんとも言えない顔をする。

「――――姉ちゃん、そのヴィルさまって奴、姉ちゃん好みのイケメンだろう？」

弟の言葉に、ギクッとした。

「え？　あ、やだなぁ～。そんなこと……あるけれど！　どうしてわかるの？」

家族は、揃ってため息をついた。

「わからない方が、おかしいだろう」

「桃香ったら、目がハートになっていたわよ」

「パパは、パパは――――娘を海外に嫁がせる気はないぞぉっ！」

弟は呆れ顔。母はニコニコで、父はなぜか泣きだしそうだ。

「ちょっ！　ちょっと待ってよ。私もヴィルさまも、結婚なんて！　まだそんなつもりは、ないわ！」

桃香は慌てて否定した。

「……まだね」

母の笑顔が、生温かくなる。

「あ――――」

弟は、「あちゃ～」と言って天井を仰ぎ、父は本当に涙目になった。

「本当よ！　本当にそんな気はないの！　お願い信じて！」

必死でお願いすれば「はいはい」とみんな頷いてくれるが、おざなりだ。

「…………本気で信じてくれている？」

重ねて聞けば、母が呆れたように笑った。

「わかったって言ったでしょう。……それに、桃香はまだ二十六歳だもの。たとえ、そのヴィルさまって人とおつき合いしているのだとしても、出会って一年ちょっとくらいしか経っていない相手とすぐに結婚するなんて思っていないわよ」

「え？」

桃香はポカンとする。

弟は肩を竦めた。

「やだなぁ、姉ちゃん。彼氏ができたからって、そいつと結婚するかどうかなんて、まだわかんないだろう？　オヤジが焦って『嫁がせる』なんて言うからテンパっているんだろうけど、別にそいつと結婚の約束とかしたわけじゃないよな？」

結婚どころかつき合ってもいない！

ブンブンと首を縦に振る桃香に、「やっぱりなぁ」と弟は頷く。

「ほら、オヤジも娘に恋人ができたくらいで慌てるなよ。だいたい相手は姉ちゃん好みのイケメンなんだぞ。まぐれでつき合えたとしても結婚なんて、ありえっこないんだから！」

そこまで断言されると、それはそれでイラッとした。

しかし、同時に心と体から、無駄な力が抜けていく。

「……そっか、そうよね」

「当然だろう。だいたいなぁ、世の中の恋人同士がそのまま結婚する確率は四分の一か五分の一だって、ネットに書いてあったぞ。……まあ、フラれても元気出せよな」

つき合ってもいないうちに、フラれる前提で慰められてしまった。

それもどうかと思うけれど、心はどんどん軽くなっていく。

（ヴィルさまに告白されたらどうしようって思っていたけど……ヴィルさまだっていきなりプロポーズはしないはずよね？　つまりはおつき合いの申しこみになるんであって、それを私が受けて恋人同士になったとしても……結婚するとは限らないんだわ。それどころか、しない可能性の方がとんでもなく高いのよね。――――それなのに私ったら、結婚したあとで幸せになれるかどうかを心配して落ちこんでいたなんて……我ながら、ものすごく気が早いっていうか……時期尚早っていうか……机上の空論っていうか……とらぬ狸の皮算用って、こういうことだったんだわ！）

――とんだ自意識過剰の思い上がり人間だった。

桃香は、恥ずかしさに悶絶しそうになる。

（それでも、まだ思いあまって誰かに相談する前でよかったわ。弟や両親だったら、呆れられてからかわれても耐えられるけど、会社の同僚とか……万が一にでも、社長に知られでもしたら……恥ずかしすぎる！）

絶対慙死《ざんし》する自信が、桃香にはあった。

心の中で、ジタバタと暴れていれば、母から声がかけられる。

「まあ、桃香に恋人ができて向こうで楽しく過ごしてくれているんなら、それはそれでいいのだけれど……ねぇ、海外赴任がいつ終わるのかは、まだわからないの？」

そう聞いてくる母の顔は、心配そうだ。

「あ、えっと、その」

桃香は返事に詰まる。

――勇者の魔王討伐は順調だ。

過去の勇者に比べ、秀でた力を持つ藤原だが、彼はそれだけにとどまらず、自分の持つ会社の力をも最大限に利用している。秘書として桃香を異世界に派遣したこともそのひとつだが、他にも社内に極秘裏にプロジェクトチームを作り上げ、桃香の得た情報を元に、魔王討伐へ至る最良最短プランを立てさせているのだ。日々変わる情報の更新をとりこみ、昨日より今日、今日より明日へと進化するプランは、当初少なくとも四～五年はかかると思われていた魔王討伐を、今では半分で済むと予測させていた。

その上、最近は桃香の支援魔法が、いい仕事をしている。

「魔王の尾を捕まえるのも、時間の問題だ」

誇張でも強がりでもなく単なる事実として、藤原はそう言った。

それを考えれば、今ここで桃香が「もうすぐ帰れると思う」と家族に告げても、なんら不都合はないだろう。

それくらいは、藤原も許してくれると思われた。

――――なのに、なぜか桃香は言い渋る。

「……社長は、そのことについてはなにも言っていなかったわ」

結局桃香はそう言った。――――間違った答えではないはずだ。

母は、落胆の表情を隠さない。

「まあ、そうなのね。……それなら、せめてもう少し頻繁に、お正月やお盆くらいは、日本に帰ってこられるといいのにね」

寂しそうな声に、罪悪感がこみ上げた。

(どうして私は、もうすぐ帰れると思うって言えないのかしら)

桃香は自問自答する。

――やがて、答えを見つけた。……見つけてしまった。

（だって、口にしてしまったら、本当にそうなってしまいそうなんだもの）

すぐに魔王討伐が果たされて、日本に帰る。それが一番いいことだとわかっていながら、桃香は喜べなかった。

なぜなら、日本に帰るということは、ヴィルフレッドと別れるということだからだ。

桃香は、彼と別れたくない。

そんな可能性を口にするのも嫌なくらいヴィルフレッドを好きなのだ。

今さらながらにそれを自覚する。

だが、勇者ならぬ桃香には、異世界に渡る術がなかった。

先ほど、こっそり魔法を使おうとしてみたのだが、できなかったのだ。どうやら桃香の魔法は、異世界限定だったらしい。

（魔力を発する魔石があって、魔力を使う際に発生する魔素が増えすぎることで魔物が発生したり、最悪魔王が生まれたりする異世界だったからこそ、ただの人間の私にも魔法が使えたんだわ。それに左右されずに力が使えるのは、勇者である社長くらいなのかもしれない）

魔王を倒せば、そのための現地秘書だった桃香が異世界にいる必要はなくなる。

藤原は引き続き異世界と商取引を行うつもりでいるが、その場合異世界に派遣されるのは、営業に明るい社員になるだろう。

（私は秘書の仕事しかできないもの。遠藤係長みたいな人なら、どんな仕事でもできるんでしょうけれど――――）

才色兼備な遠藤を思い出した桃香の胸が、ズキン！　と痛む。

ヴィルフレッドの隣に寄り添い立つ遠藤を想像しそうになって、慌てて首をブンブンと横に振った。――――考えたくもない。

「なにはともあれ、久しぶりに家族が揃ったのだもの、夕飯にしましょう。パパの入院騒ぎでママも疲れちゃったからデリバリーを頼むわよ。なんでも好きな物を注文して」

母の明るい言葉に、顔を上げた。

弟が「やった！」と歓声を上げる。

（そうよ。今は家族と一緒の、この時間を楽しまなくっちゃ）

そう思った桃香は、ワイワイ騒ぎながら夕飯を選ぶ。

「お味噌汁くらいは作ろうかしら。桃香、手伝って」

「は～い！」

母とふたりで、キッチンに向かった。味噌汁の味付けは得意なのだ。

それなのにこの日の味噌汁は、なぜか塩辛かった。

「姉ちゃん、なにやってんだよ」

「あら、これくらい大丈夫よ。でも、少しお湯で割った方がいいかしら？」

「パパは、熱中症だったからな。塩分を多く摂った方がいいと思ってくれたんだろう？」

弟に責められ、両親に慰められながら味噌汁を口にする。

「……しょっぱい」

心に、沁《し》みた。


翌日、桃香はいつも通り出勤した。

真っ直ぐ向かったのは社長室。藤原は早朝から書類に向かっている。

「きたか。お父さんの具合はどうだ？」

「はい！　このたびは、たいへんご迷惑をおかけしました。おかげさまで父も元気になりました。ありがとうございます！」

頭を下げれば、藤原は「当然のことをしたまでだ」と言って立ち上がる。高級そうな絨毯をはぐり魔法円をあらわにした。

「戻るか？」

「はい！」

桃香は、魔法円の中に入る。

藤原も、彼女の隣にやってきた。

しかし、いつまで経っても転移魔法を発動させる様子がない。

「……本当に、戻ってもいいのか？」

唐突に、そう聞かれた。

「え？」

「お前は、よくやっている。実際、私の予想以上の活躍だ。お前を選んだ私の目に狂いはなかったと、自分を褒めてやりたいくらいだ。もはやお前抜きで魔王討伐は考えられないだろう」

ベタベタに褒められて、呆気にとられてしまう。

「……はぁ?」

いったいなんの罠《わな》だろう。

疑り深く見返せば、藤原は苦笑した。

「そう警戒するな。本気で褒めているんだ。……ただ、お前の活躍とは別に、今回のようなことがあれば、里心がついたのではないかと思ってな。これから魔王討伐は最終段階に入っていく。私と一緒に最前線に出ることも多くなるだろう。……怖くはないか? 日本に残りたいのでは? もしもそう思うのなら、今ならこのまま日本に残してやることも可能だ」

藤原の目は、真剣だった。本気で桃香のことを思った上での発言だとわかる。

桃香は————きっぱりと首を横に振った。

「戻ります。私は、あの世界でやりたいことがありますから」

ここまで頑張ってきた仕事を、途中で投げだしたくはない。

それに、このままヴィルフレッドと会えなくなるのは、嫌なのだ。

(ヴィルさまから好意を向けられて、それを勝手に深読みして悩んだり迷ったりしたけれど……私はヴィルさまが好きだもの! この気持ちを抱えたまま会えなくなって、いずれ自然消滅なんて未来は選びたくないわ!)

昨晩、桃香は自分の中にあるヴィルフレッドへの恋心を、はっきりと自覚した。今までも好きだと思っていたけれど、自分で考えていた以上に重い気持ちだったのだと再認識したのだ。ヴィルフレッドと幸せになる未来は思い描けないけれど、そんなことを今から思い悩む必要はないのだとも、わかった。

だったら、進む以外ないだろう！

「……私は、これ以上しょっぱい味噌汁を飲みたくありません！」

「は？」

堂々と宣言した桃香に、藤原はポカンと口を開けた。

やがて、クックツと笑いだす。

「ハハハ……味噌汁の味がどう関係するかはわからないが、お前の答えはわかった。――――そう言うと思っていたけどな」

答えのわかっている問いかけをあえてしたのは、桃香の決意をなお強くするためなのだろう。

「よし、行くぞ」

声と同時に転移魔法が発動する。

ズン！　と重力がかかって――――桃香は、異世界に戻っていった。

「――――モモ！」

フッと体が軽くなると同時に、自分を呼ぶ大きな声が聞こえる。

「ヴィルさま？」

桃香が彼の姿を探す前に、ギュッと抱きしめられた。

「モモ！　モモ！」

耳元で繰り返される呼び声は、間違いなくヴィルフレッドのものなので、桃香を抱きしめているのもヴィルフレッドで間違いないだろう。

しかし、いきなり抱きしめられるとは、これいかに？

想定外の熱烈歓迎だった。

（えっと、私が日本に帰ってから一日も経っていないわよね？）

父が倒れたと藤原が迎えにきたのが昨日の日中で、今は朝だから、時間にすれば二十時間ほど。

それなのに、ヴィルフレッドの様子は、長年離ればなれになった恋人同士の再会のようだった。

（いや！　恋人とか……そこは、私の願望だけど！）

ジタバタしていれば、ヴィルフレッドが顔を埋めている桃香の右肩とは反対側の左耳の近くから声が聞こえてくる。

「第三王子殿下には、昨夜の段階でお前が戻ってこないかもしれないと伝えておいたからな」

笑いを含んだ言葉は、藤原が発したもの。どうやらこの事態を招いた犯人は彼のようだ。

「え？」

「言っただろう？　お前が望むのなら日本に残してやると」

それが聞こえたのだろう、ヴィルフレッドの桃香を抱く力がさらに強くなる。

「モモ、行かないでくれ！　私には君が必要なんだ！」

切ない声で懇願され、頬が熱くなった。

「え？　あ、あの！　行きません！　どこにも行きませんから！　私はここにいます！」

少なくとも、魔王が討伐されるまでは頑張るつもりだ。

「――――本当かい？」

「はい！」

コクコクと頷いた。

藤原が、クックツと笑っている声が響く。

「では、私はこれで失礼する。次は予定通り三日後だ。ああ、斎藤、見送りはしなくていいぞ。

……まあ、それではどうやってもできないだろうがな」

青白い光がボワッと周囲に溢れて消えた。勇者が移転魔法で帰ったのだ。

「――――ほら、だから心配いらないと言ったのに」

「殿下は、昨晩から、ずっとここで桃香さんを待っていたのよ」

呆れたような声はカールで、信じられない報告をしてくれたのはメヌだった。

「ずっと？」

なんとか首を回してメヌの方を見れば、精悍《せいかん》な騎士団長が部屋の片隅を指さす。

そこには、毛布がグシャッと丸めて置かれていた。

もしかして、もしかしなくても、ヴィルフレッドはその毛布にくるまって、ここで一夜を明かしたのだろうか？

桃香が帰ってこないかもしれない不安に苛《さいな》まれながら。

「……ヴィルさま」

抱きしめてくる腕の力は、緩まない。気づけば、微かに体が震えていた。

ヴィルフレッドを安心させてやりたくて、桃香も自分から彼の体に腕を回す。

「ヴィルさま、私を待っていてくださって、ありがとうございます。父は無事でしたから、心配いりません。社長にも、こっちの世界で頑張りますと伝えました。……これからも、またよろしくお願いしますね」

どう言えば、この人は安心してくれるのだろう？

言葉を紡げば、ようやくヴィルフレッドと桃香の間に僅かの隙間ができた。ヴィルフレッドの手が、桃香の背中から両肩に移ったのだ。

美しい金の目が顔を覗きこんでくる。

「モモ……私は君を失えない。今度のことで、それを思い知った」

真摯に告げられる言葉は、まるで愛の告白のよう。

（――――ううん、本当に愛の告白なんじゃないかしら？）

ドキドキと胸が高鳴ってくる。

そう思った桃香の正しさは、続く言葉で証明された。

「モモ、君を愛している。――――どうか、私に、君の一番側にいる権利をください」

情熱的に告げられて、心臓が爆発しそうになった。頬がカッカッと火照《ほて》る。

「ヴィルフレッド――――」

「殿下――――」

焦ったような声が、カールとメヌから上がった。

しかしその瞬間、桃香の肩に置かれていたヴィルフレッドの手が、両頬に移動する。大きな手が耳まで塞いでしまって、周囲の音が聞こえなくなった。

視界も、ヴィルフレッドの顔でいっぱいだ。

それは、まるで世界にふたりきりになったようで――――。

桃香は――――「はい」と答えた。

自分が、魔王討伐後はこの世界にいないだろうとか。

ヴィルフレッドと結婚しても幸せになる結末が見えないとか。

そういった懸念は、すべて思考の外に置いて、自分の気持ちのままに素直に頷く。

(だって、私もヴィルさまが好きだもの。不確定な未来を思い煩うのは、もうやめたわ。それで一緒にいられないなんて……嫌だもの)

「私もヴィルさまの一番側にいたいです」

くるかこないかわからない未来を恐れるあまり、離れてしまう選択はできない。

だから桃香は、そう言った。

「モモ！」

感極まったヴィルフレッドに抱きしめられ、桃香は嬉しくなる。

いつまでもこうしていられたらと、心から思った。


――――ところで、このとき『私に、君の一番側にいる権利をください』というヴィルフレッドの言葉を、桃香の腕時計は、そっくりそのままの意味に翻訳した。

それは、魔法とはいえ機械の限界で、ある意味仕方のないことだろう。

しかし、実はこの翻訳は正しくない。

ヴィルフレッドの言葉の本当の意味での正しい翻訳は『僕に毎日お味噌汁を作ってください』もしくは、少し今風に言うなら『僕に毎日お味噌汁を作らせてください』となる。

――――ちなみにこの二つは、由緒正しい日本のプロポーズの言葉だ。

つまり、『私に、君の一番側にいる権利をください』という言葉は、異世界でプロポーズをする際の定番句で、このときヴィルフレッドは、桃香にプロポーズしたのだった。

どうりで、カールやメヌが慌てたわけである。

当然桃香は、これを知らなかった。

だから『はい』と答えたし、同じくこの世界での正しいプロポーズの了承の言葉である『私もヴィルさまの一番側にいたいです』と返してしまったのだ。

桃香の返事を日本的に翻訳するならば『あなたのお味噌汁を毎日作りたい』といったところだろう。

ヴィルフレッドから熱烈な愛の告白を受けたが、それはあくまで単なるおつき合いの申しこみ。

そう思いこんでいた桃香が、真実に気づいたのはこの日の夜のことだった。


「あまり硬くならず楽にしてほしい。ここには家族だけしかおらぬからな」

にこやかな表情を浮かべているのは、ルーグ王国国王。さすが一国の王という威厳に溢れた男性が、至近距離から桃香に話しかけてくる。

家族だけとは言われても、その家族がロイヤルファミリーでは楽にできるはずもない。

桃香は笑顔を引きつらせながら周囲に視線を向けた。

そこにいるのは、国王夫妻と第一、第二王子。そしてヴィルフレッドの妹である第一王女だ。

いずれ劣らぬ美男美女揃いの晩餐会に、なぜか桃香も参加している。……しかも国王の隣の席だ。

「父上、モモに近すぎです」

反対隣に座っているヴィルフレッドが、不機嫌そうに文句を言った。

「そうかな？」

「そうです。父上はただでさえ人を威圧する雰囲気を持っているのですから、モモの半径一メートル以内に入らないでください。モモが父上に萎縮して私と結婚してくれなくなったら親子の縁を切りますよ」

父親譲りの金の目を怒らせてヴィルフレッドは話す。

（け、結婚？）

桃香は心の中で驚愕の声を上げた。いったいいつの間に結婚なんて話になったのだろうか?

「ハハハ、それは困るな。子どもは四人いるが、フィアンナに似ているのはお前だけだ。お前に縁を切られたら父さん泣いてしまうぞ」

フィアンナとは、王妃さまのお名前だ。ヴィルフレッドそっくりの美人で鷹揚《おうよう》に笑っている。

第一王子と第二王子は、呆れ顔。唯一の王女ながら国王に似たキリリとした美少女は、我関せずと料理を食べている。きっとこのやりとりは、彼らにとって日常茶飯事なのだろう。

「桃香さん、こう見えて私は気さくで愛妻家、子煩悩な国王なのだ。我が子が愛する人にプロポーズを受けてもらえたと聞いて、浮かれて晩餐会を開いてしまうくらいにね。君の素晴らしさは、ヴィルフレッドだけでなく他の者からもたくさん聞いている。君が私の家族になることになって嬉しいよ。これからもヴィルフレッドをよろしく頼む」

ニコニコとフレンドリーに話しかけてくる国王に、桃香は笑顔を保つだけで精一杯だ。

(私はヴィルさまと一緒にいたいと言っただけで、プロポーズをされた覚えも受けた覚えもありません!)

この雰囲気の中、まさかそんなことを言うわけにもいかない。

「……はい」

結局桃香は頷いた。気絶しなかっただけでも、奇跡だったと思う。

この日、桃香が飲んだお味噌汁ならぬスープは……味がしなかった。

第六章　異世界からの帰還とその後

「スクリーン表示！　映写！」

桃香の言葉と同時に、なにもない空間に屋外シアターのようなスクリーンが現れて、魔王城内の地図が表示される。点滅する黒い点は魔王軍の魔族を表していて、どの箇所にどれだけの軍勢がいるのか一目瞭然だ。

「敵の配置はご覧の通りです。この後、まずはヴィルフレッド第三王子殿下率いる正騎士軍で正面から攻撃をかけます」

桃香がレーザーポインターで指した場所に金色に光る点が現れる。ヴィルフレッドの金の目をイメージしていることは言うまでもないだろう。

画面下部中央に位置する魔王城の正門めがけ金色の点は移動した。

そこに、城内の黒い点が集結してくる。

「ここで、手薄になった西門からグリード騎士団長を中心とする少数精鋭の遊撃隊が、城内に侵入します」

レーザーポインターは画面左側に移動し、そこに赤い点が現れた。メヌは赤い目だ。捻りがないと言うなかれ。こういったものは、わかりやすさが一番なのだ。

城内になだれこんだ赤い点は、中央付近にまで近づいていく。

「私の鑑定の結果、魔王城を覆う防御魔法の結界石は、この位置にあるとわかっています。遊撃隊は結界石を破壊すると同時に撤退。全員撤退したタイミングで、魔法部隊による全体攻撃をします。屋外の敵を殲滅した時点で、正規軍と遊撃隊に合流した社長――――コホン、勇者さまは城内へ突撃してください。まずは、魔王軍近衛《このえ》師団長を撃破してもらいます」

桃香の説明に沿う形で赤い点、金色の点が移動して、最後にきらめく七色の光と重なって画面上部の城内に入りこみ輝いた。

日本人の藤原は黒髪黒目だが、勇者を表す表示は虹色にした。黒い点は縁起が悪いからだ。その点、虹は日本でも異世界でも幸運のサインとされていた。

――――ここは、魔王城を眼下に望む丘の上。

桃香は、分析魔法を駆使して、もっとも安全かつ確実だと思われる魔王城攻略作戦を予測し、藤原率いる勇者軍に説明しているところだ。

「……フム。相変わらず見事なものだな」

勇者の衣装に身を包んだ藤原が、満足そうに褒めてくれた。

「それほど大したものではありません。初級の支援魔法の応用ですから。社長の大規模攻撃魔法に比べれば、屁みたいなものです」

「…………へ?」

桃香の近くにいたヴィルフレッドが、怪訝《けげん》そうな声を上げる。どうやら翻訳魔法がうまく働かなかったようだ。

（ううん。うまく働いたのかもしれないわよね。屁とか翻訳されたら嫌だもの！）

プロポーズの一件以来、桃香は自分の翻訳魔法機器のバージョンアップに努めていた。その成果があったと見るべきだろう。

桃香は、コホンと空咳をした。

「つまり、簡単だっていうことです」

『あ〜！　もうっ、桃香ったら、謙遜がすぎるよね！』

桃香が簡単だと言ったとたん、大きな声がスクリーンから響く。

同時に、画面中央に美少年の顔がドアップで映った。

「カールさま――――」

カールは、ここから離れた地点で魔法部隊を率いて待機中だ。桃香の魔法で展開しているスクリーンに割りこんでくる魔力はさすがとしかいいようがない。

「ここまで詳細な作戦を立て、全員に情報共有できるんだから、桃香の魔法は十分大したことだよ！しかも、今後の戦の進捗状況によっては、臨機応変に作戦変更し全員に伝達できるんだろう？　もう、これをスゴいと言わずになにをスゴいって言うんだよ！」

そんなに褒められると照れてしまう。

「カールさまだって、できることでしょう？」

「できても思いつけないよ！　桃香は慎ましすぎる。まあ、そこが魅力的なんだけど……やっぱり、ヴィルフレッドなんてフッて僕とつき合わない？」

「カール！」

ヴィルフレッドが、即座に桃香を抱きしめてきた。画面から遠ざけるように背中に隠す。

「冗談も休み休み言え！」

「冗談なんかじゃないんだけどな」

「なお悪い！　桃香は私の恋人なんだぞ！」

「恋人なだけだろう？　プロポーズは断られたくせに、図々しい」

「うっ――――」

ヴィルフレッドが言葉に詰まった。

桃香は、彼の背中から視線を外す。


そう。翻訳魔法の行き違いで、うっかりプロポーズにOKしてしまった桃香だが、彼女はその後、きちんと理由を説明して、プロポーズそのものはなかったことにしてもらっていた。

国王はじめとしたロイヤルファミリーに紹介されたあとのとり消しなので、非常に申し訳なかったのだが、そこは藤原にも中に入ってもらい、なんとか納得してもらったのだ。

「――――そもそも、この世界での斎藤の保護者は、私だぞ。その私に断りもなく結婚など許可できるはずもないだろう」

事情を聞いた藤原は、まずそう言って不快感をあらわにした。

「そちらの世界では、成人を過ぎれば親の同意なく結婚できると聞いていますが？」

対するヴィルフレッドは、正論をぶつけてくる。

そういえば、そんな話を彼にしたことがあった。優秀な第三王子は、雑談に近かったそれをきちんと覚えていたらしい。

藤原は、フンと鼻で笑った。

「こちらの世界では、保護者の同意がなければいくつになっても結婚できないと聞いていますよ。郷に入っては郷に従え。今この場にいるのですから、適応されるのはこちらの世界の決まり事になるはずです。……なにより、私は斎藤の両親に、彼女を無事に帰すと約束しています。その際、いくら体が無事でも、大事な娘にどこの馬の骨ともわからぬ夫がついてきたら、間違いなく怒られてしまう」

いったいいつの間にそんな約束を両親としていたのだろう？

「私は、どこの馬の骨などではない！」

ヴィルフレッドがいきり立った。

「馬の骨ですよ。地球では、異世界の王子なんていう身分はなんの役にも立ちませんからね。まだ馬の方が役に立つ」

藤原は、辛口であしらう。

丁々発止と交わされる藤原とヴィルフレッドの会話は、当たり前のことながら藤原に軍配が上がった。藤原の方がヴィルフレッドより年上だし、他者とのこういった言い合いの経験も豊富だったのだ。

それよりなにより、魔王を討伐できる唯一の人物である勇者の意見が、この世界で通らないはずもない。

結果、結婚はなくなった。

しかし、ヴィルフレッドが愛の告白をして、桃香がそれを受け入れたという事実はなくならなかったため、ふたりは恋人同士というのが、今現在の共通認識だ。

「愛し合っていた恋人たちが別れることは、よくあることだしね。要は、僕の方がヴィルより魅力的だってことを桃香にわかってもらえばいいことさ」

カールがヴィルフレッドを挑発する。

ヴィルフレッドの右側にいたメヌが、なぜか大きく頷いていた。

「私たちは、別れたりしない！」

ヴィルフレッドが怒鳴る！

同時に、藤原も怒鳴った。

「きさまら！　いい加減にしろ」

ピリリ！　と周囲に緊張が走る。

「魔王城を目前にいい度胸だな。緊張していないのは褒めてやるが、集中力を欠いては、勝てる戦いも勝てなくなるぞ。まずは、魔王を倒してからだ。恋愛事のドタバタは、そのあとでやれ」

至極もっともな言葉だが、魔王を倒すことを確定事項のように話すのはいかがなものだろう？

自信家の藤原らしい発言と言えば言えるのかもしれない。

苦笑した桃香は、スクリーンからカールの顔を消して、魔王城の詳細地図を映した。

城の最深部に、ブラックホールさながらの漆黒の渦巻きが表示されている。

「魔王軍近衛師団長撃破後は、残党を殲滅しながらこの場所を目指してください。おそらくそこに魔王がいるはずです。……残念ながら、魔王のデータは十分とは言えません。全属性の攻撃魔法を発する魔剣ディサスターを使うということですが、抜いたら最後、勇者以外を殲滅するという剣ですのでデータがありませんでした。過去の勇者の戦闘記録も見たのですが……『バーン！　と攻撃されたからビシッと遮ってやったぜ！』とか『ゴォォォ～ときたからカッキ～ンと打ち返した。間違いなくホームランだったな』とか、ちょっと訳のわからない描写が多くって――」

過去の勇者は、中高生。彼らに詳細かつ客観的なレポートを求めるのは、間違っているのかもしれない。

「ですので、魔王のデータは、実際の戦闘を見ながら私がその場で解析することにします」

桃香の言葉に、ヴィルフレッドがクルリと振り返った。

「なっ？　まさか、モモも魔王城に行くつもりなのか！」

桃香は、しっかり頷く。

「社長――勇者さまの許可は得ています」

藤原は、顔を顰めながらも頷いた。不承不承であったことは、聞くまでもないだろう。

「そんなっ！　危険だ！」

当然ヴィルフレッドは、納得しなかった。

これだから、彼にだけは事前に説明しなかったのだ。

「大丈夫です。その場とは言いましたが、私は城内に入るだけで、実際の決戦の場には近づきませんから。――――実は、最初に破壊する防御魔法の結界石とは別に、魔王城の外壁そのものが外部からの鑑定魔法を遮る結界になっているんです。城内からでないと、鑑定はもちろん分析魔法もうまく働きません」

だから、最初に近衛師団長の撃破を計画したのだ。城内を守る魔族を束ねる近衛師団長さえ排除できれば、あとは比較的安全に動くことができる。

「それでも――――」

「私の安全は、ヴィルさまが守ってくださるんでしょう？」

なおも反対しようとしたヴィルフレッドに、桃香はお願いした。

「……あ。それはもちろんだが」

「だったら安心です。よろしくお願いしますね！」

笑って頭を下げれば、ヴィルフレッドは空を見上げた。

「……ズルい。そんな風に頼られたら私が断れないのを知っているくせに」

「ズルいなんて心外です。せめて『悪知恵が働く』くらいの評価にしてください」

「同じことだろう？」

「知恵とついているだけで、褒められているような気がします」

「それは気のせいだから！」

ポンポンと言い合っていれば、間に藤原が入ってくる。

「仲がいいのはわかったから、それくらいにしておけ。――魔王は、今までの敵とは比較にならないほど手強い相手だ。歴代の勇者も苦戦したと記録にある。最終的には討伐したようだが、膨大な犠牲者が出たこともあると」

それは、紛れもない事実だ。ひとつの国が丸々滅んだこともあり、だからこそこの世界は、勇者召喚などという、自分の命を違う世界の人間に預けるに等しい無茶をしているのだ。

（勇者がすべて善人だとは限らない。代々の勇者の中には、記録に残せないような悪人だっていたかもしれないわ）

安易に勇者召喚に頼る異世界の国王を悪者扱いするラノベも数多いが、勇者召喚のリスクはかなり高い。誰だって、自分の世界だけで問題解決できるなら、そっちがいいに決まっている。

つまり魔王は、ハイリスクハイリターンな勇者召喚を行うくらい手強い敵なのだ。使える手段はすべて使って、早期に討伐する方がずっといい。

（今までは順調に勝ち続けてきたけれど、いつ魔王軍が強硬に打って出てくるかわからないもの。ここはこの勢いに乗ったまま勝ち切るべきなのよ。もしも、危険だからって及び腰になったあげく、社長や……ヴィルさまが怪我でもしたら――――）

怪我ならまだしも、最悪な事態だって考えられる。

だって、ここは戦場なのだ。

桃香は、体をブルリと震わせた。

「私とて、斎藤を戦いの最前線に置くのは、甚だ不本意だ。それでも、こいつの立てた作戦が一番いい方法だということはわかる。ならば、その作戦を決行し同時に斎藤を守り切るしかないだろう」

藤原の言葉に、ヴィルフレッドは黙りこんだ。

やがて、真っ直ぐに桃香を見つめてくる。

「わかった。君は私が守る。……この命に代えても」

「それはやめてください！」

冗談じゃない！

それでは本末転倒だ。桃香がなんのために危険な魔王城の中に入ろうとしているのか、ヴィルフレッドは全然わかっていない！

「私たちは、魔王を倒してみんなで無事に帰るんですから！」

桃香は、そう叫ぶ。

このときの彼女は、本当にそうできると心から信じていた。

その後、魔王討伐作戦は予定通り決行された。

多少のずれはあったものの、桃香がスクリーンで表示したように戦いは進み、魔王軍の近衛師団長が捕縛されたことが確認されてから魔王城に入る。

「モモ！」

彼女を迎えたのはヴィルフレッドだった。髪を乱し息を弾ませている美貌の聖騎士は、土や埃《ほこり》、それにおそらく返り血などで汚れているが、桃香の目には変わらずカッコよく見える。

「ヴィルさま、どうしてここに？」

「君を守れと勇者さまに命じられた」

ヴィルフレッドは、聖騎士団をまとめる立場だ。その彼が、いよいよ魔王の喉元に迫るというそのときに、桃香ひとりの護衛をしていてもいいのだろうか？

「モモは、今や我が軍の要だからな。君の分析魔法がうまく行くかどうかで、戦況は大きく変わる。私が守るのも当然さ」

……本当にそうだろうか？

疑問に思うのだが、今さらなにを言ってもヴィルフレッドはここを動きそうになかった。

（絶対無理よね。……それに、ヴィルさまが見えるところにいてくれる方が私も安心だもの）

桃香は、ヴィルフレッドの存在を受け入れて、魔法を展開する。

まず使ったのは索敵魔法だ。

魔王城内の隅々まで魔力を伸ばし、敵と味方の位置を把握する。

同時にその結果を、自分のいる部屋の三方の壁をスクリーンにして映しだした。

右の壁には城内全体を表示し、作戦前と同様に敵味方を色違いの点にして表す。

左の壁は十六分割。それぞれに現在戦闘の行われている各所をライブ映像で映しだす。

最後に、正面の壁に、魔王の大広間を映した。

桃香の索敵魔法の情報では、そこはかなり広い部屋のはずなのだが、画面奥に座す魔王のせいで、遠近感が狂って見える。

(体育館より広いはずなのに……あの魔王の大きさは、ありえないでしょう！　身長が十メートルくらいあるんじゃない？)

自分の目がおかしいのかとも思ったのだが、折しもそこに藤原たちが入ってきて、魔王の大きさの認識が間違っていなかったことを教えてくれる。

魔王は――椅子に座したままでも七、八メートルの高さがあった。

さすがの藤原も、見上げるほどの魔王の巨体に驚いている。

反対に桃香は冷静になった。ここで慌てても仕方ない。

「社長、全員位置に着きました！」

桃香は、藤原が改良したヘッドセットに向かって話す。

ちなみに同じヘッドセットを、藤原はもちろん勇者軍のほとんどが装備している。おかげで、なんとなく異世界ファンタジーものの中にSFが混じったような混沌《こんとん》とした映像が、三方の壁に映しだされているが……まあ、これはこれで趣があるかもしれない。

正面の映像の中、魔王が立ち上がった。

やはり、息を呑むような巨大さだ。

「よくきた。勇者よ――――」

しかし、話しだした魔王めがけ、藤原は自分の手から炎の球を生み出し、それを叩きつけた！

「いきなりか？　無作法だな」

不満気に顔を顰めた魔王は、片手でその炎を受け止める。ブスブスとくすぶる炎の球は、魔王の手の中で呆気なく握りつぶされた。

「どうやら今代の勇者は、他人の話を聞く余裕もないらしい」

嘲笑《あざわら》う魔王に対し、藤原は顔色ひとつ変えない。

「せっかちですまないな、魔王。しかし、私はあなたを倒すためにきたのだ。余計な馴れ合いは不要だろう」

藤原の言葉に、魔王はフムと頷いた。

「……たしかに一理あるな。ではこちらからも遠慮なく行かせてもらおう」

魔王は、大胆不敵に笑う。同時に片手を上げ、その手の中に、いずこからか漆黒の剣を呼んだ。

おそらくこの剣こそが、魔剣ディサスターなのだろう。

ディサスターは、魔王の手の中で血のように禍々《まがまが》しい赤色の光を帯びた。

直後に振り上げられ燃え上がる。

次の瞬間、ディサスターが一閃《いっせん》し、同時に周囲を焼き尽くす勢いの爆炎が起こった。

「うっ！」

思わず息を呑んでしまう。

しかし、目だけは閉じなかった。

桃香の今の役目は、勇者VS魔王の戦いから魔王のデータをとることだからだ。

必死に見開く目の中に、魔法の杖を高々と掲げ、防御魔法を展開するカールが映った。

「うげぇ～、この僕が全力を出さないと防げない攻撃とか！　……なんてとんでもない魔法だよ」

それでも魔王の攻撃を防ぎ切ったのだから、カールの魔法も規格外だ。

すかさず藤原は魔王に近づき、聖剣で切りつけた。

ところが、魔王は軽く身を翻し、ディサスターで勇者の聖剣を受け流す。

それを藤原は読んでいたのだろう、がら空きになった魔王の腹部めがけ、今度は攻撃魔法を撃ちこんだ。

ドドドガァ～ン！　と派手な爆発が起こったが、魔王はびくともしない。

「蚊が止まったか？」

ククと馬鹿にしたように笑った。

藤原は、目つきを険しくする。

「くそっ、無傷なのか？」

桃香は、藤原の魔法が当たった魔王の腹部の映像を拡大した。

「――――いえ、魔王の着ていた長いローブが裂けて、ほんの少し覗いた白い肌が微かに赤くなっています。まったくの無傷ではありません」

見たままを報告する。

「私の全力の攻撃魔法が、かすり傷だったというわけだ」

藤原は悔しそうに呟いた。

「はい。かすり傷です。しかし傷は傷。無傷と違ってこれは大きな成果です」

桃香は、堂々と宣言した。

かすり傷だからなんだというのだ。勇者の攻撃は、魔王を確実に傷つけられる。今はそれをたしかめられただけでも、十分だ。

「そうか。……雨だれ石を穿《うが》つだな。それとも塵《ちり》も積もれば山となるか」

藤原が苦笑する。しかし、その笑みに卑屈なものはなかった。

事実、過去の勇者たちはその戦法で魔王を破ってきた。――――彼らは、魔王城に到達する前に世界各地で多大な犠牲を払いながら魔王と戦って、少しずつ傷を与え魔王城でとどめを刺したのだ。

ルーグ王国の王城の書庫には、その当時の資料が残っている。

しかし、今回桃香たちはいまだかつてない最短最速で魔王城に辿り着いた。魔王が出陣する前にすべての戦いで勝利した分犠牲は少なかったが、魔王は無傷だ。

(どちらの戦法がよかったかの結論は、この一戦にかかっているわ。ここで私たちが勝利すれば、犠牲者の数でも経費の面でも、私たちの方法が優れていると証明できる)

だから、絶対負けられなかった。

「社長。申し訳ありませんが、今はガンガン攻撃されて、必死に耐えてください。それがそのまま私のデータとなりますから。随時解析し、突破口が見えしだい報告しますし、解析さえ終われば私も支援魔法を使えますし、そうすれば一気に畳みかけられるはずです！」

「フッ、社長をデータ収集のための餌にするとか、とんでもない社員だな」

「社長のご指導ご鞭撻《べんたつ》のたまもので！」

「そういうことにしておいてやろう！」

桃香と藤原が会話している間にも、魔王の攻撃は続いていた。

炎の次は氷。その次は雷と、次から次へと最大級の攻撃魔法が魔剣ディサスターから繰り出されてくる。しかも厄介なことに、ディサスターは物理的な攻撃をする剣としても、たいへん切れ味よく破壊力も抜群だった。

「くそっ！　こんなに立て続けじゃ、さすがの僕も魔力切れを起こしちゃうよ」

魔力切れ寸前でふらつくカールに向かってきたディサスターを、メヌが必死に防ぐ。

そこを狙って藤原は、魔王に迫った。

しかし確実にヒットしたはずの聖剣は、またしても魔王に浅い傷しか負わせられない。

「まったく嫌になるな。これだけ攻撃しても、まだかすり傷が浅い切り傷になったくらいでしかないとは」

うんざりしたように藤原が肩を竦めた。

桃香は――――目を見張り、耳をすます。

魔王の一挙手一投足を、どんな細かな動きでも逃さないように、情報として蓄えるのだ。

――それから、いったいどれくらいの時間が経ったのだろう。

それほど長くはなかったと思う。

後にカールは、一方的にやられるだけの戦いで、一時間も二時間も自分たちが持ちこたえられたはずがないと言った。

ただ、体感的にはそれよりもっと長く感じられる時間だった。

その果てに……ついに、桃香の分析魔法が完成する。

「攻撃パターンの分析が終わりました。――――ディサスターが赤く光るときは、炎系の魔法を発動。構えてから発射されるまでにかかる時間は十八秒から二十秒です。ディサスターが青黒く光る際は闇系の魔法。発動時間は五・五秒と短いものの発動後三分間は他の魔法攻撃を使えなくなります。ディサスターが光らないときは物理攻撃がきます。上段からの切り伏せの確率七十六パーセント。突きの確率二十三パーセント。下からの切り上げはほぼありません」

桃香は、淡々と報告する。

藤原と、他の人々にも情報を伝えながら、今この瞬間の魔王の様子も見ていた。

「――――次は、氷系の魔法が八十八パーセントの確率できます！　範囲は向かって右方向。全員左側に避けてください！」

分析のみならず、攻撃予測もする。

桃香の言葉通りに、氷結魔法が放たれた。

藤原も他の者も余裕を持って攻撃を避け、魔王に反撃する。

「スゴイよ、モモ。また読みが当たった」

「この魔王は、戦いの経験があまりありません。その分攻撃が単調なんです」

ヴィルフレッドに褒められれば、桃香は嬉しい。

自然、支援魔法にも力が入った。藤原やカール、メヌたちに強化魔法のバフをかけまくり、一方魔王には弱体化のデバフをかける。

「ぐうぉぉぉ～！　なぜだ？　先ほどまでは、勇者の攻撃など痛くもなんともなかったのに」

魔王は苦悶の声を上げた。

◇

ここにきて、さすがに魔王もこの状況をおかしいと思いはじめた。

己の攻撃がことごとく防がれ、相手の攻撃で確実にダメージが増えていく。

訝しむのも当然のことだろう。

魔王は、索敵魔法が使えた。世界に膨満した魔素から生み出された魔王は、ありとあらゆる魔法を使うことができるのだ。

勇者からの攻撃を防御一辺倒でしのぎながら、魔王は相手が急に強くなった原因を探そうとする。

――――すると、一定の方向から嫌な魔力が飛んでくるのに気がついた。

強い攻撃魔法ではないものの、魔王の手足に絡まり動きを邪魔するような苛立たしい魔法だ。

「こいつのせいか！」

魔王は、唸る。

こんなとるに足りない弱い魔法のせいで、自分はここまで追いこまれているのだ！

「虫けらめ！　潰してやる！」

魔王は大音声で怒鳴った。

勇者や周囲の人間たちが、ハッとする。

「失せろ！」

自分を苛む魔法の発信源に向かって、魔王はディサスターを振るった。

◇

「潰してやる！」

魔王のその声を聞いた瞬間、桃香の背中に怖気《おぞけ》が走った。

自分が見つかってはならぬ相手に見つかってしまったのだと、すぐにわかる。

それほどの殺気が浴びせられたのだ。

焦って防御魔法を展開するが、一方でこれでは防ぎ切れないだろうなとわかっていた。

（だって、これはきっと魔王の気配だもの）

ここまで暴力的な殺気など、魔王以外にありえない。

「失せろ！」

その声を聞いたときには、これまでかと観念した。

それでも、視界に映るスクリーンの中で、魔王に切りかかる藤原の姿をとらえ……ホッと安心する。

(きっとこれで勝てるわ……さすが、社長よね)

魔王の意識が桃香に向いた、その一瞬の隙を藤原は逃さなかったのだ。

しかし、その勝利の瞬間に桃香は居合わせられないようだった。

すべてを諦めて、桃香は立ち尽くす。避けることができるなんて、思えなかった。

しかし、これで最期かと思ったその瞬間に、桃香の体は横に突き飛ばされる。

「モモ！」

耳に残ったのは、ヴィルフレッドの大声。

ドンと突き飛ばされ、派手に床に転がったが、痛さは感じなかった。

そんなものを感じている余裕はなかったのだ。

慌てて顔を上げ視線を向ければ、たった今まで自分がいた場所で、ヴィルフレッドが聖騎士の盾を掲げているのが見えた。

「ヴィルさま！」

その盾で、魔王の攻撃が防げるはずがない！

悲しいかな、桃香の予想通り、盾はほんの一瞬だけ魔王の攻撃を受け止めたあと、すぐにヴィルフレッドごと弾き飛ばされた。

桃香を庇ってくれた愛しい人の体が、宙を舞う。

「いやぁぁぁ！」

そのまま壁に叩きつけられたヴィルフレッドの元に、桃香は駆け寄った。

金の髪も美しい顔も、すべてが血塗《ちまみ》れになっていて、金の目は――――開かない。

「ヴィルさま！　ヴィルさま！　ヴィルさま！　ヴィルさま！」

喉も裂けよと、名前を呼び続ける。

溢れる涙でなにも見えなくなっても、徐々に冷たくなる彼の体に縋りついて、叫び続けた。


――――後日、桃香はこのときのことをよく思い出せなかった。

魔王の攻撃から桃香を庇ってヴィルフレッドが倒れた隙に、決定的な一撃を浴びせた勇者は見事魔王を討ちとったのだそうだが、それもわからなかった。

ただただヴィルフレッドに縋りつき泣き叫ぶ桃香の扱いに、周囲はたいへん苦労したらしい。

(――――らしいとしか言えないところが、ものすごく申し訳ないのだけれど)

聞く耳を持たず、なにをどう言ってもヴィルフレッドから離れない桃香に、もう気絶させるしか手がないかという話になったそうなのだが、それを止めたのはカールだった。

魔法に秀で、桃香の支援魔法に興味津々だった彼は、彼女が無意識のうちに、死の淵に立つヴィルフレッドに対し強化魔法をかけ続けていることに気づいたのだ。

(私は、全然覚えていないいんだけど)

――強化魔法は、治癒魔法と違い怪我や病を治すことはできない。

治癒ができるのは、教会に所属する神聖魔法の使い手だけだ。

しかし、今回の魔王城攻略軍に派遣されていた神父や修道女たちは、揃って自分たちの力では、これほどに傷ついたヴィルフレッドを助けることはできないと首を横に振った。彼を救える手立ては、教会内に設置された回復魔法の機器に今すぐ入れることだけだろうとも。

そして今まさに死にかけているヴィルフレッドには、たとえ勇者の転移魔法を駆使したとしても間に合わないと、彼らは言った。

そんな絶望的な状況の中、しかしヴィルフレッドは生き続けた。

なぜか、呼吸も脈拍もしっかりしていた。しかも、いつまで経っても止まりそうにない。

不思議に思ったカールが調べた結果、桃香の支援魔法が判明したのだ。

魔王の攻撃を受け半分以上の機能がダメになってしまった心臓や肺を、桃香の魔法は残った部分を強化し倍以上の働きをさせることでカバーしていた。体の他の部分もみな同様で、傷を治すことのできない支援魔法は、無事な部分を強化し損なった器官を補強することで、ヴィルフレッドの生命を維持していたのだ。

この事実が判明したため、桃香とヴィルフレッドはふたりでワンセット。彼女がヴィルフレッドに縋りついた状態のまま藤原の転移魔法を使い王城に運ばれ、そこから教会に移された。

そして、そこでようやく桃香を気絶させ、ヴィルフレッドを回復魔法の機器に放りこんだのだった。

（つまり、その間ずっと私はわんわん泣き喚《わめ》きながらヴィルさまに縋りついていて、その様子を大勢に見られたっていうわけよね。しかも、気絶から目覚めたあとも醜態を晒《さら》しちゃったし）

丸々一日気絶していた桃香は、目覚めたとたん半狂乱になってヴィルフレッドを探した。

「ヴィルさま！　ヴィルさまは、どこ？」

寝かされていたベッドから飛び起き、足をもつれさせ何度も転びながらも立ち上がり、ヴィルフレッドを探そうとする。

「大丈夫だよ。ヴィルフレッドは無事だから」

駆けつけたカールに教えられたときには、力が抜けヘナヘナとその場に崩れ落ちた。安堵で涙が止まらず、あげく再び気絶してしまったのだから――――穴があったら入りたい！

桃香は、切にそう願う。

（ヴィルさまが助かったのは本当に嬉しかったんだけど……でも泣き喚く必要はなかったわよね。……もう、私ったら、もっとメンタルを鍛えなくっちゃ！）

心密かに決意する。

なんとか一命をとり留めたヴィルフレッドは、まだ回復魔法の機器から出ることはできないが、後遺症もなく順調に回復しているという。

（……本当によかった）

回復魔法の機器は、縦三メートル、直径一メートルほどの細長いカプセルだ。この中で体に重大な損傷を負った患者は、ゆっくり治癒され損傷箇所を再生される。

どんな傷や病でも治すことのできる非常に素晴らしい機器なのだが、欠点は回復に時間がかかることだった。

早くて数カ月。長ければ治癒には何年もかかってしまうという。

いくら自分の悪いところを治してくれる機器とはいえ、寝返りが打てるかどうかくらいのカプセルに、そんなに長い間閉じこめられては精神が病んでしまう。このため回復魔法の機器に入った者は、数日に一度、不定期にほんの僅かな時間目覚めるだけで、あとはほとんど意識をなくして眠っているのだった。

おかげで、桃香はあれから起きているヴィルフレッドに会えていない。

彼は二度ほど目覚めたのだそうだが、知らせを受けて桃香が駆けつけたときには、もう既に眠ったあとだった。

「斎藤さまのことを心配しておられましたよ。ご無事をお伝えしましたら『よかった』と微笑まれました」

そんなことを聞かされては、ますます会いたくなってしまうが、彼が目覚める時期は本当に不定期で、ずっと教会に詰めているわけにもいかない。

それでも毎日毎日時間の許す限り、ヴィルフレッドの元を桃香は訪れていた。

今日も、こうして足を運んでいる。

(もっとも、これが最後になっちゃいそうだけど)

――――今日、この後桃香は、日本に帰る。

勇者が無事に魔王を討伐したため、その間の現地秘書だった桃香の仕事が終わったからだ。

魔王が死に、ヴィルフレッドが瀕死の重傷を負った日から、もう一カ月。あれやこれやと残務整理をしていた桃香だが、とうとうなにもすることがなくなってしまった。

それでも藤原は、かなり融通をきかせてくれて桃香の異世界滞在を延ばしてくれたのだが、それも限界。「帰るぞ」と言われれば頷くしかないのが、しがない平会社員の定めである。

「勇者の会社なんて辞めて、うちの国の王城に就職すればいいよ。なんなら、僕のところに永久就職する？」

そう言ってくれたのは、カールだ。他にもメヌやロバートなど多くの人が、桃香にこの世界での居場所をくれようとした。

心が揺れなかったと言えば、嘘だ。

永久就職は問題外だが、彼らの申し出を受ければ、桃香はこちらの世界でヴィルフレッドの目覚めを待っていられる。

（……でも、それで後悔しないのかって言われちゃうと、違うのよね）

桃香は、ヴィルフレッドを愛している。

彼に守られ、彼を喪《うしな》いそうになって、その自覚を強くした。

将来結婚し家庭を築くなら、彼がいい。

彼となら、笑ったり泣いたり怒ったりして、ずっと一緒に生きていけると思う。

――――たとえ、それがどんな世界であっても。

ただ、だからといって、今この瞬間に、今まで生きてきた日本での生活とすっぱり縁を切れるのかと問われれば、そうではなかった。

（日本には、家族がいるもの。友だちも会社の仲間たちも……社長だって）

今の桃香の性格やその他諸々を容作《かたち》ってきたのは、日本での生活だ。日本で生きて暮らして、その延長線上に、今の桃香がいる。

家族や友人たちになんの説明や相談もなく、日本からいなくなることはできなかった。

だから桃香は、いったん日本に帰る。

家族やみんなに本当のことを伝えて、納得してもらってから、こちらに移住してこようと思っていた。

（説得できるかどうかはわからないけれど……なにもせずにいなくなるより、ずっといいわよね？）

問題は、こちらの世界への移転魔法を使えるのが藤原だけだということ。

このため、なにがなんでも藤原にだけは納得してもらわなければならないのだが。

（社長ならわかってくれるはず。……でも、社長はパパとも仲がいいから、パパが反対している限り移転魔法を使ってくれないかもしれないわ）

少なくともケンカ別れを是としてくれる可能性は低い。

（帰ってこられなかったらどうしよう）

そう思うだけで心が潰れそうなくらい切ない。

桃香は、ブンブンと首を横に振った。

（わかってもらえないなら、わかってもらえるまで頼みこむだけよ。土下座でもなんでもするわ！）

なにがなんでも帰ってくるのだ。そう心に誓いながら、桃香はヴィルフレッドの元を去る。

「……ヴィルさま」

回復魔法の機器に入ったヴィルフレッドは、今日も目を閉じたままだ。

最後に、あの金の目で見つめてほしかったのだが……いや、無事に生きてくれているだけで満足しなければならないだろう。

「ヴィルさま、私日本に帰ります。次はいつ会えるかわかりませんけれど……必ずこの世界に帰ってきます！　だからヴィルさまは、しっかり体を治して元気になってくださいね」

意識のない彼に語りかけ、桃香は踵を返す。

ドアを出る寸前、最後に振り返ったときに、ヴィルフレッドの金のまつげが微かに震えたような気がしたのだが……しばらく待ってみても、その目は開かなかった。

「さようなら。ヴィルさま」

桃香は出ていき――――その後、日本に帰った。


そして、それから一カ月。

「うわぁ～ん！　ヴィルさまに会いたいよぉ～！」

桃香は、株式会社オーバーワールド秘書課第一係の自分のデスクに突っ伏して叫ぶ。

「斎藤さん、手が止まっているわよ。そのデータの入力は、急ぎではなかったの？」

そんな桃香に注意してくるのは、秘書課第一係長の遠藤だ。才色兼備な完璧係長は、部下の仕事をすべて把握していて、進行状況に目を光らせている。

「入力は、たった今終わりました。電子決裁を上げましたから、確認お願いします。……そんなことより、私は、ヴィルさま不足で死んじゃいそうなんです！」

泣き言を漏らす桃香に、遠藤は呆れたような視線を向けた。チラリと受信したデータに目を通しため息をつく。

「……やればできるくせに、どうしてあなたにはそんなにやる気がないのかしら」

「そんなの、ヴィルさまに会えないからに決まっているじゃないですか」

「嘘おっしゃい。あなたは異世界に赴任する前から、自分の実力を最低限しか発揮しない怠け者だったわよ！」

言い切られてしまい、桃香は沈黙した。

遠藤は鋭い。

(だから、第一係には配属されたくなかったのに。異世界赴任が終わっても係を戻してもらえないなんて思わなかったわ。……ああ、早く異世界に戻りたい！)

桃香は、心の中で叫んだ。

――――ヴィルフレッドに別れを告げたあの日。異世界から日本に帰ってきた桃香は、無事を喜ぶ家族に本当のことを話し、ヴィルフレッドとのことも正直に報告した。

彼を愛しているから、異世界で生きていきたいのだと。

家族は――――当然といえば当然のことながら、荒唐無稽な桃香の話を信じなかった。

「姉ちゃん、その歳で中二病かよ？」

「……すまないな、桃香。パパはそういったジョークにはちょっとついていけないんだ」

「ママも異世界とかいうアイドルグループは、聞いたことがないわ」

そこから必死に説明して、わかってもらおうと頑張って、最終的に藤原にも協力してもらって、半信半疑ながらようやく納得してもらえたのは三日後だ。

「ま、まあ、他ならぬ藤原社長がおっしゃるのなら、その異世界？　とかいうものがあるのは、本当なんだろうな」

「そうね。そこで桃香が王子さまに見そめられたって話は信じがたいけど、藤原さんが勇者として大活躍したってところは、いかにもありそうな話だわ」

「藤原社長、カッコイイ～！　男なら、あんな大人になりたいよな」

父母弟の順の言である。

わかっていたことだが、藤原と桃香への信頼度は天と地の差だ。

なんとか藤原のおかげで信じてもらえた桃香だったが、異世界を信じることと桃香の異世界行きを認めることは、家族にとっては別問題のようだった。

「相手は王子さまなんだろう？　ぜってぇ、姉ちゃん騙《だま》されてるって！」

「身分違いの恋は、ドラマや映画で見る分にはいいけれど、娘にはしてほしくないわ」

「パパは、誰であろうと顔も見たことのない男に、可愛い娘はやれないぞ！」

弟母父の順の言葉は、桃香とヴィルフレッドの恋愛を反対していることについて一致している。

この件に関しては、どんなに言葉を重ねても説得できなかった。

一番のネックは、父の言う通りヴィルフレッドが家族と直接会えないことだろう。

(もうこうなったら、社長に頼んで家族全員異世界に連れていってもらうしかないかしら?)

しかし残念なことに、異世界から帰ってきた桃香は、藤原に会うことすらままならなかった。

なにせ藤原は多忙だ。今日はアメリカ、明日は中国、明後日はヨーロッパと、世界各地を飛び回ることが日常で、今ではそこに異世界が加わっている。

家族を説得するために、なんとか一時間だけ自宅にきてもらえたのだが、そのときも私的な会話を交わす時間はなかった。

(そういえば異世界赴任に行く前の私は、ろくろく社長と話したことさえなかったわ)

一介の平社員が自社とはいえ、大企業の社長に会える機会は、実は案外少ない。一方的に見かけることはあっても、親しく会話をすることなど夢のまた夢だった。

藤原は桃香にとっては雲の上の存在なのに、異世界で普通に彼と会話していた桃香は、それが普通なのだと勘違いしてしまったのだ。

(そうよ。ここは異世界じゃない。地球の日本で、私はどこにでもいる平凡な社員なんだわ)

桃香は、自覚した。自覚せざるをえなかった。

藤原と連絡をとるどころか会えない日が続き、無為に時間は過ぎ去っていく。

ジリジリと焦る桃香が、それでも我慢できたのは、たとえ異世界に行けたとしても、ヴィルフレッドが回復しているとは限らないからだった。

（いつ魔法機器から出られるかは見当もつかないって言っていたもの。いくら忙しい社長だって、ヴィルさまが目覚めれば私に教えてくれるはずだわ。そしたら私を異世界に連れていってくださいってお願いしよう！）

桃香は辛抱強く待つ。

異世界から帰ってきたとき薄緑の若葉だった街路樹のケヤキが、濃い緑となり木陰を作り、爽やかな風を送る頃になって……ようやく桃香は藤原に呼ばれた。

（社長室に直接こいだなんて、ひょっとしたらヴィルさまが目を覚ましたのかもしれないわ）

そう思った桃香は、急ぎ足で社長室に向かう。

しかし、部屋に近づくにつれて、足取りが重くなった。

（ああ、でも期待して行って違ったら、うんとショックだわ。ガッカリしすぎて立ち直れなくなっちゃいそう）

期待が大きい反面もしも違ったらと思うと怖くなる。早く聞きたいという思いと、聞くのが怖いという思いに挟まれて、足が止まりそうになった。

立ち止まる寸前で、桃香は自分の頰をパンと叩く。

（ダメよ怖がっちゃ。それに、もしいい知らせでなかったとしても、これは私が社長に異世界に連れていってほしいってお願いするチャンスだわ）

桃香は、なんとしてもヴィルフレッドに会いたかった。……たとえ治療は終わっていなかったとしても、カプセル越しでも一目でいいから会いたい！

桃香は心に決めていた。一生懸命頼めば、きっと藤原は願いを叶えてくれると信じる。

ギュッと拳を握って、社長室の前に立った。

コンコンと、重厚なドアをノックする。

「入れ」

「失礼いたします」

ドアの向こうから聞こえた久しぶりの藤原の声に緊張しながら、ドアを開けた。

一歩入ってすぐに頭を下げる。

「お呼びと聞いて参りました」

「ああ、きたか。お前に会わせたい者がいるんだ。こっちへ」

（……会わせたい人？）

疑問に思いながら、桃香は顔を上げた。

――――そして、そのままフリーズする。

社長室の自分のデスクに座る藤原の隣には、ひとりの人物が立っていた。

そこにいたのは――――体にピッタリとフィットしたクラシックな黒のオーダーメイドスーツに身を包み、スラリと立つ長身の男性。靴も一目でわかる高級品で、ネクタイも有名ブランド品だ。おまけにネクタイピンには上品なカットの大きなダイヤモンドがついている。

そんな一流品ばかりで固めた衣装を凌駕《りょうが》するのは、彼の金の髪と金の目だった。

どんな黄金よりも、桃香の目には輝いて見える。

極めつきは、彼の顔。桃香の好みのすべてを集めたようなイケメンが、そこに立っていた。

「……あ、あ、ヴィルさま」

これは夢だろうか？

「モモ、久しぶり」

いたって自然に、まるで二、三日ぶりに会ったかのようにヴィルフレッドが声をかけてくる。

しかし、彼の金の目は……今にもこぼれそうな涙で潤んでいた。

スタスタと早足で、ヴィルフレッドは近づいてくる。足が長いから、あっという間だ。

「――会いたかった！」

情熱的に抱きしめられ、かすれた声で耳元に囁かれた。

「ヴィルさま！　……私も！　私もです！　……ご無事でよかった！」

キュウッと胸を締めつけられながら、桃香も彼を抱きしめ返す。

「モモ！」

心の底から会いたかった人に再会できて、桃香の目からも涙がこぼれた。

どうして日本にいるのですか？　とか、そのスーツはどうしたの？　とか――聞きたいことは山ほどあるのに、嗚咽に塞がれ声が出ない。

それは、ヴィルフレッドも同じようで、ふたりは、ただただお互いの存在を感じたいとばかりに抱きしめ合っていた。

そこに、コホンと咳払いが聞こえてくる。

「感動の再会はあとにして、私の用件を先に斎藤に伝えさせてくれないか？」

そうだった。

ここには藤原もいたのだった。

桃香は、慌ててヴィルフレッドから離れようとして……失敗する。

「ヴィ、ヴィルさま、ちょっと離れてください！」

ヴィルフレッドが、桃香の腰を抱いたまま離してくれなかったのだ。

「このままでも勇者さま――いや、社長の言葉は聞けるだろう？」

しれっと話すヴィルフレッド。

「そういうわけにはいきません！」

「どうして？」

ヴィルフレッドは、心底不思議そうだった。

藤原は、苦々しそうに眉間にしわを寄せる。

「それくらいにしておけ。お前もこちらの世界で、私の社員として働くのなら、日本人並みの恥じらいくらいは身につけろ」

信じられないことを口にした。

桃香はポカンと口を開ける。

「……社員って？」

「言った通りだ。今日から彼は、株式会社オーバーワールドの新入社員になる。異世界との取引をはじめるにあたって現地採用したんだ。うちの会社のやり方を覚えるために、当分本社で研修させる。……斎藤、お前が面倒を見てやるように」

王子が現地採用社員だなんて、そんなことがありえるのだろうか？

「……本当ですか？」

桃香は、ヴィルフレッドに聞いた。

「ああ。こうでもしないと、君とはなかなか会えそうになかったからね。……もちろん、仕事はきちんとするよ。二つの世界が交流を深めることが、私たちの幸せにもつながるはずだから。

――よろしく頼むよ。先輩」

パチンと片目を瞑《つむ》りながら、ヴィルフレッドはそう言った。

彼は、桃香との未来のために、世界を超えてきてくれたのだ。

桃香の胸が、またキュウッと締まる。

「ヴィルさま――」

「モモ、愛している」

ますます深く抱きしめられて、桃香は感極まった。

そのままヴィルフレッドの顔が近づいてきて、桃香は反射的に目を閉じる。

キスされそうになったときに――再び、コホンと咳払いが聞こえてきた。

「……いい加減にしろ。それ以上イチャつくと減給するぞ」

ジロリと藤原が睨んでくる。

それだけは、勘弁してほしい！

「わかりました！　とりあえず、社内を案内してきます！」

桃香は、焦って社長室から脱出を図る。

「そうしろ。配属は、お前と同じ秘書課第一係だ。――――ああ、あと斎藤社長に彼を下宿させてくれるように頼んで了解してもらってあるから、帰りは一緒に帰れよ」

斎藤社長とは、ひょっとしてひょっとしなくても、桃香の父のことだ。

いったいいつの間にそんな話を父としていたのか？

どうやらこれから桃香は、ヴィルフレッドとひとつ屋根の下、公私ともに一緒にいることになりそうだ。

「よろしく、モモ」

ヴィルフレッドが、笑って手を差しだしてくる。

夢でもなんでもない。本物のヴィルフレッドが日本にいるのだ。

「はい！　末永くよろしくお願いします！」

心の底から溢れてくる喜びを噛みしめながら、桃香は晴れやかに笑った。

あとがき

こんにちは。風見《かざみ》くのえです。このたびは「赴任先は異世界？　王子の恋人役は秘書のお仕事ではありません！」をお手に取っていただきありがとうございます。

社長が勇者に選ばれてしまったため、現地秘書として異世界へ赴任を命じられた桃香。サブカルチャー好きなだけで秘書としては平均以下を自認している彼女は、戸惑いながらも前向きに頑張ります。異世界に着いて十分《じゅっぷん》で社長に置いていかれても、対応してくれたメッチャ好みのイケメン王子さまの性格が残念でも、めげません！

そんな桃香を間近で見ていた王子さまは、どんどん彼女に惹かれていって――――。

ふたりの恋の物語をお楽しみいただけたなら幸いです。

さて、今回望まぬ赴任からはじまるお話を書かせていただきましたが、実は風見も転勤族だったりします。今まで一番長い職場で六年、短ければ三年で転勤を繰り返してきました。不本意な赴任はあまりありませんが予想通りになったこともなく、異動の発表される春は、いつもちょっとドキドキしていました。

赴任はたいへんですが、そこにはいつも新たな出会いが待っています。

この本を読んでくださった皆さまにも素敵な出会いがありますよう、心から祈っています。

イラストを担当してくださったのは緒花《おはな》さまです。拙作では「女皇だった前世を持つ織物工場の女工は、今世では幸せな結婚をしたい！」以来二作品めで、相変わらず美しく可愛らしい絵に感激しています。本当にありがとうございました！

いつもご指導くださる担当さま。鋭い指摘の中にも優しいお言葉を散りばめていただけたおかげで、なんとか頑張れました。今後もよろしくお願いいたします。

最後に、私のお話を読んでくださる全ての読者さま。

「本当にありがとうございます！」

この一言をまた伝えられることが、とても嬉しいです。

できうることなら、いつかまたお目にかかれることを願って。

風見くのえ

赴任先は異世界？　王子の恋人役は秘書のお仕事ではありません！

著者　風見くのえ　© KUNOE KAZAMI

2023年4月5日　初版発行

発行人　藤居幸嗣

発行所　株式会社 J パブリッシング
〒102-0073　東京都千代田区九段北3-2-5 5F
TEL 03-3288-7907　FAX 03-3288-7880

製版　サンシン企画

印刷所　中央精版印刷株式会社

ISBN：978-4-86669-559-4
Printed in JAPAN